삼성가 가복
떡배 아재

장편실록소설

삼성家 가복家僕
떡배 아재

이용우 지음

杏林書院

삼성家와 삼성그룹은 영원한가?

3대에 걸쳐 앞만 내다보며 부富를 축적해온 삼성家와 삼성그룹은 지금 살얼음판을 걷고 있다. 삼성家를 대표하는 이건희 회장의 와병과 이재용 부회장의 최순실 관련 국정 농단사태로 오너 지배체제가 사실상 공백상태에 빠져버렸기 때문이다. 여기에다 삼성은 정부의 재벌개혁 프레임에 갇혀 적폐청산 대상에 올라 있다. 엎친 데 겹친 격으로 수난의 연속이다.

그럼에도 불구하고 글로벌 기업 삼성은 전자와 반도체의 비약적인 발전으로 세계 곳곳에 우뚝 서 있다. 하지만 겉으로 화려하게 보이는 삼성의 도약은 결코 삼성家의 행복 지수와 직결되지 않고 있다. 창업 이래 삼성의 기업경영과 가족사史에는 언제나 혈친 간의 갈등과 원한이 점철되어 온 데다 반삼성적인 국민정서까지 겹쳐 바람 잘 날 없이 내외풍에 시달려 왔기 때문이다.

이건희 회장이 경영대권을 장악한 지 30년. 상상을 초월하는 부를 축적하기까지 선대 이병철 회장이 물려준 경영대권과 막대한 재산 상속권이 절대적인 힘이 되었다. 하여 이건희 회장은 평소 '사업보국'을 강조해온 선대의 경영철학을 떠올리며 "삼성이 국민기업으로 사회에 대한 헌신적인 봉사와 분배를 위해 도덕적 기반을 강화해야 한다."고 주장해 왔다. 그러나 선대에 이어 그가 쌓아온 천문학적인 부의 축적은 국민에게 돌아가지 않았다.

지주회사 전환사채를 불·편법으로 발행, 마치 개인재산처럼 자신의 아들·딸들에게 증여하였고 국민기업으로 자처하던 삼성의 계열사를 경험도 일천한 3세들에게 경영권까지 대물리며 공중분해시켜버렸기 때문이다. 이 과정에서 정경유착과 부정부패가 잇달아 불거졌다. 형제·숙질 간에도 수십년 동안 얽히고 설킨 갈등과 원한이 상속소송으로 번지고 그는 한때 사직당국의 수사선상에 오르기도 했다.

이 때문에 3세 경영인으로 등장한 아들 이재용은 취약한 지배구조에서 결코 벗어날 수 없었다. 그러던 중 아버지가 갑자기 뇌경색으로 쓰러지자 조급해진 나머지 삼성물산과 제일모직 합병이라는 무리수로 그룹 전체의 지배력을 강화하려다 스스로 국정 농단의 늪에 빠져들고 말았다. 이재용은 결국 아버지의 전철을 밟듯 구속되고 법정에서는 불운을 감수해야 했다.

창업 이래 80년의 역사를 창조해온 삼성을 혼돈의 블랙홀에 빠뜨리고 국민연금을 통해 뒤를 밀어준 국민들을 배신한 데다 국제적인 조롱거리가 된 게 아닌가. 그가 국정 농단의 전면에 클로즈업되자 삼성의 브랜드 이미지도 한순간에 추락하기 시작했으나 다행히도 세계 반도체시장의 폭등추세로 살아났다. 하지만 3대에 걸친 삼성家는 결과적으로 무한탐욕의 유혹에서 깨어나지 못해 절망의 나락에 떨어지고 있다.

"창업보다 수성守成"이라 했다. 생전에 선대 이병철 회장이 강조해온 말이다. 오늘날 삼성이 초국가적 글로벌 기업으로 성장해온 과정에는 창업 이래 내로라하며 견인차 역할을 자임해온 별들의 튼튼한 조력助力과 뒷받침이 있었다. 이른바 전문경영인들이다. 역대 비서실장을 비롯한 CEO 등 가신그룹이 경영의 핵심을 이루었다. 그 중 일부는 사욕이 발동해 오너를 배신하고 돌아서기도 했고 심지어 창업주의 아들까지 경영권을 차지하기 위해 천륜을 어기고 아버지를 모반한 일도 서슴지 않았다.

때문에 선대 이병철 회장은 본의 아니게 그동안 쌓아온 재산을 국가에 헌납하고 한때 경영일선에서 물러나기도 했다. 적장자가 뒤를 이어 2세 경영에 나섰으나 일천한 경륜으로 인해 삼성이 경영위기에 몰린 일도 한두 번이 아니었다. 하지만 부도옹不倒翁 이병철은 위기 때마다 '제일주의' 정신과 기회선점으로 새로운 경영기법을 도입해 재기의 기틀을 잡았다. 그리고 글로벌 기업의 초석을 다지는데 혼신의 노력을 기울였다.

그런 선대 이병철 회장에게는 평생 잊지 못한 경영파트너가 있었다. 대구에서 삼성상회를 창업할 당시 초대 지배인(CEO급 전문경영인)으로 영입된 이순근李舜根. 그는 창업 초기 7년 간에 걸쳐 도약의 발판을 마련한 이 회장의 동경 유학시절 절친한 친구였다. 하지만 그는 이데올로기의 유혹에서 깨어나지 못해 8·15 광복이 되자 미련없이 삼성을 떠난다.

이후 해방공간에서 대구 10·1 폭동사건을 주도하고 자진 월북해 북한 내각의 농림상(남한의 농림부장관)에 오른다. 그러고는 남파된 거물간첩을 통해 이병철을 포섭하려다 실패하자 6·25 전쟁 당시엔 직접 서울까지 내려와 지하에 숨어버린 옛 친구를 찾아 헤매기도 했다. 어쩌면 의리와 신의로 쌓아온 평생 친구이자 신생 기업의 경영파트너이던 두 사람의 운명적인 악연인지도 몰랐다. 그래서인지 그는 삼성의 역사에서 영원히 지워진 인물이 되고 말았다.

하지만 경영에 참여한 가신그룹이 아닌 은둔의 분신으로 살아온 삼성가의 이름없는 별들도 많았다. 그림자 수행으로 이병철 회장의 건강을 지켜주고 흔들림 없는 충심衷心으로 일관해온 그들은 종살이로 대물린 가복家僕들이었다.

대갓집의 궂은 일을 도맡아 처리하며 있어도 없는 듯, 없어도 있는 듯 숨을 죽이며 살아온 그들에 대해서는 세간에 알려진 게 별로 없다. 한낱 하인의 신분에 불과했기 때문이다. 그들은 언제나 삼성가 패밀리들의 그늘에 가려 이름 없이 떴다가 사라진다고 해서 스스로 '무명용사'라고 자조했다. 그들 중 이병철·박두을 내외분을 평생 상전으로 모시다가 두 분을 먼저 떠나보내고 경남 의령의 이씨네 종택宗宅으로 낙향한 장덕배張德培 노인이 있다.

　생의 마지막까지 독신으로 이씨네 종택을 지키며 충절을 지켜온 그는 삼성家 패밀리들 사이에 '떡배 아재'라는 애칭으로 불렸다. 21세기 최첨단시대에 보기 드문 충효의절의 표상이 아닐 수 없다. 그는 여느 삼성의 임직원들과는 달리 처음부터 비정규직이었고 평생 월급 한 푼 타보지 않았다. 원래 삼성家의 가복들은 노동에 대한 댓가나 독립된 인권을 인정받지 못했기 때문이다.

　10세 때부터 이병철 회장의 몸종으로 불려가 일본인 고유의 희노키扁柏 목간통에 섭씨 41도의 수온을 재고 이 회장이 목욕할 때 세신洗身(때밀이)에다 안마와 마사지를 곁들여 건강을 관리해주는 것이 그의 주특기. 이 회장이 대구의 삼성상회를 거쳐 초국가적 글로벌 기업을 일으키고 말년에 운명하기 직전까지도 희노키 목욕을 시켜주며 저승길을 배웅했다.

이 이야기는 마치 왕조시대의 충직한 내시들처럼 파란만장한 삼성家 패밀리들의 지근거리에서 묵묵히 일신을 바치고 이름 없이 사라진 가복들에 대한 실록을 스토리텔링 형식으로 재구성한 팩션이다.

2018년 6월

이용우

차례 | 삼성가 노복 떡배 아재

귀향

|||||

북에는 백두산, 남에는 한라산과 더불어 신이 내린 우리나라 3대 명산 중의 하나로 꼽히는 지리산. 전북 남원과 전남 구례, 경남 산청·하동·함양 등 3개 도와 5개 군에 걸쳐 있는 웅장한 지리산 줄기의 남쪽 끝자락에 마두산馬頭山이 뻗어 내린다.

그 마두산의 깊숙한 골짜기에 보일 듯, 말 듯 숨어사는 고을이 언제 보아도 수려하기 그지 없는 경남 의령군 정곡면 중교리. 속칭 말대가리(말머리) 계곡이다. 쌍봉을 이루고 있는 마두산 정상에서 한가운데 계곡을 타고 마을 어귀로 실폭포가 흘러내리고 조그만 내를 가로 질러 고목을 이어 만든 구름다리가 하나 걸쳐 있다. 한때 대한민국 경제대통령으로 불리던 재계의 전설적인 거목이자 삼성그룹 창업주 호암湖巖 이병철李秉喆이 태어나고 자란 고장이다.

깊숙한 산등성이가 아늑하게 마을 앞뒤를 감싸고 그 주변에는 소나무赤松 군락이 하늘 높은 줄 모르고 우뚝 솟아 있다. 마을 앞 너른 대지에 포근히 안기듯 들어앉은 고택 세 채와 사랑채 및 별채가 고

색창연한 모습을 드러낸다. 맞배지붕과 처마선이 유려한 고택 뒤쪽으로 동떨어진 골짜기엔 올망졸망한 초가 10여 채가 숨은 듯 취락을 이루고 있고… 햇짚으로 이엉을 엮어 새로 얹은 초가지붕은 늦가을의 햇볕을 받아 저마다 부촌을 자랑하듯 누렇게 물들어 있다.

확, 트인 마을 들머리에 서서 보면 한눈에 들어오는 언덕배기의 고대광실이 바로 문산서원文山書院이다. 얼핏 보아 한없이 큰 너럭바위를 주춧돌로 삼아 집을 올린 이 서원은 이병철 회장의 조부이자 2,000석石지기 부농이던 이 고장 거유巨儒(유림의 우두머리) 문산공文山公 이홍석李洪錫이 자연의 풍수를 최대한 활용해 세운 고택이라고 했다.

조선조 말엽 대원군의 서원 철폐령으로 현판을 '문산정文山亭'으로 바꿔 달긴 했으나 의령 읍내나 근·원동의 사람들은 한결같이 '서원'으로 불렀다고 전한다. 그 뒷편에는 '문산당文山堂'이라는 현판이 빛바랜 또 한 채의 고택이 문산서원과 어깨를 겨루듯 우뚝 서 있다. 경주의 옛 호칭이던 월성月城 이씨네 정곡파正谷派 종택이다.

이 마을에 터 잡은 문산공의 10대조 이래 내리 500여 년을 이어온 고택. 조선조 제10대 국왕 연산군이 무오사화와 갑자사화를 일으켜 수많은 충신·선비들을 죽음으로 몰아넣은 폭정과 황음에 빠졌을 때 왕권의 거대한 폭력을 피해 숨어든 길지吉地로 꼽히고 있다.

그러나 현재 이곳을 찾는 종손宗孫은커녕 지손支孫이나 현손玄孫 등 이씨네 피붙이들은 아무도 없다. 예전에 수십 명의 하인들과 식솔을 거느리던 너르디 너른 종택 마당은 쓸쓸하게 낙엽만 나뒹굴고 있다. 다만 3대째 종택을 관리해온 장계동張桂童과 평생을 삼성가家 몸종으로 살아온 그의 삼촌 덕배德培 노인이 문산당 뒷편 맞배지붕이 하늘을 가리고 있는 별채 의 행랑에 머물며 종택을 지키고 있을 뿐이다.

이 별채는 고故 이병철 회장이 결혼한 이후 분가해 살던 집이다. 바람소리, 새소리밖에 들리지 않는 한적한 산골 행랑에 머무르고 있는 장 노인의 나이 올해 망백望百(90세). 100세 시대에 걸맞는 나이를 과시하듯 정정한 모습이다. 그는 원래 삼성가의 노비 출신이지만 주위의 사람들은 그를 '장 집사'라고 불러주고 있다. 따지고 보면 아직도 이씨네 가족사를 걱정하는 영원한 가복家僕인지도 모른다.

삼성가 패밀리들은 예전부터 그를 향해 흔히 '떡배 아재'라는 애칭으로 불러왔다. 생전의 왕 할매(고 이병철 회장의 부인 박두을 여사)가 자녀들 앞에서 곧잘 투박하고 억센 경상도 사투리로 허물없이 "떡배 아재!"라고 불렀기 때문이다. 하지만 이제 '떡배 아재'를 기억하는 삼성가 패밀리들은 별로 없다. 세월이 그만큼 흘렀기 때문이다.

중교리 사람들도 나이 지긋한 칠팔십 대의 노인들만 그를 기억하고 있을 뿐 그의 존재에 대해 아는 이가 별반 없다. 그런 주민들은 그를 보고 마땅히 '떡배 어른' 또는 '할배'라고 호칭해야 하지만 예전처럼 여전히 '떡배 아재'라는 애칭을 즐겨 입에 올리고 있다는 것이다.

장 노인의 부모와 위로 상배相培·용배勇培, 두 형은 왕 할매 박두을 여사가 1926년 만 18세 되던 해 서울 중동중학 2학년에 재학 중이던 이병철(당시 16세)과 혼인하기 위해 시집을 때 몸종으로 따라온 묘골妙谷 박씨네 노비 출신이라고 했다.

'묘골'이란 조선조 단종 복위를 꾀하다가 옥사한 사육신의 한 사람인 취금헌醉琴軒 박팽년朴彭年의 후손으로 순천順天 박씨의 대종大宗을 이룬 대구시 달성군 하빈면 묘동(속칭 묘골) 갈암고택葛菴古宅을 말한다.

그곳 3,000석石지기 부농의 후손으로 태어난 왕 할매는 유년시절 어느 탁발승과 마주치다가 "왕비가 아니면 거부의 아내가 될 것"이라고 예언했다는 일화가 전설처럼 전해지고 있다. 왕 할매의 관상이 두꺼비상이었기 때문이다. 그러니 어느 모로 보나 양가의 혼사가 박씨네보다 이씨네가 기울 수밖에 없었다. 그래서인지 이병철 회장의 사업운이 평생 가정을 지키며 내조로 일관해온 왕 할매의 숨은 재운財運 덕분이라는 설도 나돌았다.

떡배 아재는 이러한 인연으로 왕 할매가 중교리 이씨네 내당 마님으로 시집살이에 들어간 지 1년이 지난 그 이듬해(1927년) 지금 자신이 머무르고 있는 고택 행랑채에서 태어난 것이다. 큰형 상배(1919년생)와 여덟 살 터울이 졌고 작은형 용배와는 세 살 터울이었다. 상전 부부보다 하인 부부가 먼저 아이를 생산했대서 한동안 가족들이 중죄인처럼 고개를 들지 못하고 숨소리까지 죽이며 살았다고 한다.

때문에 의령의 중교리가 자연 떡배 아재의 고향이요, 문산종택의 별채 행랑이 안태본이 될 수밖에 없었다. 그런 인연으로 그는 여생이 얼마 남지 않은 지금까지도 마치 죄업을 썻듯 90평생 독신으로 살면서 충직한 이씨네 종택지기를 자청하며 이미 고인이 된 상전을 대신해 숭모정신을 기리고 있다고 했다.

그러나 따지고 보면 묘골 박씨네도 누대에 걸쳐 노비생활의 설움을 겪어온 비극적인 집안의 내력을 간직하고 있다. 사육신 박팽년이 단종 복위를 꾀하다가 대역죄인으로 몰려 옥사한 데 이어 삼족이 멸하고 삼대가 멸했을 때 여자들은 모두 노비로 끌려갔다. 그들 중 경

16

상감영 관비官婢로 끌려간 박팽년의 둘째 며느리 성주 이씨가 임신 중이었다.

남 몰래 아들을 낳았으나 후환이 두려워 여자 종이라는 뜻으로 이름을 비婢라고 지었다. 그리고 피바람을 피해 그 당시 첩첩산골이던 달성군 하빈면 묘골에 들어가 숨어 살았다. 그로부터 30여 년의 세월이 흘러 조선조 성종 때 사육신이 모두 복권되고 박팽년의 후손이 살아 있다는 사실이 조정에 알려지자 성종은 크게 기뻐하며 박비에게 일산一珊이라는 이름을 내렸다고 전한다. 박씨 문중에서 살아남은 유일한 구슬이라는 뜻이다. 박일산이 묘골의 입향조入鄕祖가 된 연유다.

조선조 사대부 집안에서 수백년 동안 이어온 노비제도가 구한말에 폐지되었으나 떡배 아재가 태어날 때만 해도 그 잔재가 여전히 관습으로 남아 있었다. 그 무렵 동경유학에서 새로운 선진문물을 접하고 돌아온 청년 이병철은 "주종主從관계의 인연을 끊고 자유롭게 살도록 노비들을 모두 해방시켜야 한다"고 아버지께 건의하여 가노家奴들의 속박을 풀어주었다고 한다.

그의 아버지 술산述山 이찬우李纘雨 어른은 본디 공자의 학통과 학풍을 숭상하는 유가적 가문의 내력도 있었지만 특히 성리학性理學에 조예가 깊어 수신제가修身齊家의 자세에 흐트러짐이 없는 선비였다. 그러나 일찍이 개화에 눈을 떠 한때 대한독립협회에 가입하고 서울에서 기독교청년회YMCA를 이끌기도 했었다. 그 무렵 동갑내기이던 독립운동가 이승만 박사(초대 대통령)와도 교유해온 것으로 전해지고 있다.

하여 술산 어른은 새로운 세계에 눈을 뜬 막내 아들의 느닷없는 제의를 즉석에서 쾌히 승낙했던 것이다. 평소 자신이 가슴에 품고 있던 생각과 같았기 때문이다. 하지만 가노들은 당장 갈 곳이 없었다. 먹고 살 집은커녕 농사 짓고 살 땅뙈기 한 평 마련하지 못했던 탓이었다. 그래서 술산 어른은 그들에게 정착금과 일부 땅뙈기를 나눠 주기도 했으나 중교리를 떠나기 싫어하는 가노들에겐 소작을 줘 마을에 눌러앉게 했다.

그들의 후손인 마을 주민 10여 가구가 지금도 이씨네 종답宗畓 300여 두락斗落을 경작하면서 종택 뒷편의 초가동네에 살고 있다. 중교리 앞 끝간 데 없이 펼쳐져 있는 기름진 들판은 모두가 이씨네 종답이라고 했다. 예전엔 떡배 아재의 선친이 이씨네 종가의 마름으로 소작권을 관리해 왔다고 했다. 대를 이어 종살이를 해온 셈이다. 하지만 그의 피붙이들은 대갓집의 종복從僕으로 평생을 살아오면서도 욕심 없고 행복한 삶을 누렸다고 자부한다는 것이었다.

인간은 누구에게나 귀소歸巢본능이 있다. 떡배 아재가 중교리 종택의 행랑을 찾은 것은 선대 이병철 회장의 별세에 이어 왕 할매가 별세한 후 얼마 지나지 않은 2000년 3월 하순이었다.

1937년 10세 때 마산에서 사업을 하던 이병철 회장의 수발을 들기 위해 의령을 떠났으니까 63년이라는 세월이 흘렀다. 귀향할 당시 그의 나이 73세. 작고한 큰형 상배의 아들인 장조카 계동이 대물려 종택을 관리하고 종답을 부치고 있어 사실상 그는 무위도식하는 셈이었다. 무상한 세월 탓인가. 속절없이 늙어가는 그에게 이제 눈에 흙이 들어가는 일만 남아 있다.

그는 비록 사대부 집안의 가복으로 태어났지만 어릴 땐 이 대갓집

이 훗날 세계적인 재벌로 성장한 이병철의 생가인 줄은 꿈에도 생각
지 못했다. 그저 우연일치였을 뿐이었다. 하지만 인생이란 처음부터
선택된 것이 아니라 태어나 성장하고 살아가는 과정에서 만들어지
는 것이라고 생각했다. 그래서 주어진 여건을 거역하지 않고 평생을
상전에게 순종하며 살아왔다.

한낮의 햇살이 나뭇가지 사이로 퍼지고 낙엽이 우수수 떨어져 바
람결에 나뒹굴 때 떡배 아재는 군불을 때고 온돌방 아랫목에서 시린
등골을 눕히고 있었다. 이런저런 상념에 잠기며 몸을 뒤척이고 있을
때 바깥에서 낯익은 목소리가 우렁우렁 울려 왔다.

"아재! 떡배 아재 계십니까?"

"누고…?"

장덕배 노인이 벌떡 몸을 일으키고 행랑문을 열어제쳤다.

"아이고, 개똥이 아이가. 서울 아들네 집에 가 있다 쿠디마는(하더
니만) 언제 왔노?"

"지금 막 도착하는 길입니다."

개똥이! 종택 관리인인 장조카 계동의 애칭이다. 그의 양손에는 됫
술 주전자와 도토리 묵채, 정구지(부추)전이 담긴 접시가 가지런이
놓인 양은쟁반이 들려 있었다.

"어여 들어오이라.(오너라)."

계동은 방안에 들어오자마자 넙죽 엎드려 큰절부터 올렸다.

"참 오랜만이네."

"예, 그동안 근력은 좋으신지요?"

"그래, 내는 마, 산 귀신에 씐 모양인지 저승사자도 안 찾아온다 쿠
이."

"아이고 무슨 말씀을요. 아재가 근력 좋게 오래 수壽를 누리시니까 보기에 참 좋습니다."

"그래, 그리 생각해주이 고맙다. 근데 집안에 우환은 우에 되었노? 질부(조카며느리)가 마이 아프다쿠디마는 괜찮나?"

"예, 당뇨에다가 합병증으로 신부전증까지 겹쳐 병원에 입원시켜 놓고 병구완하느라고 한 몇 개월 지체했습니다. 그동안 제가 없는 사이에 종택 지키시느라고 애 쓰셨지요?"

"내가 애쓸 거 뭐 있노. 내야 뭐, 개똥이 니 보좌관 아이가. 허허. 그냥 행랑채에 앉아 가지고 젊은 사람들한테 귀찮은 소리만 해쌌제."

"아이고, 무슨 말씀을 그렇게 하십니까. 그게 다 집안에 어른이 살아계신다는 징표가 아닙니까. 자, 우선 탁백이(막걸리)부터 한 잔 올리겠습니다. 오는 길에 중교리 술도가(양조장)에 들러 탁백이 한 주전자 사 왔습니다."

떡배 아재는 개똥이가 따라주는 양은 종발을 단숨에 들이키고 안주 삼아 도토리 묵채를 한 젓가락 입안에 털어넣고는 오물오물 씹으면서 말문을 돌렸다.

"우리 중교리 탁백이는 언제 무도(먹어도) 입에 찰싹 들어붙는 게 예전이나 지금이나 술맛에 변함이 없다니까… 이 맛이 바로 저어 말머리 골짜기 실폭포에서 흘러내린 물맛인기라."

"저도 늘 그렇게 생각하고 있습니다. 어디 다른 데 가서 탁백이 한 사발 마시면 입안이 텁텁한 게 우리 중교리 도가술처럼 시원한 뒷맛이 없고 영 개운치가 않거든요."

"하모(그렇지). 그건 그렇고 그래, 느그 큰 아아(아들)는 이번에 삼성전자 사장이 됐다쿠디마는 우리 중교리에 이런 경사가 어데 있노. 축하한다.”

“아이고 고맙습니다. 삼성전자가 글로벌 기업이라 워낙 거대해가 지고 각 분야, 계열사별로 사장이 수십 명은 넘을 겁니다. 그 중에 한 부품회사 사장을 맡았다고 그러더만요.”

“그래도 그게 어디고. 이씨네 종택에서 하인 후손이 상전 회사의 사장자리에까지 올랐다 쿠는 거는 한마디로 출세한기라.”

“출세라기보다 걔는 제 실력으로 서울공대 전자공학과 나와 가지고 삼성전자 공채에 합격해서 평사원에서부터 대리·과장·차장·부장·임원으로 두루 순서대로 밟아 30년 만에 사장에 오른 거라니까요. 걔가 그동안 고생고생하면서도 눈꼽만큼도 상전 덕을 안 볼라고 제 딴에는 엄청 노력한 거지요. 중교리 출신이라는 말은 입밖에도 벙긋한 일이 없었다고 그러더구먼요.”

이 말에 떡배 아재가 무릎을 탁, 치면서 큰소리로 말문을 돌렸다.

“그라이께네 얼마나 장하노. 개똥이 니가 자식 농사 하나는 참 잘 지은기라. 암만 느그 아부지도 자식 농사를 잘 지었기 때문에 부전자 전으로 가문에 경사가 대물림하는 거 아이가. 우리 상배 행님(형님) 이 지하에서 자식, 손주 잘 되는 거 보고 깨춤을 추시겠구마. 하하. 니도 성대(성균관대학) 나와 가지고 한때 맹희 총수의 비서로 발탁되고 중앙일보의 높은 자리에도 안 있었나?”

이 말에 계동은 면구스러운 듯 뒷머리를 긁적거리는 거였다.

“높은 자리는 무슨… 신문사 판매국 부국장이라는 자리는 그리 높은 자리도 아닙니다. 판매부수 올린다고 밤낮없이 머리 싸매고 지사·지국장들 불러 술 사고 밥 사면서 온갖 신경 다 쓰고… 영업사원들에게 닦달을 내며 성질깨나 부리다가 보니까 팍, 늙어버렸지요."

"내가 듣기로는 국장이라 쿠던 데……?"

"국장은 무슨 국장… 아, 명예퇴직할 때 국장대우 달고 나왔다니까요."

"국장이나 국장대우나 그게 그거 아이가. 그것도 서울바닥에서 반생을 보낸 덕분이제. 그라고 보이 니는 중교리 촌놈이 아이라 서울사람 다 된기라. 말씨도 꼬박꼬박 서울 표준말만 쓰고……."

"아, 그러시는 아재는요?"

"내사 뭐, 어릴 때부터 서울에서 살았지만 혜화동, 장충동 본가를 벗어난 일이 없었고 어르신 내외분이 경상도 사투리를 고집하이께네 그대로 따를 수밖에 없었능기라. 경상도 사투리도 그렇제. 경남 말씨 다르고 경북 말씨 다르다꼬 어르신은 '쿠더라' 방송하는데 왕할매는 '카더라' 방송했다 아이가. 하하. 그라이께네 내도 평생 서울놈 행세 한번 몬 해보고 쿠더라 방송과 카더라 방송만 해온기라."

"카더라 방송은 5공 때 대구·경북 사람들이 정권을 잡으면서 유행했었지요. 영어 이니셜로는 TK 아닙니까."

"하모(그렇지), 내는 영어는 잘 모르겠고 만약 부산·경남 사람들이 정권을 잡았으믄 쿠더라 방송이 되었겠제. 하하. 그나저나 개똥이, 니도 인자(이제) 이마에 골이 지는 거 보이 늙어가네. 올해 몇이고?"

"쓸데없는 나이, 벌써 희수喜壽(77세)를 넘겼습니다."

"으음, 유수같은 세월이라 쿠디마는 세월도 참 빠르네. 니가 벌써 희수라니……."

떡배 아재는 고개를 끄덕이다 말고 앞에 놓인 탁백이 한 종발을 그대로 쭈욱, 들이켰다. 개똥이가 빈 종발에 탁백이 주전자를 기울이며 말을 이어갔다.

"그렇지만 전 솔직히 상전 덕을 단단히 본 셈이지요. 군대 갔다 와서 성대 경영학과에 편입학한 것도 그렇고 삼성 비서실에 특채된 것도 그렇지요."

평소 〈終身之計 莫如樹人·국가 백년대계는 인재육성에 달려 있다〉는 명언을 가슴에 새겨온 이병철 회장은 사업이 한창 번창하던 1960년대 초반 문화재관리국이 구황실 재산의 일부로 소유하고 있던 성균관대학교를 인수하여 10년에 걸쳐 명실상부한 종합대학으로 육성시킨다.

계동의 선친 장상배는 중교리에서 성장해 왕 할매의 주선으로 이씨네 몸종 출신인 낭자와 혼인하고 1940년 첫 아들을 얻었다. 이름을 '개똥'이라고 지었다. 그 시절 대갓집 하인들은 하나같이 신분이 천하다 하여 상전의 눈치를 보느라고 자식들 이름을 함부로 짓는 것이 일상의 관습이 되어 있었다.

그러나 면사무소에 출생신고를 할 즈음 면서기가 "애 이름이 개똥이가 뭐냐"고 핀잔을 주면서 그 시절 한창 유행하던 윤극영의 동요 '반달'을 떠올리며 계수나무 계桂짜에 아이 동童짜를 넣어 '張桂童'이라는 법적인 작명으로 호적에 올려주었다고 했다. 하지만 계동은 어쩌면 어른들 사이에서 부르는 '개똥이'라는 애칭을 평생 숙명적으로 받아들였다. 비록 천한 신분이긴 하나 무탈하게 오래 살아야 한다는 당부로 들렸기 때문이다. 그러면서 그는 동요 '반달'을 즐겨 부르며 성장해 왔다고 했다.

"푸른 하늘 은하수 하얀 쪽배엔~ 계수나무 한 그루 토끼 한 마리~ 돛대도 아니 달고 삿대도 없이 가기도 잘도 간다 서쪽 나라로~."

주종主從의 카테고리

‖‖‖

탁백이를 연거푸 몇 종발 들이킨 떡배 아재는 낮술에 불콰해진 얼굴로 계동을 대견하게 바라보며 말문을 이어갔다.

"그러고 보이께네 용배 행님(형님)도 생각나네. 어릴 때부터 남다르게 출중하다 캤디마는 비명에 갔다 아이가. 우리 중교리 종놈 출신 중에는 참, 보기 드문 풍운아였제."

"아, 지리산에서 빨갱이(공비) 노릇하다가 우리 아버지 가슴에 대못을 박고 토벌대의 총에 맞아 죽은 숙부 얘기는 새삼스럽게 왜 꺼내십니까?"

계동은 못 마땅한 눈빛으로 떡배 아재를 쳐다 봤다.

"개똥이, 니는 느그 아부지를 골병들게 한 용배 숙부가 원망스럽겠지만 대갓집 종놈으로 태어나 이리 쫓기고 저리 몰리믄서 억눌리고 분하고 억울한 마음속에 응어리진 한을 잘 모른다 쿠이. 모두 그 행님 보고 지리산 빨갱이라 쿠지만 내는 그렇게 생각 안 한다. 성장한 과정이 그랬고 살아온 환경이 그랬던기라."

"아, 그런다고 세상 달라진 게 뭐가 있습니까. 산 사람만 골병들었지요. 떡배 아재는 일찍 고향 떠나 있어서 잘 모르시겠지만……."

"개똥이 니, 그라고 보이께네 예나 지금이나 낼로(나를) 보고 숙부라는 소리 한 번도 안 하고 자꾸 떡배 아재, 떡배 아재 쿠는데 차라리삼촌이나 숙부라 쿠믄 어디 탈나나?"

"아이고 마, 삼촌이고 숙부고 간에 그냥 떡배 아재라는 애칭이 얼마나 듣기 좋습니까. 돌아가신 왕 할매도 생전에 떡배 아재라고 불렀는데 그런 영광이 어디 있습니까. 그리고 아재는 아직 백세 노총각아닙니까. 하하."

"허허. 백세 노총각이라 쿠이 낼로 보고 아재라 캐도 할 말이 없구마."

"용배 숙부가 지리산 빨갱이가 된 탓에 아버지뿐만 아니라 저도연좌제에 엮여가지고 마, 사회생활하는데 얼마나 애를 먹었는지 몰라요. 삼성비서실이나 중앙일보에 있었던 덕분에 큰 화는 면했지만……."

1930년대 중반 장용배는 동경유학에서 돌아온 상전 이병철이 아버지 술산 어른의 허락을 받아 집안의 하인들을 모두 해방시켰을 때중교리를 떠나 주종관계가 없는 자유로운 세상에서 맘껏 어깨를 펴고 살고 싶었다. 그의 나이 한창 사춘기에 접어든 15세 무렵이었다.상전이 16세에 장가들었으니 그 역시 잘 태어났더라면 부모님이 자식의 혼사문제를 거론할 때가 되지 않았는가.

그러나 평생 묘골 박씨네와 중교리 이씨네 하인으로 살아온 아버지는 요지부동이었다. 상전이 종잣돈(정착금)을 제법 넉넉하게 나눠주긴 했으나 한창 자라나는 자식들과 식솔을 이끌고 낯선 타향으로 떠나는 것이 두려웠고 농사짓는 일 외에 아무것도 배운 재주가 없어 험한 세상 살아갈 엄두가 나지 않았다. 그래서 늘 하던 대로 대갓집 종답을 부치며 삼시세끼 밥 안 굶고 살아가는 것이 상책이라는 판단에서 주저앉아 버렸다고 했다.

첫째 상배와 철부지 막내 덕배는 아버지의 뜻에 순순이 따랐으나 그 무렵 상전 술산 어른의 배려로 진주사범학교로 진학한 둘째 용배는 미지의 세계에 대한 동경과 꿈에 부풀어 그런 아버지의 왕고집이 못 마땅했다. 게다가 그가 진주사범에 입학할 때부터 전국 방방곡곡에서 독립을 외치는 만세운동이 일어나고 있었다. 그래서 그런지 그는 독립운동에 남달리 관심이 많았고 양반과 상것의 구별이 엄격한 사회적 관습인 주종관계에 대해서도 저항심이 강했다.

그래서 일본인 교사 밑에서 배우던 진주사범 2학년 때 부모 몰래 중퇴하고 만주로 떠날 결심을 하게 된다. 일제 강점기 조선총독부의 수탈정책으로 문전옥답을 다 빼앗겨 버린 사람들이 남부여대하고 살길을 찾아 연해주와 만주 벌판으로 떠나던 무렵이었다.

그때 무단가출한 용배는 〈독립운동을 위해 만주로 떠난다.〉는 간단한 쪽지 한 장을 형 상배에게 남기고 이주민들 틈에 끼어들고 만다. 1939년 그의 나이 만 17세. 이른바 한민족의 비극적인 디아스포라Diaspora가 한창이던 시절이었다.

"허허. 참 용배 행님은 평소 성격이 차분한 상배 큰행님보다 괄괄하고 직선적이었제. 내가 그 행님을 유별나게 좋아하며 졸졸 따라 댕겼으니까. 그럴 때마다 용배 행님이 한다는 소리가 떡배, 니는 내가 하는 대로만 따라오이라. 그러믄 종놈 신세에서 빨리 면천免賤할 수 있을기라. 쿠더마는…. 만약 내가 먼저 중교리를 안 떠났으믄 용배 행님 따라 만주로 갔을지도 모르제."

"아, 떡배 아재가 용배 숙부 따라 만주로 갔으면 빨갱이밖에 더 됐겠습니까?"

"에끼, 이 사람! 빨갱이라이……?"

"아, 그 당시 세상이 그런 세상인데 누군 빨갱이가 되고 싶어서 되었겠습니까. 자자, 탁백이나 한잔 더 하십시오."

계동은 빈 종발에 또다시 술주전자를 기울였다. 떡배 아재는 기다렸다는 듯 단숨에 술잔을 비우고 손등으로 입을 쓱, 문질렀다.

"지나고 보이께네 그게 다 허허실실虛虛實實이제. 남의 집 종놈으로 평생을 허송한 거나 그 지긋지긋한 종놈 생활에서 벗어날라꼬 몸부림치다가 제 명대로 몬 살고 이승을 뜬 거나 그게 그거제. 다 흘러간 옛 노래… 인생무상이라 쿠는기라. 그라이께네 내가 용배 행님보다 한 3년 먼저 중교리를 떠났제."

"그럼요. 아버지 생전에 제가 들은 얘기로는 떡배 아재랑 용배 숙부가 앞서거니, 뒷서거니 하면서 우리 중교리를 떠났다고 그러시더만요. 용배 숙부는 제가 태어나기 일 년 전에 북만주로 떠났다가 열 살 되던 해, 그러니까 6·25 전쟁 때 내려와 가지고 저를 안아주면서 네가 개똥이가, 하시던 말이 아직도 귀에 쟁쟁하네요."

"으음, 그것도 허허실실이제. 저어, 마두산 너머 우각사愚覺寺 주지 스님이 인간은 누구나 어리석음을 깨달아야 한다는 우각, 즉 무생無生을 자주 법어로 써묵더마. 절집에서는 태어남이 없으이 죽음도 없다 쿠더라마는 인생이란 게, 다 생사의 양변이 없는 하늘의 이치인기라."

계동은 마치 세상사를 초월한 신선처럼 고리타분한 문자를 써가며 말문을 이어가는 떡배 아재를 경이의 눈빛으로 쳐다 봤다. 인생의 경륜인가. 무식한 노인네의 머릿속에 나름 풍부한 지식이 잠재돼 있다고 생각했기 때문이었다.

"그나마도 아재는 어릴 때부터 평생 상전(이병철 회장) 내외분의 수발만 들어왔다고 해서 주위에서 모두 왕 집사라고 칭송하더라고요."

"허허. 왕 집사라? 니가 그럭쿠이(그렇게 말하니까) 내도 그럭쿤다(그렇게 말한다)마는 하늘에 계신 우리 왕 할매가 들으시믄 떡배, 니도 상전하고 같은 왕짜 돌림을 쓰나 쿠고 웃으시겠구마. 다 씰데없는 소리제. 하기야 내는 두 어른 살아계셨을 때 젊은 시절에는 서방님, 내당 마님 쿠고 늙어서는 어르신, 왕 할매라꼬 불렀지만 그 흔한 회장님, 사모님 같은 그런 호칭은 한 번도 안 써 밨기라."

"그러니까 상전들과 한 가족처럼 만만하게 정 붙이고 부대끼며 살아온 거 아닙니까?"

"가족이라…? 글쎄, 그건 아니제. 엄연히 반상班常의 구별이 있는 법… 아, 느그 친할매께서 살아 생전에 하시던 말씀이 죄인의 자식으로 태어난 탓인지 몰라도 내가 세상에 나오면서 우는 고고呱呱의 소리도 한 번 지르지 않았다 쿠더마.

자라믄서도 다른 아아(아이)들 맨키로 울고 보채지 않아 벙어리 새끼 줄로 알고 앞앞에 말도 몬하고 애간장을 마이(많이) 태웠다 쿠더라꼬. 그거 참, 희한하제. 내는 마, 그렇게 있는 듯, 없는 듯 커 왔능기라. 우리 어무이 말로는 거, 무슨 조왕신의 조화인지 혹여 상전의 눈에 띨까 봐 숨소리까지 쥑이고 수월하게 커 왔다 쿠대."

떡배 아재는 어느새 자기 최면에 걸린 듯 아련한 과거로 되돌아가고 있었다.

그가 두 살 나던 해인 1929년 마침내 상전 부부의 슬하에 첫 아이가 태어났다. 딸이었다. 이인희 현 한솔그룹 고문. 남존여비 사상에 절은 그 당시의 아들 선호 세태에도 "첫딸이 살림 밑천"이라며 상전네 어르신들은 그럴 수 없이 경사스러워 했다고 한다.

그리고 1931년에는 두 살 터울로 장남 맹희(전 CJ그룹 명예회장)가 태어났고 온 동네에 잔치가 벌어졌다. 그 무렵 아이들의 생부生父 이병철은 일본 도쿄의 와세다早稻田대학 전문부 정경학과에 유학 중이었다.

한동안 숨을 죽이고 상전네 눈치만 보면서 겨우 목숨을 부지해오던 떡배 아재의 부모님은 비로소 한시름을 덜고 고개를 들 수 있었다고 했다. 그 만큼 주종관계의 신분제도가 엄격했던 시절이었다.

"그렇지만 하늘같은 술산 어르신께서 장차 독립된 이 나라의 동량이 될 아아들을 반상에 관계없이 모두 서당에 보내 글공부시켜야 한다고 상배·용배 행님과 낼로(나를) 보고 문산서당에 나가라고 영을 내리시더마. 그때 당시 상배·용배 행님은 그 바쁜 종살이 중에도 6개월 만에 천자문을 뗐고 내 또래 아이들도 한 1년이믄 천자문을 뗀다 쿠던 데 내는 나이도 어린 데다 원체(워낙) 머리가 나빠 2년이나 걸려서 겨우 해독할 수 있었다 아이가."

그 무렵 청년 이병철은 동경유학에서 졸업도 안 하고 2년 만에 자퇴하고 돌아와 고향에 머무르고 있었다.

아버지 술산 어른도 한동안 고향집을 비우고 서울로 올라가 독립협회 일을 보고 있었고 병철은 이 틈을 이용해 날이면 날마다 이웃 동네 친구들과 골패骨牌 노름에 빠져 밤새는 줄 몰랐다. 골패란 사전적으로 납작하고 네모진 32개의 작은 나뭇조각에 각각 흰뼈를 붙이고 여러 가지 수효의 구멍을 판 투전(돈치기)기구를 말한다.

마당쇠 떡배는 걱정하는 내당 마님을 생각해 청사초롱에 불 밝히고 투전판을 찾아다니며 상전이 나오기를 한없이 기다리기도 했다. 그러고는 날이 밝으면 스르르 감기는 눈을 비비면서 문산서당에 나가 천자문을 익히는 것도 잊지 않았다고 했다.

"만약 내가 그때 당시 천자문을 안 뗐더라믄 우얄(어떻게 할)뻔 했겠노. 일자 무식꾼에 낫 놓고 기역자도 몰랐겠제. 개화하신 술산 어르신 덕분에 천자문을 깨치고 신문도 다 읽어보고 대갓집 종노릇 하믄서도 집사 소리까지 안 들었나. 집사도 여러 종류지만……."

이때를 놓칠세라 계동이 한마디 거들고 나섰다.

"그 당시 용배 숙부하고 떡배 아재가 인희 아씨와 맹희 도련님을 업어서 키웠다는 얘기를 아버지한테서 귀에 못이 박히도록 들었다니까요."

"아, 그건 용배 행님이 열세 살 때였고 내가 여덟 살 때였제. 그때 인희 아씨는 여섯 살이었고 맹희 도련님은 네 살이었능기라. 그라고 안 있나. 그 밑에 창희 도련님은 두 살이었다 쿠이. 삼남매가 모두 두 살 터울이었고 아장아장 걸음마를 배울 때였거든. 왕 할매, 아이지… 그때 당시에는 내당 마님으로 불렀제.

내당 마님께서 유독 용배 행님하고 내한테만 아이들을 업어주라 쿠더마. 그래서 한동안 서당에 갔다오믄 행님하고 내하고 교대로 상전의 자제분들을 업어 키웠다 아이가. 근데 안 있나. 느그 숙부(용배)는 그때부터 상전에 대한 반항심에서 그랬는지 몰라도 내가 업고 있던 맹희 도련님이 가끔씩 울고 보챌 때마다 울음을 그치라꼬 꿀밤을 한 대씩 주고 그랬다 쿠이. 아득한 옛날 얘기제. 하하. 그 중 맹희,

창희 도련님은 이미 별세했고 인희 아씨만 살아계시네. 거기도 망백의 나이가 다 되어가는구만."

그는 100세를 바라보는 나이에도 고故 이병철 회장 내외분의 자녀들과 새파란 손주·손녀들에게도 도련님, 아씨 등의 존칭을 잊지 않았다.

청년 이병철이 한창 골패노름에 빠져 있을 무렵 서울에서 독립협회 일을 보던 아버지 술산 어른이 고등계 형사들의 사찰을 피해 낙향했다.

그때 하릴없이 골패노름을 즐기며 세월을 죽이고 있던 병철은 아버지를 독대한 자리에서 결심한 듯이 "대처大處로 나가 사업을 해보겠다"며 평소 마음 속에 품어 왔던 생각을 자초지종 고告했다. 그러자 술산 어른은 막내 아들의 그런 결심을 기다렸다는 듯 사업 밑천으로 연수年收 300석石의 전답을 선뜻 내놨다.

그리고 병철은 얼마 안 있다가 집 앞에 닛산日産 트럭을 한 대 몰고 와서 동경 유학시절부터 들고 다니던 여행용 가죽가방과 고리짝(옷궤짝) 한 두어개를 싣고 식솔들에게 온다간다는 말 한마디 없이 훌쩍 떠나버렸다. 원래 성품이 그랬었다. 평소 내당에조차 아기자기하게 속내를 털어놓는 성품이 아니었다고 했다. 1936년 그의 나이 26세 되던 해였다.

그는 가친家親으로부터 물려받은 전답을 처분해 사업자금을 마련하는 한편 서울·부산·평양 등 세 곳 중 한 곳을 근거지로 삼아 사업을 펼칠 요량으로 사전 답사에 나섰으나 큰 상권은 이미 일본상인들이 대부분 차지하고 있는 데다 자금력도 부족해 포기하지 않을 수 없었다.

그는 결국 고향과 가까운 마산에 정착했던 것이다. 그러나 마산도 그리 녹록치 않았다. 낭인시절 가끔씩 요정 출입을 위해 드나들며 봐 왔던 그런 마산과는 달리 경남 일대의 농산물 집산지로서 거래되는 농산물 중 쌀만 해도 연간 수백만 석에 달했고 대부분 마산항을 통해 일본으로 실려나갔다.

하지만 도정搗精 능력이 따르지 못해 각 정미소마다 도정을 기다리는 볏가마가 산더미처럼 쌓이기 일쑤였다. 게다가 일본인이 경영하는 상당한 규모의 정미소를 제외하곤 우리 조선인의 정미소는 규모도 작은 데다 자금력이 부족해 영세성을 벗어나지 못하고 있었다. 조선총독부의 식민지정책 때문에 이른바 '조센진(조선인)'은 점차 설자리를 잃어가고 있는 실정이었다.

일본인들이 마산을 비롯한 경남 일원의 경제권을 쥐락펴락하고 있는 상황에서 그들을 이기기 위해서는 무엇보다 사업을 크게 벌여야 했다. 하지만 시장조사 결과 중소기업 형태의 제법 그럴싸한 도정공장 하나 세우는 데도 독자적인 자본으로는 사실상 투자가 어려웠다. 이렇게 판단한 그는 고민하던 끝에 고향 인근 고을의 부농 친구 2명을 끌어들여 각각 1만 원(현재의 화폐가치로 약 2억 원)씩 투자하여 '협동協同정미소'라는 상호로 일본인들이 상권을 독점하다시피하고 있던 정미업을 겸한 미두업米豆業에 도전한다.

미두업이란 생산농장과 정미소를 갖추고 현물이 없어도 미곡을 대량으로 사고 파는 이른바 신용선물거래를 말한다. 일종의 투기행위나 다름이 없었다. 당시 곡물거래상은 일본인들이 대부분이었고 전적으로 이들에 의해 곡가가 결정되었다. 때문에 일본인 미곡상들은 조선총독부 관리들을 통해 미리 시세를 파악한 뒤 쌀값이 오를 때 내다 팔고 내릴 때 사 모으는 이른바 매점매석으로 떼돈을 벌어들이고 있었다. 국민경제를 동원한 식민지 수탈정책이 아닐 수 없다.

청년사업가 이병철은 여기에 눈독을 들였다. 하지만 그런 상술에 익숙지 못해 개업 1년 만에 투자자본의 60% 이상을 잠식해버리고 동업자 한 사람과도 결별하는 사태를 맞게 된다. 낙담했으나 그는 실패를 인정하지 않았다. 이를 거울삼아 상술을 180도 전환한다.

그는 아예 일본인으로 변신하기까지 했다. 동경 유학시절에 터득한 경험이었다. 일본 상인들에게 식민지 '조센진'이라는 차별대우를 받지 않고 돈을 버는 방법은 그런 변신밖에 없었기 때문이다. 그래서 그는 당쿠즈봉(승마바지)에다 지카다비(신발 겸용 버선)를 신고 윗도리는 양복 비슷한 국민복에 넥타이를 맸다. 그리고 도리우치(납작모자)를 푹, 눌러 썼다. 그러고 보니 천생 일본인 행색이었다.

그는 그런 차림으로 선물거래소를 드나들었다. 도쿄 유학시절에 익힌 유창한 일본어를 구사하며 일본인 거간꾼들과 어울려 시세가 오를 때 내다 팔고 반대로 내려갈 때는 땡빚을 내는 한이 있어도 쌀을 무한정 사들였다. 그 결과 3만 원(현재 화폐가치로 약 6억 원)의 출자금을 제하고도 2만 원(약 4억 원)의 이익을 낼 수 있었다.

이를 계기로 평소 운임이 비싸 애를 먹던 운송수단을 확보하기 위해 마침 매물로 나와 있던 일본인 소유의 닛산 트럭 10대 규모인 닛슈츠^{日出}자동차회사를 인수한다. 여기에다 신형 트럭 10대를 더 들여와 모두 20대의 트럭을 보유한 운수회사까지 경영하게 된다. 창업한 지 불과 1'년도 안 돼 곡물거래를 겸한 정미업과 운수업 등 두 가지 사업을 동시에 본궤도에 올려놓았다. 그리고 또다시 세 번째 사업을 일으킨 것이 부동산(토지) 투기.

그 무렵 거래를 터고 있던 일본 식산은행(현 한국산업은행의 전신) 마산지점에서 정미소와 운수회사를 담보로 자그마치 11만 원(약 22억 원)을 대출받는다. 이 자금으로 평당 25전錢(약 5,000원)을 호가하던 김해 평야의 토지 200만 평을 사들여 대지주가 되고 연수 1만 석石거리 곡물상으로 도약한다. 이는 고향 의령 중교리의 대물려온 농경지 20만 평(연수 2,000석거리)의 10배나 되는 규모였다.

그러나 그는 그것으로도 성이 차지 않았다. 김해 평야의 200만 평 대지주가 된 이후에도 부산·대구 등지의 주택용지까지 사들이는 등 본격적인 부동산 투기사업을 벌이기 시작했다. 점차 사업규모가 커지고 믿고 일을 맡길 지배인(전문경영인)을 비롯한 종업원도 늘어났다.

비로소 안정을 찾은 그는 남아도는 시간과 돈을 주체하지 못해 요정 출입을 시작한다. 천성적으로 술을 잘 못 마시는 편이었지만 권번券番 예기藝妓(연예기생)들의 기악이나 소리, 춤사위 등 술자리 분위기를 즐겼다. 그가 국악에 깊은 취미를 갖게 된 연유다.

삼리三利와 삼해三害

|||||

"그때 당시는 내가 워낙 철부지여서 그런지 처음엔 서방님이 마산에서 사업을 한다는 것도 모르고 있었능기라. 사업이라는 거, 그 자체가 뭐하는 건지도 몰랐으니까… 서방님이 역마살이 끼어서 그런지 자주 집을 비우고 낭인생활을 하믄서 서울로, 부산으로, 대구로 어디로 훌쩍 떠났다가 돌아오곤 하는 일이 잦아 또 저러다가 곧 돌아오시겠지 하는 생각만 했던기라.

그때 당시 우리 대갓집에 젊은 가복(하인)이 한 30여 명 있었는데 하루는 내당 마님이 다른 사람 다 제쳐 놓고 낼로(나를) 혼자 부르디마는 괴나리 봇짐을 하나 내놓으믄서 떡배야, 니가 마산에 올라가서 쥔 어른 수발 좀 들어야 되겠다 쿠시더마. 여서(여기서) 마산이 어디라꼬……."

"왜, 하필이믄 나이도 어린 떡배 아재를……?"

"아, 느그 아부지는 할배(계동의 조부) 밑에서 농사 지어야제, 종택 관리해야제, 숙부(용배)는 갓 진주사범에 입학해 집에 없었으니까 철부지 내밖에 더 있나. 암만 나이가 어리니까 요령도 안 부리고 고분 고분 잔심부름을 잘 할거라고 내당 마님이 그렇게 생각했겠제.

내는 부름을 받고 전혀 뜻밖의 일이라 마님! 서방님한테 무슨 일이 생겼습니꺼? 쿠고 물었디마는 퀀 어른이 수하에 수발들 사람이 없어 애를 묵는다 안 카나. 느그 애비, 에미한테는 내 미리 말해 두었으니 그리 알고 한시 바삐 떠날 채비를 하거래이. 쿠시더라꼬. 그때 당시 내 나이 만 열 살이었제. 요새 아이들은 열 살이라믄 코흘리게 쪼무래기지만 그 시절에는 다 큰기라."

그렇지만 떡배 아재는 태어나서 한 번도 자신이 성장해온 중교리 밖을 벗어나 본 적이 없었다.

그런데도 내당 마님이 괴나리 봇짐까지 챙겨주며 혼자서 서방님을 찾아 마산까지 가라니 "가슴이 철렁 내려앉더라"고 했다. 까짓껏 큰 맘 먹고 물어, 물어서 마산까지야 갈 수 있다손 치더라도 상전이 마산 어디에 거처하고 있는 지 알 수 없지 않은가. 그는 벙어리 냉가슴 앓듯 머뭇거리다가 내당 마님의 눈치를 살피며 간신히 말문을 돌렸다고 했다.

"마님! 마산까지는 제 혼자 찾아가겠심더만도 서방님이 마산 어디 계시는지 그게 궁금합니다요. 캤디마는 그제서야 아, 참 그렇제. 내도 정신이 없어서 깜빡했구마. 저어 내가 안 가 봐서 잘 모르겠지만 마산이 원체 넓어서 뭐, 구마산, 신마산, 동마산, 북마산 쿠고 각 구역이 갈라져 있다 쿠더마. 니는 마, 북마산으로 찾아 가거래이. 거기 찾아가서 아무나 길가는 사람 보고 협동정미소가 어디 있는지 물어보믄 당장 찾을 수 있다 카더마. 서방님이 한다는 그 협동정미소가 제법 이름께나 알려진 모양이제."

하여 덕배는 중교리에서 의령 읍내를 거쳐 하루 행보로 잡고 이른 새벽에 괴나리 봇짐을 어깨에 메고 길을 떠났다.

괴나리 봇짐 끄트머리에는 짚신 두 켤레가 매달려 달랑거렸다. 길을 가다가 신고 있던 짚신이 다 닳으면 갈아 신기 위한 방책이었다. 그 당시는 거의 모든 사람들이 찻길도 변변찮아 잿길을 이용해 먼길을 오가던 시절이었다.

그가 중교리 안방 마님의 영을 받고 급히 괴나리 봇짐을 챙겨 꼬박 하루 걸리는 먼 길을 마다 않고 마산으로 올라간 것이었다. 북마산의 협동정미소는 생각보다 쉽게 찾을 수 있었다. 안방 마님 말대로 문을 연 지 불과 1년 밖에 안 되었는 데도 협동정미소를 모르는 사람이 별반 없었다.

"와아, 협동정미소라는 말만 듣고 찾아갔는데 거짓말 하나 안 보태고 기술자들이 전기로 돌리는 집채만한 도정기계가 빙글빙글 돌아가는데 거기에다 볏섬을 쓸어넣기 바쁘게 막 자동으로 찧고 쓿어서 등겨를 걷어내는 과정에 먼지가 뽀얗게 피어 오르더마. 참 희한하더라 쿠이.

그라고 안 있나. 그 큰 도정기에 벨트로 연결된 또 다른 기계에서는 금방 쓿어낸 희고 깨끗한 도정쌀이 막 쏟아져 나오는데 기가 막히더라 아이가. 촌구석에서 허리가 휘도록 발로 디뎌 곡식을 찧던 디딜방아는 저라 가라 쿠능 기라. 참말로 천지가 개벽한 거 맨키로 하늘이 노래지더라꼬."

떡배 아재는 아득한 기억을 더듬 듯 진지한 태도로 눈을 지긋이 감았다, 떴다를 되풀이했다. 그리고 가끔식 긴 한숨을 삼켰다가 토해내면서 지긋한 표정으로 장조카 개똥이를 바라보곤 했다.

"그때 일을 생각하믄 지금도 눈물이 날라 쿠네. 촌에서 개화했다 꼬 말로만 신천지가 왔다 쿠디마는 그야말로 마산이 신천지더라 아이가. 우마야마껭(마산항)…. 그라고 안 있나. 도정공장 뒤에 서방님이 거처하는 사택이 있었는데 그 사택이 일본식으로 지어진 집이라 군불을 때는 우리 대갓집의 온돌방이 아이라 골풀을 바닥재로 간 다다미방이더라꼬.

그 흔한 다다미방도 그때 생전 처음 봤다 아이가. 우리 온돌방은 군불을 때고 나믄 뜨끈뜨끈한 게 아랫목에는 너무 뜨거워서 등골도 몬 눕혔는데 다다미방은 무미건조하고 썰렁한 느낌이 드는 게 영 썰렁한기라. 거기에다 방바닥에는 화롯불이 놓여 있고 코타츠脚爐라 쿠는 가꾸목角木틀 안에 숯불의 조그만 열원熱源을 넣고 그 위에 이불을 덮고 찬 손발을 녹이는 난방기구더라꼬."

그 당시 청년사업가 이병철의 생활 양식은 일본사람들과 별반 차이가 없었다.

덕배는 도착한 날부터 목욕물 데우는 일과 상전이 갈아입을 속옷과 한복을 챙기고 이부자리 깔고, 개고하는 내밀한 안방 일을 도맡게 되었다고 했다. 중교리에서 내당 마님이 하던 일을 대신 맡게 된 것이다. 그 당시 사택에는 식모가 있었으나 밥해주고 빨래하고 집안 청소하는 것 외에 별반 도움이 되지 않았다.

이병철은 바깥에서는 일본 국민복 차림으로 활동했으나 집에만 들어오면 언제나 중교리의 내당에서 명주실로 곱게 짠 비단으로 만들어 보낸 한복을 즐겨 입고 금침(이부자리)속에 몸을 파묻곤 했다. 덕배가 중교리를 떠나올 때에도 내당 마님이 손수 지은 명주 한복을 세 벌이나 갖고 왔다.

그래서인지 그는 목욕하고 잠만 사택에서 잘 뿐 식모가 차려준 밥은 입에도 대지 않고 삼시세끼를 바깥에서 해결했다. 어쩌면 동경 유학시절부터 길들여진 깔끔하고 까다로운 성격 탓인지도 몰랐다.

외부 출입을 위해 늘상 타고 다니던 후지 자전거를 몰고 달리면 10분 거리에 일본인 주방장이 경영하는 단골 스시집이 있다고 했다. 거기서 아침, 점심을 떼우고 저녁에는 으레 요정에서 여러 사람들과 어울리게 마련이었다.

"그 당시 교통수단이라곤 자전거밖에 없었습니까?"

"아, 후지 지텐샤(자전거)! 내가 아직도 왜놈 말이 입에 발려서 그만… 지금 후지 자전거라 쿠이께네 우습게 들리겠지만 그때 당시 하이야 지토샤(세단 승용차)는 극히 드물었고 돈푼이나 있는 사업가들은 후지나 미야타宮田 같은 일제 고급 자전거를 자가용처럼 타고 댕겼다 아이가. 요새 말로 치믄 도요타 렉서스 만큼이나 가치가 있었능기라."

그런 일상에서도 청년사업가 이병철은 생활에 절도가 있었다고 했다. 늦어도 저녁 8시면 집에 돌아와 목욕하고 잠자리에 들었다. 그가 목욕하는 시간도 잰 듯이 정확하게 딱, 한 시간…. 기침시간도 정확히 새벽 6시였고 한 시간여 전에 이미 눈을 뜬 그는 비단금침에 누운 채 그날 일과를 구상하기 일쑤였다고 했다. 마치 지밀의 내시처럼 그의 곁을 지켜온 떡배 아재가 전하는 얘기다.

동경 유학시절 일본에서 온천장을 자주 드나들며 유카다浴衣에 길들여진 오랜 습관 때문인지 히노키扁柏 목간통에 들 때에는 으레 한복을 벗고 유카다를 즐겨 입었다고 했다. 그래서인지 그는 특히 밤에 목욕문화를 즐겼다.

"서방님께서는 그 깊은 산골 중교리에서도 가끔씩 곳간 귀퉁이에 커다란 가마솥을 걸어놓고 물을 데워 목간통 삼아 저녁 목욕을 즐겼다 아이가. 그때도 내가 도맡아 수발을 들었제. 암만, 서방님이 마산 사택에서 혼자 목욕하다가 중교리에서 목욕물 온도를 맞추고 등 밀어주던 내가 문득문득 생각났던 모양이제. 내가 마산에 도착하자마자 열일을 제쳐놓고 목간통부터 맡기는 걸 보믄…….

근데 와아, 마산 목간통이 참, 희한하더라꼬. 희노키라 쿠는 건데 보통 원형이나 타원형으로 사람 하나 겨우 몸 담글 만한 사각형으로 된 게 아주 커더라꼬. 편백나무를 대패로 깎아 만든 판자조각으로 오밀조밀하게 엮어서 대나무로 테두리를 치고 물이 새지 않도록 만든 욕조인데 한 사람이 다리를 쭉 뻗고 몸을 담가도 공간이 여유로운데다 향이 강해 마치 삼림욕을 하는 기분이 들더라꼬. 내는 뭐, 언감생심 그 목간통에 몸 담글 형편이 몬 되지만……."

히노키란 일본에서 30년 이상 자란 일종의 노송老松으로 편백나무를 뜻한다. 특유의 목향木香이 강해 습기 많은 일본에서 욕조로 만들어 사용하면 숲속의 상쾌한 느낌을 받을 수 있다고 해서 한때 대단한 유행을 타기도 했었다.

"아 참, 지금 우예(어떻게) 되었는지 잘 모르겠지만 재현이(CJ그룹 회장) 장손이 어르신 내외분을 모시고 살던 서울 장충동 본가에도 그런 목간통을 만들어 놨제. 장충동 본가의 목간통은 벽면과 바닥에도 나무결의 은은한 광택과 향기가 그윽한 희노키를 일본에서 직수입해 장식했다 아이가. 어르신 건강하실 때에도 내가 늘 등 밀어드리고 세신洗身(때밀이)하고, 마사지와 안마도 해드리고 그랬었제. 별세하시기 전날 밤에도 앙상하게 뼈만 남은 어르신의 몸을 마지막으로 씻겨

드렸능기라."

순간 떡배 아재의 목소리가 떨리고 주름진 눈자위에 이슬이 맺혔다. 목이 메여 말끝을 잇지 못한 그는 저려오는 슬픔을 감내하느라고 이빨을 지긋이 깨물곤 했다.

"그때 마, 바싹 말라 비틀어진 어르신의 앙상한 알몸을 조심스럽게 안아다 히노키 목간통으로 들어가는데 얼마나 가벼운 지 꼭 어린 아이를 안은 기분이더라꼬. 그래서 마, 내도 모르게 펑펑 울었다 아이가. 그라이께네 어르신께서 타들어가는 목소리로 야아야, 떡배야! 울지 말거래이. 인생은 유한有限이다. 공수래공수거空手來空手去… 빈손으로 왔다가 빈손으로 가는 건데….

남들이 젊어서부터 낼로(나를) 보고 '돈병철'이라꼬 비웃는 줄도 모르고 평생 돈을 버는 데만 신경을 써 왔다 아이가. 그게 다 어리석은 짓이었제. 근데 내는 그걸 뒤늦게 깨달은기라. 인생 끝날 때에 뒤돌아보니 남는 게 아무 것도 없다는 거를…….

그렇지만 내는 떡배 니가 베풀어준 돈보다 더 귀한 덕德을 품고 갈란다. 니도 내 따라 올 때 덕을 마이 쌓아가지고 오이라. 쿠시더라꼬. 그래서 내가 펑펑 울믄서 이렇게 답해 드렸능기라. 예, 하모요(그럼요). 어르신! 저도 어르신 따라 저 세상으로 가서 계속 히노키 목욕시켜 드릴라 쿱니더. 그 일을 제가 안 하고 누가 할 겁니꺼… 근데 모진 목숨, 아직도 어르신을 몬 따라 가고 있다 아이가."

떡배 아재는 더 이상 말을 잇지 못하고 먼 하늘로 시선을 보냈다. 고인을 잊지 못하는 그는 끝내 참았던 눈물을 하염없이 쏟고 말았다.

"선대 회장 어르신께서 히노키 목욕을 즐기실 때 사전에 직접 손바닥으로 수온水溫을 재고 1도라도 수온차가 나면 입욕入浴을 하지 않는다는 얘기도 들었습니다만……?"

잠시 침묵이 흐르다가 떡배 아재는 옷소매로 이슬 맺힌 눈두덩을 콕 누르고는 다시 과거를 회상하며 말문을 열었다.

"아, 말도 말라니까. 그래서 처음에는 내가 그 놈의 목간통 수온 재다가 볼일 다 봤다 아이가. 중교리에서도 그랬제. 그때 당시는 요새처럼 냉·온수를 조절하는 기계도 없었고 온도계 하나 있는 거, 그건 서방님이 갖고 무시로 수온을 재더라 쿠이.

근데 내는 마, 그저 맨손으로 수온을 느끼믄서 목욕물 온도를 쟀다 아이가. 그것도 손맛이라꼬 캐야 되나. 참, 희한하제. 처음에는 실수도 많았지만 차츰 익숙해지더라꼬. 요새는 뭐, 편리한 수온조절기가 많지만 내는 마, 어르신이 별세하실 때까지 한 번도 그런 기계를 안 쓰고 이 손바닥으로 수온을 재고 그랬던기라. 내 손이 바로 신神의 손 아이가. 수온 전문가! 허허."

"……."

"어김없이 맞춰야 하는 딱, 섭씨 41도! 41도라… 41도라 쿠는 거, 그게 뭔지 아나. 사람의 체온이 평균 37도 아이가. 여기에다 4도를 더 보태믄 41도가 되는기라. 이건 어데 소학교 아이들도 다 아는 숫자 아이가. 근데 이리 쉬운 숫자에 엄청 깊은 뜻이 담겨 있더라꼬."

"수온 섭씨 41도에 무슨 깊은 뜻이라도 숨어 있단 말입니까?"

"하모, 있고 말고… 개똥이 니는 십진법十進法이라 쿠는 거 잘 알제? 십진법으로 4 더하기 1은 간합干合이 5 아이가. 그 5라는 숫자의 뜻이 참으로 심오한기라. 음양오행(陰陽伍行)! 세상의 일체만물은 모름지기 하늘과 땅, 즉 음양의 이기二氣에 의해 생장소멸生長消滅하고 천지의 변이變異·재복財福·길흉吉凶이 얽힌다는 세상이치를 말한다 이런 뜻이제.

다시 말해서 4는 태어나고 소멸하는 본바탕, 즉 동청룡·서백호·북현무·남주작 등 네 방위의 신을 뜻하는 사신도四神圖를 말하고 1은 역리학상 하늘수數를 말함이라. 세상만사 하늘의 뜻에 따라야 한다는기라.

그래서 어르신은 사업이든, 사생활이든 공사公私 간에 평생 5라는 숫자를 즐겨 사용해 왔다 아이가. 한창 젊었을 땐 수온을 섭씨 50도에 맞추고 뜨거운 열탕과 차디찬 냉탕을 오가는 소위 열·냉탕을 즐기기도 했지만 목욕은 뭐니뭐니 캐도 역시 히노키 목욕이 최고라니까."

성리학에 조예가 깊었던 가친의 영향으로 청년 이병철은 사업에 투신할 무렵부터 유달리 주역에 심취했다. 이후 대기업군을 일구고 국내 최초로 사원공채제도를 도입할 때에도 그는 직접 면접시험장에 나와 응시자들의 관상부터 본다는 얘기가 전설처럼 전해지고 있다.

그러나 실패를 모르고 승승장구하리라고 철석같이 믿었던 마산에서의 사업은 창업 1년여 만에 뜻밖의 재난에 부딪치고 만다. 식산은행으로부터 대출을 일체 중단하고 이미 내준 융자금마저 전액 회수한다는 날벼락 같은 통보를 받았기 때문이다. 1937년 7월 하순. 중일전쟁 발발과 함께 조선총독부에 전시비상령이 내려졌다. 전적으로 은행 융자에만 의존했던 청년사업가 이병철은 그야말로 청천벽력이 아닐 수 없었다.

대출이 일체 중단되면서 그동안 은행융자로 확보해두었던 토지의 시세가 폭락하고 자신의 능력으로는 도저히 수습할 수 없는 단계에까지 도달하고 말았다. 결국 사업체 정리에 나서지 않을 수 없었다. 정미소와 운수회사의 경영권이 일본인 거상의 손에 넘어가고 토지를 헐값에 처분해 부채를 청산하고 보니 모든 것이 출발점으로 되돌아 와 있었다.

그는 분수를 모르고 전적으로 은행대출에 의지하며 오만한 경영으로 일관해온 자신을 되돌아보고 그동안 좋은 경험을 했다고 자위했다. "삼리三利가 있으면 반드시 삼해三害가 찾아온다"는 사실을 깨달았기 때문이다.

"교만한 자 치고 망하지 않은 자 없다"는 선인들의 가르침을 뒤늦게 절감하면서 일시에 모든 사업에서 손을 뗀 그는 미련없이 마산을 떠났다. 그리고 부산·대구를 거쳐 평양까지 올라갔다가 내친 걸음에 국경을 넘어 만주와 베이징·상하이 등 중국 본토에까지 두루 시장을 살피며 신중하게 새로운 사업을 모색한다.

"아까도 말했지만 내는 처음 서방님이 마산 가서 사업한다는 소리를 듣고 사업이 뭐하는 건지도 몰랐다 아이가. 내가 직접 마산에 올라가서도 그 큰 정미소에서 무더기로 도정한 쌀을 일꾼들이 퍼다 가마니에 쓸어담고 닛산 도라쿠(트럭)에 실어 내는 걸 보고 아항, 저런 게 사업이구나, 생각했을 뿐이제.

근데 어느 날 갑작스럽게 사업이 망했다 쿠는기라. 그때까지만 해도 공장은 쉴새없이 돌아가고 도정한 쌀도 산더미처럼 쌓여가는데…. 그러고 안 있나. 며칠새 낯선 사람들이 들락거리더니만 결국 정미소 문을 닫고 서방님이 낼로(나를) 불러 놓고 한숨을 푹 쉬믄서 이렇게 말하더라꼬."

"뭐라고 말씀하셨는데요?"

"마, 내는 사업을 다 덜어 묵고 인자(이제) 어디로 가야 할지 모르 겠다. 떡배 니는 당분간 중교리로 돌아가 있거래이. 내가 어디서 자리를 잡으믄 또 부를 테니까… 쿠시는기라. 그래서 마, 내는 서방님! 안 됩니더. 저는 사업이라는 거, 그거 뭐하는 건지 잘 모르지만 이럴 수록 서방님 곁을 지키고 있어야 합니다. 쿠고 단호히 거절했다 아이 가.

그러이께네 허허, 이 놈 봐라. 상전의 영을 거역하다니 쿠고 실없 이 웃으시더마. 그래서 내는 마, 조금도 안 굽히고 막무가내로 대들 듯이 어떤 일이 있더라도 서방님 곁을 꼭 지키라는 내당 마님의 영 을 거역할 수 없다꼬 막 안 버텼나. 그라이께네 마지 몬한 듯 중교리 로 돌아가라는 영을 거두시믄서 허허, 마누라가 감시병 하나 단단히 붙여놨구마. 그러시더라꼬."

창업 초창기

|||||

막내 삼촌 떡배 아재의 얘기에 한참 귀를 기울이고 있던 계동이 마른 입술에 혓바닥을 굴리며 긴 한숨을 토해내고는 다시 말문을 열었다.

"그때까지만 해도 용배 숙부는 중교리를 떠나지 않고 진주사범에 재학 중이었다고 하던데……."

"암만 그랬을기라. 그때 당시 내 처지에 중교리 소식은 깜깜했고 그냥 서방님한테만 신경이 쓰여 가지고 졸졸 뒤를 따라 댕기믄서 국내는 물론이고 중국까지 안 가본 데가 없었다 쿠이. 그라고 보이께네 내가 서방님의 수행비서 제1호였던 셈인기라. 어르신을 처음으로 모신 원조 수행비서 아이가. 따지고 보믄 삼성비서실의 전설이라 캐도 무방하겠제. 개똥이 니도 삼성비서실의 내 후배 아이가. 하하. 그만하믄 첩첩산골 종놈이 상전 잘 만나 출세한기라.

그때 당시 가는 곳마다 제일 큰 고급 료칸(여관)을 정해 놓고… 아, 료칸은 일본말이고 중국말로는 판뎬飯店이라꼬 쿠더마. 암만 요새 말로 치믄 신라호텔 쯤 되었을기라. 서방님은 여행할 때 숙소는 언제나 최고급만 찾았으께네.

그라고 나서 날이 새기 바쁘게 휭하니 혼자 밖으로 나돌고 내는 내 대로 여관방 지키믄서 서방님 속옷도 빨고 명주 바지저고리도 챙기고 잡다한 일을 도맡아 하고 해가 저물믄 서방님 돌아오시길 눈 빠지게 기다리곤 했었제. 일본식의 큰 료칸에서는 손님들한테 아침, 저녁으로 푸짐하게 밥상을 차려주고 희노키 같은 둥그런 1인용 원형 목간통도 갖춰져 있더마. 그때도 목간통 온도 맞추고 서방님 세신시 켜드리는 건 내 몫이었제."

"그러고 보니 떡배 아재가 말하는 그 세신이란 용어가 요즘 대중탕이나 사우나에서 흔히 볼 수 있는 세칭 때밀이가 아닙니까?"

"하하. 맞다. 때밀이… 그렇지만 그건 단순히 때를 밀어주는 일이고… 요새는 뭐, 때를 밀믄서 더러는 마사지도 해준다 쿠던 데 내 방식은 그게 아잉기라. 암만 아이고 말고… 그것도 다 건강과 직결되는 법도法度가 있다니까. 물론 등 밀어주고 때 밀고 맛사지하는 것도 중요하지만 매일 목간통에 들어가는 어른한테 때가 있으믄 얼마나 있겠노? 그게 아이라 일종의 건강요법인기라.

내가 그런 건강요법을 익힐라꼬 동의보감을 한 여남은 번은 읽었다 아이가. 그라고 용하다는 한의원을 찾아댕기믄서 침술도 배우고 뜸도 배우고… 서당개 3년이믄 풍월을 읊는다꼬 웬만한 한의사 쯤은 저리가라 쿠는 거 아이가. 하하."

"그게 소위 말하는 돌팔이 아닙니까?"

"뭐라꼬, 돌팔이라꼬? 하기야 뭐, 무면허이께네 돌팔이라 캐도 할 수 없지만… 숫자풀이로 4는 인체의 이목구비耳目口鼻와 한의학의 사상체질四相體質·지수화풍地水火風이라, 태어나고 죽고, 다시 태어나는 본바탕에서 기인하고 있다는 뜻이제."

"지수화풍이라는 게 건강체질과 무슨 연관 관계가 있는지요?"

"아, 대우주를 구성하는 원리가 땅과 물과 불과 바람, 즉 자연을 상징하는 4대大를 말함이니 동의보감의 한의학적 측면에서 볼 때 인체의 근골筋骨과 기육肌肉은 땅에 속하고 정혈精血과 진액津液은 물에 속하며 호흡과 온난(체온)은 불에 속하고 영명靈明과 활동은 바람에 속한다, 이 뜻인기라. 어떻노. 돌팔이 치고 마이 알제? 하하.

그러니 바람이 그치믄 기氣가 끊기고 불기가 없으믄 신체가 차가우며 물이 마르믄 인체에 혈이 마르고 흙이 산화하믄 사람의 몸이 분열된다는 뜻이제. 말인 즉슨 삶과 죽음의 과정을 뜻함인기라. 이런 걸 염두에 두고 세신을 해야 천수를 누릴 수 있다 안 쿠나. 그렇지만 무식한 내 생각으로는 사람의 운명이란 원래 언제까지 살다가 가라는 사주팔자가 태어날 때부터 정해진기라."

"와아, 그러고 보니 우리 떡배 아재! 너무 많이 아신다. 지금이라도 여기, 중교리 행랑채에 한의원 간판을 하나 내걸어도 되겠어요. 늦을 만晩 자에다 쉴 휴休 자, 집당堂 자를 넣어 '만휴당 한의원'이라고 하면 어떻는지요? 하하."

"에끼, 이 사람!"

떡배 아재는 장조카 개똥이의 말에 눈을 가볍게 흘기면서도 싫지 않은 듯 가벼운 미소를 머금었다. 그의 얘기는 침이 마르는 줄도 모르고 계속 이어졌다.

"아, 우리 어르신 마지막 가시기 전에 난다긴다 쿠는 온갖 현대의학을 다 동원해도 안 되더라니까. 그래서 내가 수명壽命연장이나 시켜 드릴라꼬 첩첩산골에 은둔 중인 도인들까지 다 찾아댕기믄서 소위 용하다는 민의학에도 매달려 봤다 아이가. 그렇지만 결국 한정된 인간의 운명을 거역할 수 없었제. 인명재천人命在天! 한마디로 인명재천이라 쿠는기라."

계동은 막내 삼촌 덕배 노인의 거침없는 회고담에 새삼 감탄한 듯 말했다.

"그러고 보니까 떡배 아재는 인생철학이 절절이 배어나는 우리나라 세신계洗身界의 진짜 원조가 되는 셈이군요."

"하하. 세신계의 원조라… 요새 노인들 조롱하는 젊은 아아(아이)들 말로는 때밀이 왕초라 쿠더마."

아련한 옛 얘기지만 마산에서 첫 사업에 실패한 이병철은 어린 덕배를 몸종 겸 수행비서로 데리고 무작정 마산을 떠나 부산을 거쳐 서울·평양·신의주·원산·흥남 등 북한의 여러 도시를 돌아 국내 시장을 탐색하고 만주로 건너간다.

우리 민족의 뼈저린 역사가 스며 있는 창춘長春·펑톈奉天·선양瀋陽을 돌아보고 중국 본토로 건너가 베이징北京·칭다오靑島·상하이上海까지 두루 섭렵했다. 가는 곳마다 중일전쟁에서 연전연승한 황군皇軍(일본군)의 군홧발 소리가 저벅거렸고 일장기와 욱일승천기가 나부꼈으나 그런대로 시장은 형성돼 있었고 상거래도 비교적 활발했다.

전시의 낯선 중국시장을 두루 살펴볼 무렵엔 그가 마산에서 일본인 행세를 하며 사업을 일으켰던 시절처럼 중국인들도 이미 일본인들에게 상권을 다 빼앗긴 상태였다. 그런데도 저들의 비위를 거스르지 않고 돈을 벌어들이는 대륙적 기질이 몸에 밴 중국 상인들의 상술에 새삼 감탄하지 않을 수 없었다.

그는 식민지 치하에서도 무슨 사업을 어떤 규모로 추진하든 간에 반드시 때와 장소가 중요하다는 것을 깨달았다. 우선 강대국들의 약육강식시대에 변화무쌍한 국내외 정세를 정확하게 통찰할 필요가 절실했다. 마산에서 사업을 크게 벌이다가 하루 아침에 실패한 원인도 따지고 보면 중일전쟁의 전운을 미처 파악하지 못했기 때문이다.

게다가 무모한 과욕으로 분수를 지킬 줄 몰랐다. 후회하기엔 이미 늦었지만 자신의 능력과 한계를 냉철하게 판단하고 요행을 바라는 투기는 절대로 피해야 하며 실패에 대한 대비책도 중요하다는 사실을 절감했던 것이다.

중국대륙에는 가는 곳마다 상권의 규모가 어마어마했다. 마산의 상권이 구멍가게정도라면 중국 각 도시의 상권은 대형마트 격이었다. 공업원자재·식품·의류·농산물 등 각종 상품을 한꺼번에 수백 트럭씩 들여와 물류창고에 산더미처럼 쌓아놓고 손 크게 벌이는 상거래에 혀를 내두르지 않을 수 없었다. 겨우 2만원(현재의 화폐가치로 약 4억 원) 안팎의 소자본으로는 단일 품목이라도 아예 엄두가 나지 않았다.

"중국에서만 한 두어 달 돌아댕겼나. 상하이에서 마지막 밤을 보내고 인천가는 연락선을 탄기라. 그때는 상하이가 왜놈들 천국이었고 특히 시나진(중국인)들에 대한 검문검색이 심했지만 내가 어깨 띠를 둘러 메고 있는 조그만 고리짝(트렁크)에는 조선에서 떠날 때와 마찬가지로 서방님의 명주 한복과 일용품 등이 들어 있었다 아이가.

전시 일본 국민복 차림의 서방님이 들고 있는 가죽가방에도 시장조사한 각종 서류와 얼마 간의 일본 돈(엔円)밖에 없었제. 연락선에 오르기 직전에 조선총독부가 발행한 여행증과 짐 검사를 하던 겐페이(헌병)가 내 고리짝의 명주 한복을 보더니만 나이센 잇타이! 쿠믄서 그대로 스탬프를 꽝, 눌러주고 통과시켜 주더라꼬."

"나이센 잇타이라면……?"

"아, 일제 식민지 내선일체內鮮一體가 왜놈말로 나이센 잇타이 아이가. 즉 일본과 조선은 하나라는 뜻이제. 그라이께네 서방님이 유창한 일본말로 와다쿠시와 고코구신민 노 데스(나는 황국신민이다) 쿠고 싱긋이 웃으며 답해주더라꼬. 평소 절제 있고 근엄하기로 둘째 가라믄 서러워할 만큼 자존심이 강한 서방님이었지만 우야노(어떡하노), 그래야 무탈하게 살아남을 수 있는 세상이었으니까. 우야든 간에 그럴 때는 속좁은 왜놈들 비위를 잘 맞춰 줘야 되는기라."

마침내 조선으로 돌아온 이병철이 중국을 떠돌며 터득한 것은 제면업製麵業과 청과물·건어물·잡화 등 소비재의 무역업이었다. 이러한 일용품들은 국적이나 전시를 떠나 일상에서 모든 사람들이 반드시 필요한 생활필수품인 데다 사회가 발전해갈수록 자연 소비도 늘어나는 품목들이었다.

특히 중국인들의 주식인 국수麵는 전란으로 기근이 들어 절대량이 부족했고 우리나라에서도 식민지 치하에서 서민들의 허기를 채워주는 국수가 시중에 나오기 바쁘게 동이 나기 일쑤였다. 먹는 문제 해결이 무엇보다 시급했기 때문이다.

그러나 일제 암흑기에 이러한 제면업이나 무역업에 나서는 민족자본가는 극히 드물었다. 친일 매판자본이 국내 경제를 장악하고 고스란히 일본 수입품에만 의존하던 탓이었다. 게다가 미곡(쌀)은 농민들이 수확하는 족족 공출로 바쳐야 했고 조선총독부가 우리나라 토지와 자원을 수탈할 목적으로 설립한 동양척식에 의해 고스란히 일본으로 실려 나갔다. 황군(일본군)의 군량미 조달이 목적이었다.

일제 강점기의 이같은 국내외 경제상황을 일일이 꿰며 재기의 기회를 엿보던 이병철은 마산에서의 사업 실패를 거울삼아 과욕을 부리지 않고 분수에 맞게 자기자본을 들여 사업을 일으키기로 결심한다. 그리고 경부선 철도를 끼고 교통이 사통팔달한 데다 물류조달이 비교적 수월한 요충지로 판단되는 대구에 터를 잡기로 했다. 그렇게 결심을 굳힌 그는 지체없이 대구로 내려왔다.

우선 대구 상권과 외지 상인들의 동향을 살펴볼 겸 삼남三南(경상도·전라도·충청도)의 집산물이 입하되는 큰장(현 서문시장) 들머리의 달성공원 입구에 위치한 제일관第一館에 투숙했다. 요즘의 5성급 호텔 격이었다. 일본 도쿄의 료칸旅館이나 중국 상하이의 판덴飯店에 버금가는 시설이었다.

물론 우연의 일치겠지만 그가 대구의 제일관에 투숙한 인연이 삼성상회를 설립하고 훗날 거대기업으로 발전하면서 제일제당, 제일모직 등 이른바 '제일주의'를 선호한 계기가 되었는지도 모른다.

"무식한 내가 뭘 알겠나만 사람의 운명이란 게 참, 알다가도 모를 일이제. 서방님이 대구에서 사업에 착수하기 전 희한하게도 오늘의 삼성이 있게 한 사람을 운명적으로 만나게 된 기라.

그라이께네 제일관에서 한 사나흘 묵었나, 암만 그랬을기라. 그날도 서방님이 아침상을 물리고 일찌감치 어디 장사할 만한 점포를 하나 찾아보겠다고 나서던 참이었는데 뜻밖에도 여관 입구에서 반가운 친구와 맞닥뜨렸다 아이가. 내도 말로만 듣던 그 양반을 그날 처음 봤지만……"

청년 사업가 이병철이 우연히 만난 사람은 동경 유학시절 막역하게 지냈던 친구 이순근李舜根이었다. 그는 반가움에 겨워 병철의 손부터 덥썩 잡았다.

"아니, 이게 누구야. 병철 군 아닌가. 반갑네 이 사람아, 마산서 사업하다가 어디 행방불명이 되었다더니 우째 여기서 만나게 되노?"

"세상이 참, 넓고도 좁다 쿠디만 내는 자네가 아직도 동경에 있는 걸로 알았제."

"아, 작년에 졸업하고 보니까 실업자가 거리에 넘치고 왜놈들 밑에서 식민지 조센진이라는 말을 듣기도 진저리가 나서 바로 관부關釜 연락선을 타고 귀국했다네. 안 그래도 자네 소식이 궁금해서 도착하자마자 중교리로 통기를 넣었더니만 행방을 아는 사람이 아무도 없더라니까."

"그렇게 되었다네. 한동안 바람이 나서 여러 곳을 정처없이 떠돌아 댕겼제. 우야든 간에 반가우이. 그래도 자넨 동경의 모던 뽀이처럼 변한 게 하나도 없구만. 예나 지금이나 정열이 넘치고 목에 힘께나 주면서 활달한 모습을 보니 하하."

"아, 목에 힘 뺀다고 누가 밥 먹여주나. 하하."

순근은 전시 국민복 차림에 도리우치(납작모자)를 눌러 쓴 병철의 수수한 모습과는 달리 마카오 양복에 중절모를 눌러 쓰고 백구두를 번쩍이는 도쿄의 모던 보이와 다름없이 깔끔한 신사로 보였다.

병철이보다 한 살이 많은 그는 원래 경남 함안의 만석지기 부농의 아들로 태어나 귀하게 자랐다고 했다. 성장해서는 일찍 부모를 여의고 부리던 노비들을 모두 풀어주면서 굶지 않도록 땅뙈기를 두루 나눠주기도 했다는 거였다. 그러고는 일본으로 유학을 떠나 와세다대학 정경학부에 입학했던 것이다.

병철이 동경 유학에서 2년 만에 중퇴하고 돌아와 가복(하인)들을 풀어준 연유도 그의 영향 때문이었다고 했다. 함안과 의령 두 고을은 지척의 거리다. 그런데도 둘은 평소 일면식도 없었다. 병철이 도쿄에 도착해 와세다대학 인근에서 하숙집을 구하던 중 우연히 그를 만나 통성명을 하게 되었고 그의 소개로 6조組 다다미방을 구해 함께 자취생활을 하게 되었다고 했다.

자라면서 손에 찬물 한 번 적시지 않았던 병철은 애초 침식을 제공하는 하숙을 구하려 했으나 "일본 음식이 우리 고유의 입에 맞지 않고 고향에서 보내온 고추장·된장에 자취하는 것이 훨씬 낫다"는 순근의 권유에 따라 공동자취를 하게 된 것이었다.

둘은 자취방에서 뒹굴며 의기투합했으나 그 당시 순근은 이미 신사상新思想(사회주의)에 물들어 반체제 성향이 짙어 있었다. 그래서 그는 틈만 나면 사상운동에 참여하자고 권유했고 둘이 함께 마르크스나 엥겔스를 탐독했으나 병철은 천생 타고난 기질이 부르주아여서 별로 흥미를 느끼지 못했다. 게다가 대학 2학년 때 편식 때문에 각기병脚氣病에 걸려 휴학원을 내고 온천을 찾아다니며 요양생활을 하고 있었다. 그리고 결국 와세다대학을 중퇴하고 귀국해버렸다. 순근과 헤어진 연유다.

그런데 뜻밖에도 아무 연고가 없는 대구의 여옥旅屋에서 그를 만나다니… 우연치고는 기막힌 우연이 아닐 수 없었다. "대구에서 재기하기 위해 점포를 구하러 다닌다"는 병철의 얘기에 솔깃해진 순근은 선뜻 "요지에 좋은 매물이 있긴 한 데 규모가 좀 큰 건물"이라고 답했다. 이 말에 병철은 거침없이 말했다.

"아, 이 사람아! 적어도 사업을 할라치믄 크게 벌여야지 조그만 구 멍가게로 되겠나? 내는 큰 건물일수록 좋다네. 어디 한 번 물건을 구 경이나 해봄세."

이렇게 하여 찾아간 곳이 대구에서 상권이 가장 활발한 큰장 코앞 의 인교동 61-1에 위치한 대지 145평에 지하 1층, 지상 4층 연건평 250평 규모의 목조건물이었다. 당시로서는 대구시내에서 보기 드문 현대식 건물이어서 병철의 마음에 쏙 들었다.

이 건물주가 순근의 먼 친척 뻘 되는 함안사람이라고 했다. 그 당 시 건물은 큰장에 풀어놓을 각종 도매상품의 중간 하치장으로 사용 하고 있었다. 병철이 확보하고 있던 사업자본금은 3만 원(현 화폐가 치로 약 6억 원) 정도. 하지만 건물가격은 2만 원(4억 원)에 나와 있었 다. 순근의 주선으로 건물가격 중 1만 원(2억 원)은 선납하고 나머지 1만 원은 2년 후에 갚기로 약조해 계약에 들어갔다. 무엇보다 운영 자금을 확보해야 했기 때문이다.

일은 일사천리로 풀려나가기 시작했다.

이병철은 내친 김에 재기의 첫발을 내디뎠다. 1938년 3월 1일. 큰 것, 많은 것, 강한것을 나타내는 숫자 삼三에다 밝고 높고 영원히 빛 나는 문자 별星을 뜻하는 [三星]을 상호로 내걸고 주식회사 '삼성상 회'를 설립한다. 오늘날 초국가적 글로벌 기업으로 성장한 삼성그룹 의 모체다.

청년사업가 이병철이 처음 출발한 업종은 그동안 노하우를 쌓아 온 정미업이 아닌 제면업. 마산에서 돈방석에 앉았던 정미업에 대한 미련을 결코 버릴 수 없었으나 중일전쟁 발발 이듬해인 그 당시 국내 경제상황은 쌀의 시중거래가 거의 막혀 있었다.

모조리 동양척식에서 매점매석해 낙동강 사문진 나루터를 통해 일본 본토로 실려나가거나 관동군 후방 병참기지의 군량미 조달을 위해 중국 산둥성山東省 칭다오靑島항으로 반출되고 있었기 때문이다. 그 만큼 쌀이 귀했던 시절이었다. 가끔씩 호남 곡창지대에서 대구 큰 장으로 몇 가마씩 쌀이 반입되고 있긴 했으나 으레 암거래로 동이 나기 일쑤였다.

때문에 서민들은 주로 깡보리밥이나 국수를 주식으로 삼았다. 게 다가 보릿고개에는 시중의 국수마저 동이 나 콩깻묵大豆粕을 갈아 주 식으로 삼았고 심지어 절대빈곤층은 야산의 소나무 속껍질을 벗겨 송진을 채취해 보릿가루를 섞어 떡을 해먹거나 죽을 쒀 먹는 문자 그대로 초근목피로 연명해 갔다.

마침 병철이 제면업을 전문업종으로 삼성상회를 설립할 시점에 보릿고개가 닥치고 있었다. 고민 끝에 고안해낸 등록상표는 별 세 개 가 피라밋처럼 삼각형으로 그려진 '별표 국수'! 건물 1층 오른쪽에 는 일본에서 들여온 모터기와 제분기, 제면기가 설치되어 있었고 왼 쪽엔 10평 남짓한 사장실(응접실)과 사무실에 조그만 온돌방이 하나 붙어 있었다.

지하 1층과 지상 1층의 뒤쪽을 창고로 사용했다. 창고에는 밀가루 부대와 별표 국수가 가득 쌓여 있었다. 그리고 2, 3, 4층은 국수 건조 실이었다. 당시 가난한 이웃 주민들로 조직된 종업원은 40여 명. 창 업주 이병철이 사장 겸 지배인 겸 공장장으로 1인 3역을 맡아 제분 기와 제면기를 직접 돌려 밀가루를 만들어내고 반죽을 해 국수를 뽑 아내기 시작했다.

삼성창업 일등공신은 마르크스주의자

|||||

"그때 당시 내는 사무실 옆에 붙어 있는 조그만 온돌방에서 서방님의 온갖 수발을 다 들며 함께 묵고 자고 했다 아이가. 서방님이 무엇보다 제분기를 가동할 때 밀가루가 마구 날아드는 데다 사람 팔길이만한 가꾸목角木으로 제분기를 두드리면서 한 톨이라도 아끼기위해 바닥까지 털털, 털어낼 때는 서방님 얼굴이 온통 눈을 뒤집어쓴 듯 허옇게 변하기 일쑤였제.

그렇지마는 공장에 목간통이 없어서 서방님이 매일 밤 시마이하고(작업을 마치고) 나믄 반 마장(약 2 킬로미터) 쯤 떨어진 북성로의일본사람이 경영하는 아사히 목간통朝日湯에까지 가서 희노키 목욕을 하고 돌아오곤 했었제. 그래 얼마 안 있다가 이거 안 되겠다 싶어내가 큰장에 나가 타원형으로 된 일인용 희노키 목간통을 사다가 모터실 옆에 설치하고 매일밤 또 수온을 재기 시작했다 아이가. 목간통관리는 내 아이고는 마, 아무도 몬한다니까. 그게 내 숙명이라 안 쿠나. 하하하."

떡배 아재는 어렴풋한 과거를 회상하며 지나온 세월에 만족을 느
낀 듯 연방 고개를 끄덕이며 미소를 머금었다.

"그럼, 왜 저어… 1970년대 중반 대구상공회의소 회장을 지낸 박
윤갑 전 삼성제지 회장과의 인연은 그 당시 어떻게 맺어졌습니까?
그 양반도 우리 중교리 출신이라 그러던 데…."

"아하, 그래 윤갭(윤갑)이 행님(형) 말이가? 그 행님이 내보다 한
살 윈 데 벌써 10여 년 전에 세상을 버려뿌렀제. 살아 있을 때 어르
신한테는 참, 충신이었다 쿠이. 아, 충신도 그런 충신이 없었제. 내야
뭐 이름없는 종놈 출신이지만 갭이 행님이야 명색이 대구상업(대구
상업고교)을 나온 삼성의 초대 경리 아이가. 일등 창업공신이었제.

문산 종답宗畓을 부치던 중교리 소작농의 장남으로 태어나서 어릴
때부터 천재 소리를 들었다 아이가. 내하고 문산서당에 댕길 때 석달
만에 천자문을 떼고 한문을 거의 통달할 무렵에 내쳐 논어·맹자·중
용에다 대학까지 사서四書를 다 뗐다 안 쿠나. 오죽 했으믄 술산 어르
신(이병철의 선친)이 놀라 혀를 내둘렀을까."

"글쎄요, 그 양반이 삼성의 창업공신이라기보다 떡배 아재와 함께
한때 삼성가의 집사로 일했다는 얘기가 들리던 데 선대 회장 어르
신 내외분과는 어떤 인연으로 삼성상회에 몸 담게 되었냐, 이 말입니
다."

"아, 그거 잘 몬 알려진기라. 중교리에 살았다꼬 캐서 다 이씨네 하
인 출신이라 쿠지만 그게 아잉기라. 갭이 행님은 당당한 소작농 출신
이라 쿠이. 내 같이 타고난 종놈하고는 신분이 영 다르제. 그 행님은
순전히 공부 때문에 대구로 올라왔다 아이가. 문산서당에서 서당글
을 마치고 술산 어르신의 주선으로 소학교(초등학교)까지 졸업했다

쿠더마. 그래서 대구로 올라와 삼성상회에서 처음부터 경리일을 보다가 나중에 지배인으로 부임한 이창업씨 소개로 상업학교에 진학한기라. 갭이 행님도 처음 대구 올 때는 내가 마산갈 때처럼 걸어, 걸어서 왔다 쿠더마."

청년사업가 이병철이 대구에서 삼성상회를 개업할 무렵, 열 세살이던 박윤갑이 대구로 올라올 때도 떡배 아재가 열 살 때 혼자 걸어서 마산으로 갔던 것처럼 사흘 낮밤을 걸어서 왔다고 했다. 그 당시 의령-대구 간 대중교통이라곤 이틀이나 사흘 걸려 한 번씩 오가는 부정기 목탄차木炭車밖에 없던 일제 강점기라 바랑 하나만 달랑 메고 짚신발로 대구에 당도하고 보니 바랑에 매달아 두었던 짚신 세 켤레가 다 닳아버렸다는 것이었다.

지금의 대구시 내당동 큰장 초입에서부터 물어물어 가까스로 삼성상회를 찾아온 그는 마치 일본사람처럼 당쿠즈봉(승마바지)에 지카다비(운동화 종류의 버선 겸 신발)를 신고 전시 국민복 차림에 도리우치 모자를 눌러쓴 이병철과 마주쳤으나 얼른 알아보지 못했다고 했다. 병철은 그때 마침 밀가루 반죽이 묻은 손으로 한창 제면기를 돌리고 있던 중 초췌한 거지꼴로 찾아온 고향집 소작농의 아들 박윤갑을 먼저 알아봤다고 했다.

"니, 윤갭이 아이가?"

"예, 맞심더. 서방님! 제가 윤갑이라예."

윤갑은 상전을 확인한 순간 너무도 감격한 나머지 그만 그 자리에 엎드려 큰절을 올리며 대성통곡하고 말았다고 했다. 아마도 그 어린 나이에 걸어걸어 용케도 의령에서 대구까지 올라왔다는 일종의 성취감과 상전을 만난 벅찬 감격 때문이었으리라. 병철은 천재소년이라는 그런 그를 기억하며 대견하게 생각해 왔다.

"윤갭이 행님이 삼성상회에 처음 찾아왔을 때 내는 일손이 모자라 4층 국수 건조실에서 일꾼들을 돕고 있었능기라. 그라이께네 윤갭이 행님이 오는 줄도 몰랐제. 아래층에서 서방님이 낼로(나를) 찾는다 캐서 얼른 내려가 봤디마는 난데없이 갭이 행님이 싱긋이 웃고서 있더라꼬.

얼마나 반가웠던지 그만 행님아! 쿠고 얼싸안고 펑펑 눈물부터 쏟았능기라. 그때 그 꼴을 넌지시 지켜보던 서방님이 떡배야! 니, 갭이가 그리 보고 싶었나 쿠시더마. 그래서 하모요(그럼요) 서방님! 갭이 행님이 제 친행님 하고 다름 없어예. 캤디마는 오이야 그래, 느그 둘이서 앞으로 친형제처럼 잘 지내거래이, 쿠시더라꼬."

이후 이병철은 박윤갑이 대구상업학교(6년제) 야간부에 진학하여 주경야독으로 주산과 회계과목에 우수한 성적을 나타내자 삼성상회의 경리업무 일체를 맡겼고 금고를 통째로 관리하게 했다.

그리고 개업한 지 한 달여 만에 일이 너무 벅차 통사정을 하다시피 이순근을 지배인으로 영입한다. 순근은 애초 "함께 사업을 하자"는 병철의 제의를 극구 사양하며 삼성상회 건물을 소개하는 것으로 만족했다. 하릴없이 모던 보이 행세를 하며 빈둥거렸지만 딴에는 사업보다 정치성향이 짙어 속깊은 다른 꿍심이 있었다고 했다. 바로 신사상(사회주의)운동으로 독립투쟁에 나서는 일이었다.

그 무렵 이순근은 코민테른Comintern(국제공산주의운동단체)에서 활동하고 있던 남로당 당수 박헌영과 손이 닿아 있었고 그의 지령으로 대구에서 활동 중이던 박상희, 황태성과 접선하게 된다.

"개똥이 니, 혹시 박상희라꼬 아나?"

"글쎄요. 어디서 들어본 이름 같기도 하고……."

"니는 신문사에 있었다 쿠믄서 신문도 안 보나. 한때 신문에 자주 오르내린 이름인 데……."

"글쎄요. 전혀 기억이 안 나네."

"이런 멍충이 봐라. 박정희 대통령의 친행님 아이가?"

"아하, 그러고 보니까 생각나네. JP(김종필)의 장인 어른……."

"하모. 박영옥 여사의 친아부지제. 그람 황태성이는 알겠제?"

"아, 5·16 직후 세상을 떠들썩하게 했던 그 유명한 거물간첩 황태성이 말이군요."

"그래 맞다. 그때 당시 박상희 하고 황태성이도 우리 삼성상회에 자주 놀러왔다 쿠이. 순근 아재는 그 사람들 보고 행님이라꼬 깍듯이 모시고… 암만 그때 내는 그 사람들을 독립운동가로 봤던기라."

박상희와 황태성은 동갑내기(1906년생)로 막역한 친구사이였고 이순근(1909년생)은 그들보다 세 살이나 아래였다. 하여 그들은 서로 호형호제하며 술자리나 밥자리에 자주 어울렸고 떡배 아재는 그들 세 사람이 만났다면 서로 머리를 맞대고 밀담을 나누는 것을 보고 아마도 독립운동하는 것으로만 알고 있었던 것이다.

박상희는 그 당시 민족주의적 성향이 강해 신간회에 참여하다가 동아일보 구미지국장을 거쳐 대구 특파원(주재기자)으로 활동하고 있었고 황태성은 박정희 전 대통령의 대구사범학교 재학시절 교편을 잡고 있었다. 그래서 두 사람은 사사롭게는 형제처럼 지내면서도 사제 간의 인연이 이어지기도 했다. 그러던 중 황태성은 교직에서 물러나 남로당 경북지역 지하조직책을 맡게 된다.

그런 성향으로 황태성과 박상희는 평소 말없이 눈빛만 봐도 서로 의기투합했고 볼세비키와 같은 절대다수 민중의 힘을 결집하여 독립을 쟁취하는데 투쟁목표를 두고 있었다고 했다. 그동안의 산발적인 만세운동으로는 민초들의 희생만 초래할 뿐 별다른 효과를 거두지 못했기 때문이다.

두 사람은 이순근을 끌어들이면서 급진적인 성향으로 변하기 시작했고 경계인물로 고등계의 사찰대상에 올라 행동에 많은 제약을 받기도 했다. 그런데도 그들의 프롤레타리아 신사상을 접목한 독립운동의 집념은 변하지 않았다. 때문에 이순근도 고등계의 사찰대상에 올라 가끔씩 삼성상회 골방에서 숨어지내기도 했다. 그러다가 이병철에게 덜미가 잡혔던 것이다.

천성이 부르주아 기질인 병철은 진작부터 순근을 건전한 지식계층으로 인도하기 위해 기회 있을 때마다 허황한 이데올로기에서 깨어나야 한다는 충고도 서슴지 않았다. 그래서인지 그동안 순근의 속내를 훤히 꿰고 있던 병철이 또다시 "허황한 꿈을 접고 함께 사업에 전념하자"며 신생기업인 삼성상회의 지배인을 맡아달라고 거의 강권을 발동하다시피 제의한다. 그러자 순근은 마지 못한 듯 받아들이긴 했으나 무엇보다 그의 속내는 삼성상회를 고등계의 사찰을 피하는 비트(비밀아지트)로 삼고 싶었던 것이다.

병철은 그런 줄도 모르고 은행의 거액 융자나 대량의 자재구입과 수주受注 등 극히 일부의 중요한 문제를 제외하고는 어음 발행, 인감관리 등 경영일체를 그에게 맡겼다.

"疑人勿用 用人勿疑의인물용, 용인물의!"

의심이 가는 사람은 고용하지 말라. 의심하면서 사람을 부리면 그 사람의 장점을 살릴 수 없다. 고용된 사람도 결코 제 역량을 발휘할 수 없을 것이다. 사람을 채용할 때는 신중을 기하라. 그리고 일단 채용했으면 신뢰하고 대담하게 일을 맡겨라.

이병철이 삼성상회 창업과 함께 터득하고 실천했던 고용철학은 그 후 일관되게 추진해온 인재양성과 기업경영의 좌우명이 되었다. 순근은 이에 보답이라도 하듯 타고난 마당발처럼 거래선을 확장하고 열심히 뛰어주었다. 식량난이 극심하던 당시, 삼성상회에서 생산한 별표 국수는 이른바 '잔치국수'로 인기가 높았다.

삼성상회 앞 대로변은 날이면 날마다 이른 새벽부터 별표 국수를 사들이기 위해 짐자전거와 우마차까지 끌고 온 도·소매상들과 일반 소비자들이 구름같이 몰려와 장사진을 쳤다. 채 건조되지도 않은 국수까지 날개 돋친 듯 팔려나갔고 공장을 24시간 가동하고도 공급물량이 달려 아예 예약을 받기 일쑤였다. 이 과정에서 현찰이 가마때기로 들어왔다.

여기에다 사과로 유명한 대구 일원에서 생산되는 청과류와 포항의 건어물 등을 대량으로 사들여 이를 만주와 중국으로 수출하는 길도 터게 되었다. 이렇게 벌어들인 돈으로 우선 대구 인근의 칠곡군 신동에 1만여 평 규모의 과수원을 사들여 사과농사와 수출을 병행하게 되었다. 가난한 인근 주민 20여 명에게도 일자리를 제공했다. 신동 앞을 유유히 흐르는 낙동강 건너편은 바로 처가가 있는 달성군 묘골이었다.

"우리 장조카 개똥이, 니는 잘 모르겠지만 그 신동 과수원 동네가 고조, 증조 할배가 살아온 우리 장가張家들 관향貫鄕 마을 아이가. 내게는 선친이고 니한테는 조부대代에 와서 피죽도 몬 묵을 정도로 가난에 절어 입이나마 덜어야겠다고 강 건너 묘골 박씨네로 종살이를 갔던기라. 그러던 것이 후대에 중교리 이씨네 종살이로 전전하게 되었지만……."

떡배 아재는 아련한 기억을 더듬으며 긴 한숨을 토해내고는 또 한 잔 탁백이 종발을 비웠다.

"아, 그걸 제가 왜 모르겠어요. 저도 성장해오면서 더러 아버지 얘기도 듣고 종놈 신세를 벗어나 보려고 나름대로 우리 가문의 뿌리를 찾아봤다니까요. 뭐, 묘골 박씨네나 경주 이씨네 못지 않은 우리 가문의 예전 내력도 알게 되었고요.

아, 신동 윗마을 동락서원에 모셔진 조선조 중기 때 유명한 성리학자 여헌旅軒(장현광張顯光) 대감이 우리 중시조 할배라는 사실도 세보世譜를 통해 확인했다니까요. 그러니 우린 타고난 종복이 아니라 어쩌다가 못 먹고 못 살아 종살이에 나서게 된 거지요. 그걸 뭐 조상 탓으로 돌릴 게 아니라 세월 탓으로 돌릴 수밖에……."

"와아, 개똥이 니, 참 대단하네. 그래, 우리 문중에도 따지고 보믄 한때 역적으로 몰려 종살이 해온 묘골 박씨네나 벼슬길에 나서지도 몬하고 첩첩산골에 숨어지낸 중교리 선비 이씨네 가문보다 몬할 게 없제. 그런 사정을 돌아가신 술산 어르신이 더 잘 아시더마. 그래서 우리 가족을 생전에 따뜻하게 대해주신기라."

이병철이 엄청나게 너른 과수원을 사들일 무렵, 자금의 여유가 생기자 새로운 사업에 투자한다. 삼성상회 개업 1년여가 지난 1939년 5월경이었다. 양조업! 평소 술을 입에 대지도 않고 요정에서 예기藝妓들의 춤사위나 구경하며 국악에 심취하던 그가 양조업이라니……?

그 당시 대구에는 규모가 제법 큰 양조장이 여덟 군데나 있었다.

토박이 조선인과 일본거류민이 각각 네 군데씩 경영하고 있었다. 그러나 조선인이 경영하는 양조장에서는 고작 해야 약주나 막걸리밖에 생산하지 못했다. 반면 일본인이 경영하는 양조장엔 '마사무네', 즉 정종正宗(일본식 청주)만 생산했다.

때마침 일본인이 경영하던 '조선양조'라는 회사가 매물로 나왔다. 연간 양조량이 7,000여 석石으로 대구에서 가장 큰 규모의 양조장이었다. 중교리 본가의 연수 3000여 석의 쌀농사보다 두 배 이상에 달했다. 이때도 삼성상회 지배인이던 이순근이 와세다대학 정경학부 출신이라는 위세를 부리며 거간꾼으로 나서 주었다.

하필이면 '조선양조장'이라는 간판을 내걸고 민족자본으로 위장한 이 회사가 갑자기 매물로 나온 것은 일본인 투자자들끼리 경영권을 둘러싸고 내부갈등이 생겨 청산절차에 들어갈 위기에 놓여 있었기 때문이다. 당시 시가로 10만 원(현재의 화폐가치로 20억 원)을 부르는 데도 흥정을 붙일 생각도 없이 즉각 사들였다.

양조업은 당시 조선총독부가 식량난을 이유로 영업허가를 정책적으로 제한했기 때문에 업권과 시설평가액에서 상당한 프리미엄이 붙어 있었다. 이를 감안한다면 헐값이나 다름이 없다고 판단했던 것이다. 일본 군국주의가 벌인 중일전쟁이 장기전으로 치달으면서 조선총독부의 전시체제는 더욱 강화되었고 국내 경제활동에도 갖가지 통제가 가해지던 시점이었다.

그러나 양조업만은 그런 제약에서 비교적 자유로웠다. 새로운 시장 개척에 나설 필요도 없이 조선총독부에서 내주는 와쿠(할당량) 범위 내에서 쌀을 공급받아 술을 빚기만 하면 저절로 팔려나갔고 세수 확보를 위한 밀주단속이 심할수록 재고량이 달릴 만큼 호황을 누렸다. 양조업에 대한 과세는 영업이익의 3분의 1. 적어도 이익의 3분의 2가 남는 장사였다. 이병철은 어느덧 대구에서 굴지의 고액납세자가 된다.

그 무렵이 제11회 베를린 올림픽에서 손기정 선수가 일장기를 달고 마라톤경기에서 우승한 지 3년 째 되던 해였다. 이때 동아일보의 일장기 말살사건을 잊지 않았던 이병철은 "새 술은 새 부대에 담아야 한다"는 이순근의 제의를 받아들여 상표부터 바꿨다. 새로운 상표명은 은근히 민족의식을 고취시키기 위해 단순한 일본식 청주 이름인 '마사무네'보다 손기정 선수를 의식하는 '월계관月桂冠'!

그랬더니 일본인들보다 조선인들의 선호選好 경향이 크게 늘어났다. 그는 그제서야 삼성상회의 경영을 전적으로 이순근에게 맡기고 조선양조장은 새로 영입한 이창업이 책임지도록 했다. 그러고 나서 주체할 수 없을 정도로 돈과 시간이 남아돌자 마산에서처럼 요정출입이 잦아지기 시작했다. 특히 양조업을 하다 보니 술자리를 즐기는 양조업자들과 어울리게 마련이었다. 게다가 대구에서 행세깨나 하는 유지들이나 기업인들과도 격의없는 주연을 자주 베풀기도 했다.

그러나 제2의 최고경영자인 이순근은 동경 유학시절부터 두주불사斗酒不辭하면서도 특별한 일이 없는 한 이병철의 요정 출입에 동행하지 않았다. 품위 유지를 위해 형식과 허세로 일관하는 주연의 분위기가 자신의 체질에 맞지 않았기 때문이다. 그래서 요정 출입은 조선양조장 지배인인 이창업이 항상 동행했다.

동경 유학시절에도 그랬지만 순근에게는 서민들이 즐기는 통술집(목로주점)이나 스시집의 다이(주방장이 직접 초밥이나 술과 안주를 제공하는 간이식탁)가 제격이었다. 세상 돌아가는 일을 귀담아 들을 수 있는 분위기가 좋았다. 그래서 그는 퇴근 무렵이면 으레 신사상운동의 리더이던 박상희, 황태성을 비롯한 몇몇 멤버들과 어울려 향촌동의 통술집이나 스시 골목을 누비기 일쑤였다.

"그렇다면 그 당시 이순근 지배인은 여전히 독립운동을 핑계로 좌익 활동에 몸담고 있었다는 얘기네요?"

"그거야 내가 잘 모르제. 내는 인교동 본가와 삼성상회를 오가믄서 서방님 수발드는 거 외에 관심이 없었으니까. 우야든(어쨌든) 간에 그 양반은 서방님을 대신해서 국수공장 돌리고 회사를 경영하는데 눈코 뜰새없이 바쁘다가도 해만 지믄 바람처럼 사라지고 그러더라꼬.

그때 당시 그 양반은 지배인이라꼬 깎듯이 모시는 종업원들한테도 우리는 똑같은 신분이다. 직책을 떠나 그냥 동네 아재 맨키로 '순근이 아재'로 불러 달라꼬 쿠더마. 사회적 규범으로 봐도 상반常班관계와 조직의 상하가 분명한 데 계급의식도 없이 참, 희한한 사람이라꼬 생각했었제."

그 당시 이순근은 월급날이면 제법 두툼한 봉투를 만들어 박상희와 황태성에게 전하고 남는 돈은 고스란히 술값과 밥값에 보태 썼다. 그래선지 항상 돈에 쪼들렸다. 한마디로 정치공작금 때문이었다.

박상희는 명색이 동아일보 대구특파원이었으나 겉만 번지르르한 지사적志士的 기자 신분이었을뿐 술밥 간에 남의 신세만 지는 무보수로 일관했다. 그 당시 언론계 풍토가 그랬다. 게다가 무일푼인 황태성은 언제나 무산대중을 자처하며 걸핏하면 이순근을 찾아와 손을 벌리기 일쑤였다. 그럴 때면 순근은 으레 이병철에게 가불증을 내밀고는 민망한 표정을 짓게 마련이었다.

하지만 병철은 순근이 내민 가불증에 눈길도 안 주고 엉뚱한 말로 답해주곤 했다.

"아, 이 사람아! 돈이 필요하면 언제든지 금고에서 빼내 쓰면 되지 가불은 무슨 가불… 내는 그런 거 모른다. 일단 경영을 맡겼으믄 자금 관리도 자네가 알아서 할 일이제. 이 삼성상회는 내 회사가 아이라 구워 묵든 삶아 묵든 자네 회사 아이가. 하하하."

[疑人勿用 用人勿疑의인물용 용인물의]! 이병철의 담대한 인재 등용은 이때부터 시작되었다. 이후 이승을 하직할 때까지 서류에 결재 한 번 하지 않았다는 사실이 전설처럼 전해지고 있다.

떡배 아재가 거침없이 내뱉는 얘기에 귀 기울이고 있던 개똥이 고개를 갸웃거리며 말문을 돌렸다.

"아무리 해도 그렇지. 전 재산을 다 털어넣은 회사를 남한테 맡기고 경영에 그렇게도 무심할 수 있습니까?"

"원래 그 집 내력이 안 그렇나. 손에 물 한 번 안 적시고 하인들이 다 해주니까. 아, 그라고 안 있나. 삼성상회는 순근 아재한테 다 맡겨도 회사가 잘 돌아가이께네 믿을 수밖에 없다 아이가. 어르신이 그렇게 배포가 큰기라."

"그럼 그 당시 선대 회장 어르신께서 삼성상회를 순근 아재한테 다 맡기고 이창엽 지배인과 함께 요정 출입만 했단 말이지요?"

"하모. 그때 당시 어른신이 단골로 드나들던 요정이 훗날 대구시내 유명한 금호장이었제. 나중에 금호호텔로 바뀌었지만 아, 지금도 그 자리에 호텔이 그대로 들어서 있다 쿠더마. 그동안 통 안 가봐서 잘 모르겠지만… 그때 당시 우리 어르신이 삼성상회 부근 인교동에 대궐 같은 집을 장만하고 희노키 목간통도 큼직하게 꾸며 마산에서의 생활보다 더 호사스럽게 살았능기라.

　아, 근데 매일 밤 목욕물을 데워놓고 수온 섭씨 41도를 유지하기 위해 온갖 신경을 다 쏟고 있는데 어느 날 갑자기 목욕시간이 지나도 어르신이 집에 안 돌어오는 거 있제. 아이고 마, 큰일 났다 싶어 청사초롱에 불 밝히고 금호장으로 찾아갔던기라."

　이병철은 월계관 청주를 고작해야 한두 잔 할까, 말까 했을 뿐 가무에 잔뜩 심취해 밤새는 줄 몰랐다.

오뉴월의 서릿발

|||||

이병철은 대구의 요정생활에 싫증이 나면 마치 가벼운 걸음으로 이웃 나들이 하듯 부산이나 좀 더 멀리는 서울로 유람을 떠났고 그래도 마음에 차지 않으면 현해탄을 건너 일본 벳푸別府나 교오토京都까지 자유분방한 원정유람에 나서기도 했다. 어쩌면 타고난 한량인지도 모른다.

계동은 삼성비서실에 근무할 무렵 그런 얘기를 엿들은 기억이 떠올라 궁금증이 동했다.

"떡배 아재! 선대 회장 어르신이 양조업에 진출하면서 권번券番 출입이 잦았고 그 때문에 소실을 두고 가정불화도 잦았다는 얘기도 한때 파다하게 들리기도 했습니다만……."

"어허, 큰일 날 소리… 그건 내 눈에 흙 들어가기 전에 평생 금기시 되어온 상전 집안 사연이라 쿠이께네."

"허허 참, 상전들 다 돌아가시고 여기, 중교리 종택에 떡배 아재하고 저밖에 없는데 무슨 금기랍니까?"

"그렇지마는 차마 내 입으로 말 몬할 사연이 있다 아이가. 철부지 시절 내가 입을 잘 몬 놀려 가지고 한 인생이 망가지고 슬하의 따님은 아직도 생존해 있는 데 우예 내 입으로 또 그런 말을 꺼내노 말이다. 큰일 날 소리제. 내도 원망을 많이 들었지만 그 일 때문에 한때 애먼 윤갭이 행님만 누명을 쓰고 눈칫밥 묵었다 아이가."

떡배 아재가 느닷없이 새파랗게 질린 것은 상전 이병철의 원죄原罪에서 비롯된 금단의 가정사 때문이었다. 연거푸 긴 한숨을 내뱉던 그는 고개를 절레절레 흔들다가 못 이긴 척 말을 이어갔다.

대구에서 굴지의 사업가로 도약의 발판을 굳힌 이병철은 날이면 날마다 요정 출입을 하며 주지육림 속에 빠지들기 일쑤였다. 하지만 그는 주연보다 가무에 심취했다. 유명한 대구예기조합 달성권번의 예기들과 어울려 가야금 병창에 도취되는 등 국악에 대한 흥취가 남달랐다.

그러던 그는 대구에서 고관대작들이 베푸는 최상급의 주연에 단골로 출연하던 박소저朴小姐라는 예기를 알게 된다. 절세의 미인에다 새하얀 소복단장에 학鶴이 되어 사뿐히 방바닥을 내딛는가 하면 어느 한순간 허공을 휘젓듯 날아오르는 날렵한 그녀의 춤사위에 그만 혼을 빼앗기기 일쑤였다.

게다가 그녀가 꽃방석에 한가득 치마폭을 펼치고 앉아 가야금을 타며 쩌렁쩌렁 울리는 절절한 소리를 토해낼 때마다 자신도 모르게 "얼씨구! 좋다아~"하고 추임새를 흘리며 신바람이 나기도 했었다. 그녀는 여느 예기들과는 달리 시쳇말로 기예技藝가 출중하고 몸가짐이 조신한 순수예인(연예인)이었던 것이다. 그는 그날 이후 그녀를 한시도 잊을 수 없었다.

매일 찾아가는 금호장에서도 그녀가 출연하지 않은 주연은 맥이 빠지게 마련이었다. 전국의 유명한 기방은 물론 저 멀리 현해탄을 건너 일본의 카부키歌舞伎까지 모조리 섭렵해 봤지만 가히 박소저를 따를 만한 예인을 발견할 수 없었기 때문이다.

박소저는 밀양 박씨의 파손派孫으로 대구 인근 경산에서 대물려 세거해온 중인中人 가문의 규수 출신이라고 했다. 하얀 치마폭에 스스로 일필휘지하는 붓글씨도 한량들의 탄성을 자아내곤 했다. 그녀는 선대가 을사늑약 이후 독립운동에 투신하면서 가산을 탕진하고 가세가 기울자 과감히 규방을 뛰쳐나와 기예를 익혔다고 했다.

그런 그녀에게 정신을 송두리째 빼앗겨버린 이병철은 마침내 그녀의 마음을 사로잡고 법도에 따라 머리를 얹게(정식 혼례)한 뒤 소실로 맞아들였다. 그리고 인교동의 저택 뒤편 별채에 신방을 꾸렸던 것이다. 그 당시만 해도 조선왕조의 양반사회에서 부를 축적해온 선비들과 벼슬아치들 사이에 남존여비 사상에 길들여져 처첩을 여러 명 거느린 일부다처제가 성행했었다.

때문에 양반사회에 적서嫡庶 관계가 사회신분의 척도가 되기도 했다. 요즘 TV 사극 드라마에서도 자주 보는 일이지만 적자가 아닌 서얼庶孼은 아예 벼슬길에 나설 수도 없었고 자기를 세상에 태어나게 해준 생부生父를 보고도 감히 '아버지'라는 말 한마디 하지 못한 채 법도가 엄연한 양반사회의 그늘에 가려 서손의 설움을 삼키며 일생을 보냈던 것이다.

흔히 "말 타면 종 두고 싶다"는 말이 회자되던 시절. 명망높은 양반이나 재산가들은 흔히 액세서리처럼 소실을 거느리고 호사스럽게 살았다. 그런 관습이 1930~40년대의 일제 강점기에도 사라지지 않왔다. 그 당시만 하더라도 남존여비 사상이 뿌리박혀 있어 그들 나름 삶의 방식이 그랬고 윤리적인 면이나 도덕적인 측면에서도 그리 큰 흉허물이 되지 않았다.

광복 이후엔 일부 정치지도자들이나 개발경제시절의 재벌들 사이에 그런 풍조가 마치 부귀영화의 상징처럼 여겨질 때도 있었고 추악한 스캔들로 친자확인소송으로까지 번져 세상을 떠들썩하게 한 일도 있었다. 김영삼·김대중 전 대통령이 그랬고 정일권 전 국무총리도 그랬다. 물론 한국 재계의 양대 산맥이던 이병철·정주영 회장도 예외가 아니었다. 그러나 모두 앞길이 그리 순탄치 않았다. 수신제가에 발목이 잡혔기 때문이다.

박소저와 사랑의 보금자리를 편 이병철은 신접살이에 재미를 붙여 그동안 즐기던 요정 출입도 삼가고 집에만 틀어박혀 지냈다. 그 사이에 눈에 넣어도 안 아플 딸아이도 태어났다. 절세의 미인인 어머니를 쏙 빼닮아 딴 살림을 차린 그가 이들 모녀와 오붓하게 살 때에는 이 딸아이를 항상 무릎에 안고 지냈다고 한다. 현 삼성그룹 이건희 회장이 태어나기 이태 전(2년)이었다.

"솔직히 말해서 그때 내가 입을 꼭 다물고 있었으믄 속깊은 어르신 생각에 뒷일을 순조롭게 처리하고 집안에 아무 우환거리도 없었을 터인 데 이 종놈의 입이 오도방정이라 쿠이께네. 그 후로 내는 입이 있어도 말 몬하고 귀가 있어도 듣지 몬하고 눈이 있어도 보지 몬하고 내 스스로 벙어리, 귀머거리, 봉사, 삼맹三盲이 되었다 아이가. 박소저! 그 아씨 마님이 참, 착하고 인정이 넘치는 분이셨는데……."

"……?"

"아이고 마, 그때 일을 생각하믄 내가 죽을 죄를 지었능기라. 너무

어렸던 탓이었제. 그때 어르신이 박소저를 소실로 맞아들이고 알콩 달콩 정 붙이고 사는 거 보이 허파가 뒤집어져서 미치겠더라꼬. 그런 것도 모르고 슬하의 올망졸망한 자식들 거두며 그 큰살림을 도맡아 종택을 지키는 중교리 내당 마님을 생각하믄 허파가 안 뒤집어지겠나.

내는 솔직히 어르신을 모시는 몸종이지만 원래 족보는 내당 마님의 종새끼 아이가. 내당 마님이 은근히 객지로 떠도는 어르신의 바람기를 잡으라꼬 애초 내를 마산으로 보낸기라. 그 정도는 내도 눈치 채고 있었다 쿠이. 그래서 마, 우에 해야 될지 몰라서 한동안 고민하다가 윤갭이 행님한테 찾아가 이실직고 했다 아이가. 그때 내는 인교동 본가에 있었고 갭이 행님은 삼성상회 국시공장 사무실 뒷방에 거처하고 있었거든."

"그래서요?"

"그래서라이?"

"아, 그래서 첩살이에 들어간 선대 회장 어르신의 소실 얘기를 윤갭이 아재한테 먼저 했다, 이 말 아닙니까?"

"하모. 앞앞이 말도 몬하고 하도 답답해서 갭이 행님한테 찾아가서… 그것도 어르신이 희노키 목욕을 마치고 난 후 밤늦게 찾아간기라. 그때 갭이 행님도 낮에는 국수공장 경리일 볼라, 밤에는 야학 댕길라 한창 바쁠 때였제. 자다가 벌떡 일어나서 눈을 비비믄서 내를 빤히 바라보디마는 이렇게 말하더마. 아, 남자가 열 계집을 거느리는 세상에 뭐, 그게 대단한 일이라꼬? 그렇게 맨 처음에는 뭐, 별로 대수롭지 않게 여기더마.

그러다가 중교리 두꺼비 마님이 알믄 큰 사달이 날 긴데 그게 걱정이다 쿠고 한숨을 푹, 쉬더라 아이가. 내당 마님의 관상이 두꺼비 상이라 캐서 그때 당시 우리끼리는 두꺼비 마님이라꼬 불렀능기라. 그래서 내가 말했제. 더 큰 사달이 나기 전에 중교리 마님한테 고해야 안 되겠느냐꼬. 그랬디마는 행님이 쓸데없는 소리⋯ 쿠고 잠시 생각하디마는 좀 더 지켜보자꼬 쿠더마. 그래서 내는 마, 그걸로 끝난 줄 알았제."

그로부터 얼마 지나지 않아 박윤갑이 조부상을 당했다. 부음을 듣고 서둘러 고향으로 가는 데 이병철이 두툼한 부의금을 전하고 의령까지 큰돈 들여 그 귀하디 귀하다는 다쿠시(택시)까지 대절해 주었다.

윤갑은 고향에서 조부의 삼일장을 치르고 돌아오는 길에 잠시 내당 마님 박두을 여사를 찾아 인사를 드리는데 대구 소식을 궁금해하는 마님의 잇단 질문에 몸둘 바를 몰랐다.

"와? 들리는 소식으로는 서방님 사업이 잘 돼 가지고 회사 근처에 큰 집도 한 채 장만했다 카던데 우리 보고 합가合家하자는 소식은 없노? 자식들도 다 커가는 데 도회지의 신식 학교에 보내야 할 거 아이가. 내사 마, 이력이 나서 서방님하고 헤어져 사는데 아무 불만이 없다마는 자식들 진학이 큰 걱정이라 카이."

이 말을 듣고 윤갑은 가슴이 뜨끔했다.

'이 말을 해야 하나, 말아야 하나?'

한참을 망설이던 끝에 미리 귀띔이라도 해 두는 게 낫겠다 싶어 불쑥 한마디 내뱉고 말았다.

"저는 직접 안 봐서 잘 모르겠심더만 떡배 말로는 서방님이 딴 살림을 차렸다 안 캅니까."

"딴 살림이라니, 그게 무슨 소리고?"

"모르겠심더. 떡배가 저한테 전하는 말로는 서방님이 장만한 새 집에 소실을 맞아들여 신접살림을 차렸다 카대예. 그 사이에 딸도 하나 두고 있다카는 소리도 들립디더만 제 눈으로 확인은 몬 해봤어예."

순간 눈이 휘둥그레진 내당 마님이 한쪽 손으로 가슴을 치며 "휴우!" 하고 깊은 한숨을 토해내는 거였다. 아뿔싸, 윤갑은 순간적으로 말을 잘못 내뱉었다는 후회가 뒤따랐으나 이미 뱉은 말을 도로 주워 담을 수도 없었다. 두툼한 부의금에다 그 비싼 다쿠시까지 대절해준 상전에게도 몹쓸 짓을 한 것 같아 후회막심이었다.

"그래, 아무리 그래도 그렇지. 커가는 자식들은 생각도 안 하고 첩상이 끼고 당신만 잘 살겠다는 게 말이 되나. 첩상이 하고 얼마나 오래 살았으믄 그새 씨앗까지 생겼다 말이고? 아이고 마, 우야믄 좋겠노. 내사 마, 한숨밖에 안 나온다 카이."

"마님! 너무 걱정하지 마이소. 암만 서방님도 무슨 생각이 안 있겠십니꺼."

윤갑이 이 말을 남기고 일어서려는데 내당 마님이 도로 주저 앉혔다.

"윤갭아! 니는 대구로 가거든 절대 모른 척하고 가마이 있거래이. 내가 알아서 다 처리할 터이께네. 니는 떡배한테도 입도 뻥끗하지 말 거래이."

내당 마님은 무슨 깊은 생각이 있는 지 윤갑에게 다짐하고 또 다짐했다.

그로부터 한 두어달 쯤 지났나, 어느 날 한낮에 닛산 트럭가 두 대가 이삿짐을 가득 싣고 삼성상회 앞에 들이닥쳤다. 중교리 본가에서 기별도 없이 온 가족이 이사온 거였다. 1942년 초봄이었다.

마침 사무실에서 회계업무를 보고 있던 박윤갑이 소스라치며 밖에 나가보니 앞장서 들어오던 맹희가 벌겋게 흥분한 모습으로 손에 쥔 조그만 각목을 흔들며 큰소리로 외치는 거였다.

"윤갭아! 우리 집이 어디고? 니, 빨리 앞장서거라. 어여 집으로 가자!"

그 당시 맹희의 나이 불과 12세였고 윤갑은 17세였으나 부모님의 수하들을 종 부리듯 하대下待했다.

내당 마님 박두을 여사는 만삭에 가까웠다. 셋째 아들 건희(현 삼성그룹 회장)의 산달이 가까웠던 것이다. 그 길로 인교동 저택에 도착한 일가족은 짐을 풀기도 전에 박소저 모녀가 살고 있는 별채로 들이닥쳤다. 공교롭게도 이병철은 집을 비우고 외출 중이었다.

이번에는 내당 마님을 비롯한 인희 등 본가 여인네들이 앞장섰다. 예부터 사대부 가문의 투기를 규방의 일곱 가지 허물 중 하나인 '칠거지악七去之惡'이라고 했다. 그러나 부녀자의 본능적인 투기는 오뉴월의 서릿발이었다.

"니가 누고? 누군데 남의 안방을 차지하고 있노? 야아(이 아이)가 누구 씨앗이고? 이씨 핏줄이 맞긴 맞나?"

박소저는 본가의 안방 마님을 맞이하는 순간 하늘이 무너지듯 절망감에 사로잡히고 말았다. 순간적으로 엄습해오는 두려움에 무엇을 어떻게 처신해야 할지 몰라 갓 돌이 지난 딸아이를 치마폭으로 감싸며 와들와들 떨기만 했다.

"그때 중교리 내당 마님의 노한 모습이 얼마나 무서웠던 지 내도 겁에 질려 소저 아씨의 뒤편으로 몸을 숨기믄서 다리가 후둘거려 옴짝달싹을 몬 했다 아이가. 그렇게 무서운 모습을 생전 처음 봤능기라. 그러고 나서 곧바로 내한테 화살이 꽂히는 거 안 있나. 네 이 놈, 떡배야! 니, 이리 안 나오나? 쿠는 바람에 그만 혼비백산해서 엉금엉금 기어나오믄서 아이고 마님! 죽을 죄를 지었심더. 쿠고 마님 앞에 바싹 엎드렸다 쿠이."

어쨌든 이병철이 집을 비운 사이 들이닥친 본가 여인네들의 극성스런 투기로 인해 두 모녀는 날벼락을 맞은 듯 소박을 당하고 그 자리서 쫓겨나고 말았다.

하루 아침에 돌에도 나무에도 기댈 곳이 없어진 모녀는 달성권번에서 얼마 간의 돈을 빌려 지금의 대구시 중구 이천동 속칭 건들바위 앞 골목에서 단칸 셋방살이로 숨어 살다시피 했다는 것이었다. 그당시 조선양조장 지배인으로 있던 이창업이 소식을 전해 듣고 가끔씩 삼성가 몰래 찾아와 생활비를 보태주곤 했지만 사는 게 말이 아니었다.

"그때 윤갭이 행님이 이러다가 큰일 나겠다 싶어 동분서주하던 끝에 어르신을 찾아가서 저간의 사정을 말씀드렸다 쿠더마. 그렇지만 소저 아씨 모녀는 이미 소박맞고 쫓겨난 터라 어디로 갔는지 행방을 알 수가 없어 엄청 애를 태웠다 아이가. 그라고 안 있나. 윤갭이 행님 한테서 자초지종 보고를 받은 어르신은 한숨을 푹푹 내쉬디마는 '윤갭이 니가 얼마 전에 조부상을 당해 중교리에 갔을 때 소문을 낸 거아이가. 쯔쯧… 아무리 어리다 캐도 사내는 입이 무거워야 하는기라.' 그렇게 한마디 하시더라 쿠더마."

"……?"

78

"어르신이 '안 그래도 내가 조만간에 중교리에 가서 원만하게 뒷일을 처리할라꼬 여러 생각을 정리하고 있던 중인데 니가 한 발 앞서 사달을 내고 말았구마. 윤갭이 니, 앞으로 입조심 하거래이. 사내는 입이 무거워야 한다 쿠이. 그래야 내가 니를 믿고 일을 맡길 거 아이가.' 이렇게 타이르시더라꼬 쿠더마.

어르신은 원래 아무리 큰일이 나도 절대 목소리를 높이거나 흥분하지 않는 성품인기라. 경천동지할 일이 생긴다 캐도 눈도 한 번 깜짝할 줄 모른다 쿠이. 그렇게 절제된 분인기라."

"그래서 그 후에 일은 어떻게 잘 수습이 되었습니까?"

"아이고 마, 수습은 무슨… 방정스런 이 종놈이 입 한 번 잘 몬 놀린 탓에 큰 사달이 났는데 엉뚱하게도 갭이 행님이 입싼 놈으로 매도당하고 내는 내 대로 묘골 박씨네 종놈이 이 사실을 진작에 내당마님께 고하지 않고 바람난 이씨네 상전하고 한 통속이 되었다꼬 이중으로 박살난기라. 허허."

이러한 소동이 일어난 이후 이병철은 한동안 집에 들어가지 않았다. 게다가 어디 수소문을 해 봐도 박소저 모녀가 갈 만한 곳은 아무 데도 없었다. 달성권번에서도 얼마간의 용채를 빌려간 이후 소식이 끊겼다고 했다. 탈기한 그는 밤낮없이 금호장의 보료에 드러누워 바깥에 나올 줄 몰랐다.

조선양조장 지배인 이창업이 마침내 두 모녀의 거처를 찾아내긴 했으나 긁어 부스럼이라고 더 큰 사달이 나기 전에 냉각기를 두고 한동안 침묵으로 일관할 수밖에 없었다. 왜냐하면 그 당시만 해도 부부유별夫婦有別이라는 유가적 삼강오륜의 법도가 엄격했기 때문이다.

요즘 같으면 그 흔한 스캔들을 두고 부부간에 티격태격거리며 대판 싸움을 벌이다가 이혼소송으로 치닫기도 하겠지만 그 당시 정실 부부 사이에는 서로 침범할 수 없는 인륜의 구별이 있었고 특히 내당의 문제는 조강지처에게 절대적인 권한이 보장되어 있었다.

때문에 남편의 허락없이 소실을 소박하는 권한도 조강지처의 몫이었다. 그러던 중 박소저는 마치 한 가정을 파괴한 죄인처럼 가슴앓이로 한을 삼키며 병마에 시달리다가 새파란 나이에 핏덩이 같은 딸자식 하나 남기고 이승을 뜨고 만다.

서녀庶女는 이창업이 본가 몰래 자식처럼 거두었으나 망인은 구천에도 들지 못하고 원혼으로 떠돌았다고 한다. 하지만 누구 하나 원통하게 숨진 박소저의 부혼浮魂을 해원으로 풀어줄 사람이 없었다. 삼성가 내당의 비정한 내력이다.

혼돈의 시대

|||||

이병철은 사업에 성공하든 실패하든 매사 맺고 끊는 것이 분명했다. 그러나 바람 잘 날이 없는 사생활에 대해서는 불분명한 처신으로 일관했다. 한마디로 무책임하다는 얘기다. 성장기에 별다른 풍파를 겪어보지 않은 데다 화목한 가정에서 하인들의 극진한 수발을 받아가며 유복하게 자란 탓인지 몰라도 박소저 모녀에 대해서는 너무도 무책임하고 우유부단했다.

그는 평소 말수가 적었다. 천성이 그랬다. 딱, 한두 마디로 말을 시작하고 맺기 일쑤였다. 그래서 주위의 사람들이 자신의 말귀를 잘못 알아들으면 아예 말문을 닫아버리곤 했다. 그래선지 훗날 후계구도를 둘러싸고 적장자 맹희와 부자간에 빚어진 갖가지 오해와 갈등도 제대로 봉합하지 못한 채 전통적 가문의 부자유친父子有親에 씻을 수 없는 흠집을 남기고 이승을 뜨고 말았다.

그가 수신제가에 최초로 흠집을 남긴 그 시절로 돌아가 보면 조강지처와 자식들이 이삿짐을 싸들고 왔다는 인교동 본가에는 아예 코빼기도 비치지 않고 한동안 금호장에 머물다가 어느 날 갑자기 훌쩍 자취를 감추고 만다.

금호장으로 찾아온 삼성상회 지배인 이순근과 조선양조장 지배인 이창업 등 셋이 앉아 조그만 주안상을 차려놓고 밤늦도록 긴한 얘기를 나눈 바로 그 이튿날 이른 아침이었다. 바야흐로 조강지처와의 냉전이 시작된 것이었다.

그가 찾아간 곳은 의령 중교리 종가. 당분간 종택을 지키며 여생을 보내는 가친家親 술산 어른을 모시고 마름 장상배의 수발을 받아가며 사사로운 일을 접고 고향의 사랑채에 은둔하기로 작심했던 것이다. 상배는 대구에 있는 자신의 몸종 떡배의 맏형이었다. 둘째 용배는 만주로 간다는 말을 남기고 자취를 감춘지 3년째 접어들고 있었다.

당시 돌아가는 시국상황은 중일전쟁에 이어 일본이 도발한 태평양전쟁이 발발한 지 3개월여가 지나고 있었고 태평양상에 점점이 떠 있는 남양군도는 이미 일본 침략군의 점령지로 변해가고 있는 시점이었다. 세상이 온통 뒤숭숭하고 만나는 사람마다 어둡고 불안한 표정을 감추지 못했다.

도대체 조그만 군국주의 섬나라 일본이 벌이는 침략전쟁은 끝이 보이지 않았다. 나치 독일의 폴란드 침공으로 벌어진 제2차 세계대전도 날로 치열해지고 있었다. 그런 가운데 삼성상회와 조선양조장의 사업은 중일전쟁과 태평양전쟁의 영향도 별로 받지 않고 이상하리만치 신장되어 갔다. 그가 창업할 당시 선택한 제면과 무역 등 국민생활과 직결된 업종이 적중한 것이다. 아무리 비상시국이라 해도 일상생활에서 먹는 문제는 없어서는 안 될 필수 요건이었기 때문이다.

그가 중교리 사랑채에 머물고 있을 때 대구에서 이따금씩 경영실적이라든가 여러 가지 사업상 상의할 문제가 있으면 전문경영인들과 편지를 교환하는 것이 유일한 소통방식이었으나 그의 답신은 언제나 "알아서 처리하라"는 간단한 내용뿐이었다. 특히 그 당시 매물로 나와 있던 동인양조장 인수문제는 오너인 자신이 인수가격을 결정해야 함에도 이순근과 이창업 등 전문경영인들에게 일임하며 알아서 인수하라는 식의 간단한 답신을 보낸 것이다.

일단 경영진에 일을 맡겼으면 흥하든 망하든 그것은 전적으로 경영진의 몫이라는 것이 그의 일관된 경영철학이었다. 어려서부터 하인들이 알아서 시중드는 것을 즐겨 받아온 습성 때문인지도 몰랐다.

떡배 아재의 얘기가 계속 이어졌다.

"박소저 아씨 마님 모녀가 소박맞고 나간 후 본가 가족들은 모처럼 홀가분하게 웃음꽃을 피웠지만 내당 마님은 속이 편치 않았능기라. 서방님이 본가에 발길을 끊고 밖으로만 나돌았기 때문이제. 나중에 중교리 종가에서 대구에 시중들러 온 가복들에 의해 서방님이 술산 어르신을 모시고 종택 사랑채에 머물고 계신다는 얘기를 전해 듣고서야 한시름 놨지만 그래도 내당 마님 마음은 여전히 편치 않았던기라. 그 무렵에 박소저 아씨 마님이 별세했다는 소식을 전해 들었을 때였고…….

그라고 안 있나. 내당 마님이 낼로(나를) 보고 하는 소리가 떡배, 니가 저지른 일이니 그 어린 것(박소저의 딸)이라도 찾아야 안 되겠나? 그 어린 것이 무슨 죄가 있다꼬. 떡배, 니가 무슨 수를 써서라도 그 아이를 찾아야 된다. 하다 못해 이씨네 호적에라도 올려줘야 망인이 한을 안 품을 거 아이가? 이래 말씀하시더라꼬."

"그 얘기는 저도 맹희 부총수를 보필하면서 종종 들었습니다만 새삼 아재 얘기를 듣고 보니 더 생생하네요. 그래서 그때 그 서녀를 찾긴 찾았습니까?"

"무슨 소리… 내 딴에는 대구 바닥을 다 누비믄서 생고생을 했지만 결국 몬 찾았다 아이가. 그때 그 아씨 찾아 댕긴다꼬 달성권번이라 쿠는 데도 처음 가 본기라. 근데 반반한 기생들이 벌떼처럼 몰려나와 가지고 종놈 주제에 건방지게 니가 여(여기), 어디라꼬 찾아 왔노? 쿠믄서 서방님 더러 인간도 아이라꼬 마구 욕을 해대는 데 쌩시겁을 했다 아이가.

그때 달성권번의 예기들이 전하는 얘기로는 소저 아씨의 주검을 자기들이 거둬 장례까지 치렀다고 쿠더마. 그라고 안 있나. 소저 아씨가 병으로 돌아가신 게 아이라 자진自盡했다 쿠믄서 오죽 한이 맺혔으믄 그랬겠나. 조신하게 살아가는 소저한테 머리까지 얹어 줬으믄 책임을 질 줄 알아야지 헌신짝 버리듯 버리다니 지나가는 소가 들어도 분을 몬 참을 끼라꼬 모두 하나같이 까놓고 어르신을 비난하더라 쿠이. 아이고 마, 그때 일을 생각하믄 지금도 소름이 쫙 끼친다 아이가."

"그럼 그 서녀는 그 당시 달성권번에서 보호하고 있었다는 얘깁니까?"

"아이다. 결국 몬 찾았제. 달성권번에서도 아가씨를 누가 데려갔는지 모른다 쿠더마. 박소저 장례식 때 아가씨가 엄마 시신을 붙잡고 그리 슬피 우는 걸 봤는데 모두 정신없이 장례를 마치고 나서 아가씨를 찾아보이 없더라 쿠는 기라. 그라고 나서 몇 해가 지나… 맞다! 팔일오(8·15) 해방이 돼 가지고 마, 세상에 난리 뻐꾸통이 났었제.

84

마, 대구시내 중앙통에 손에, 손에 태극기를 든 사람들이 구름같이 몰리고 만세소리가 천둥소리처럼 들리는 데 마침 중교리에 유留하고 계신다던 어르신이 불쑥 인교동 본가에 나타나더라 쿠이. 그때 들은 소식인데 그 아가씨를 조선양조장 이창업 지배인이 거둬서 자식처럼 키우고 있다 쿠더마. 암만 그 따님이 개똥이 니하고 동갑나이가 될기라. 훗날 왕 할매가 자기 뱃속에서 난 친딸처럼 거둬주시고 어르신께서도 어릴 때 애미를 잃어 불쌍하다꼬 유산도 넉넉하게 물려줬다 쿠더마."

땡볕이 이글거리던 1945년 8월 14일 오후. 이병철은 후지 자전거를 타고 의령 읍내에 나갔다가 땀을 뻘뻘 흘리며 중교리로 돌아오는 길에 겐페이 주재소(일본군 헌병대 검문소)에서 일단의 헌병들과 순사(경찰)들이 무슨 종이조각을 모아 두엄더미처럼 쌓아놓고 불태우는 것을 목격했다.

순간적으로 "아하, 일본이 결국 망해가는구나." 하는 생각이 그의 뇌리를 스쳤다. 저들이 무엇엔가 쫓기듯 서류더미를 태우는 모습이 비밀문서로 판단되었기 때문이다. 불과 일주일여 전인 8월 6일 히로시마에 원자폭탄이 떨어져 6만여 명이 죽고 전 시가지가 잿더미로 변한 데 이어 사흘 후(8월 9일)에는 나가사키에도 원폭 투하로 3만 5000여 명이 죽었다는 긴박한 전황이 전해지는 등 시간이 흐를수록 일본의 패색이 짙어가고 있었다.

그는 중교리 종택 사랑채로 돌아오자마자 급히 제니스 라디오를 틀었다. 그 제니스 라디오는 그가 동경 유학시절에 도쿄의 미나카이 三中井 백화점에서 제법 비싼 가격으로 사들인 성능이 우수한 미국 제품이었다. 마침 "황국신민의 나라 대일본제국은 히로시마와 나가사키의 원폭 투하에도 아랑곳하지 않고 미 제국주의에 맞서 최후의 1인까지 덴노 헤이카天皇陛下를 위해 목숨을 바칠 것"이라는 도쿄 로즈(일본군 대미對美 선전요원)의 황당한 목소리가 흘러나오고 있었다.

최후의 발악이었다. 그는 내내 침묵을 지키며 라디오에 귀를 기울이다가 훌쩍 하루를 보내고 이튿날인 8월 15일 정오. 예고된 중대방송에서 히로히토 일본 천황의 무조건 항복 방송을 들었던 것이다. 그는 중교리 사랑채에 찾아온 지인들과 지나간 일제 암흑기를 되새기며 들뜬 마음을 진정시키고 광복 사흘 째 되던 8월 17일 이른 아침 서둘러 대구로 나왔다.

홀로 종택을 지키는 아버지 술산 어르신 곁을 떠나기가 민망해 함께 모시고 가려 했으나 아버지는 4년 전 70세로 작고한 어머니의 체취가 묻어 있는 고향집을 떠나기 싫다며 한사코 거절하는 바람에 혼자 떠날 수밖에 없었다고 했다.

대구시가지 곳곳에는 그때까지만 해도 나부끼는 태극기의 물결 속에 광복의 환희가 넘쳐나고 있었다. 그러나 사회분위기는 무정부 상태에서 약삭빠른 좌익진영에 의해 건국준비위원회가 결성되고 좌·우익의 갈등이 표면화되는 등 혼란만 증폭되고 있었다.

이때 박상희와 황태성은 이미 남로당 산하에 좌익계의 전위조직인 민주주의민족전선(이하 민전)을 설립해두고 여운형과 박헌영이 결성한 건국준비위원회에도 참여하고 있었다. 그러나 이순근은 삼성상회의 경영에 쫓겨 미처 그들과 합류하지 못했다.

이병철이 한동안 비워두었던 삼성상회 사장실에 들어서자 마침 기다리고 있던 순근이 숨 돌릴 사이도 없이 두툼한 서류철을 꺼내 앞으로 디밀었다. 그동안의 경영실적과 향후 사업계획 등이 일목요연하게 망라된 서류철이었다. 창업 이후 단 한 번도 서류결재를 한일이 없는 데 왠 서류인가? 병철은 의아스런 얼굴로 말문을 열었다.

"이 사람아! 이게 뭐꼬?"

"내가 지난 7년 동안 지배인으로 일해 온 경영실적에다 앞으로의 사업계획을 준비해둔 서류철일세."

"아, 경영이야 자네가 알아서 할 일이지, 새삼스럽게 이런 걸 내 앞에 내놓다니… 순근이, 자네 이 사람아! 내한테 뭐, 섭섭한 거라도 있나? 우리 사이에 섭섭한 게 있으믄 말로 풀어야제, 이 무슨 서류를 다 내놓고 와 이 쿠노?"

"아니다. 병철이! 자네, 오해하지 말게나. 내가 이제 자네 곁을 떠나기로 결심했다네. 그래서 자네 얼굴이나 한 번 보고 떠나야겠다 싶어 기다리고 있던 참일세. 그토록 노심초사하면서 기원하던 광복도 되었고 해서 내 딴에는 고민 끝에 내린 결론이라네. 이해하게나. 그동안 자네 밑에서 좋은 경험도 많이 쌓았고 자네 덕분에 돈도 마음대로 써보고 안정된 생활도 누리지 않았나. 고마우이. 내, 이 신세 잊지 않을께."

"거, 뭐꼬. 가만히 보이께네 순근이 자네, 또 신사상운동인가 뭔가 하는 거, 그거 할라꼬 쿠는 거 아이가? 이 사람 참, 마음 잡았는가 싶더니 또 바람이 난 게로구만. 몹쓸 사람!"

"하하. 그게 아닐세. 병철이! 자네하고 나하고는 막역한 친구간이었지만 사실 처음부터 가는 길이 달랐다네. 그건 자네도 잘 알지 않은가. 실은 내가 건국준비위원회에도 참여하고 있다네. 이 혼란한 시기에 오래 전부터 음으로, 양으로 규합해온 동지들의 뜻을 따르는 게

도리라고 생각해서 결심을 굳힌 거라네. 이해해 주게나."

"순근이 이 사람아! 청천벽력도 유분수지 뜻밖에도 자네 말을 듣고 보니 하늘이 무너지는 느낌일세. 아이고 마, 한쪽 팔이 뚝, 짤려나가는 고통에 숨이 콱콱, 막히는구만."

"미안하이. 아, 나 말고도 이창업이가 있지 않은가. 내가 겪어 보니까 그 사람은 나보다 훨씬 더 잘할 걸세. 듬직하게 추진력이 강하고 사업에 대한 열정이 남달라. 아무려면 두고 보라고. 잘 해낼 게야."

"으음……."

이병철은 신음소리를 내뱉으며 내내 고통스러워 하다가 이윽고 말문을 돌렸다.

"내가 졌네. 이미 떠나겠다꼬 마음을 굳힌 사람을 붙잡는 것도 도리가 아이고… 사업도 사업이지만 태산같이 믿었던 자네를 보내고 나믄 앞으로 허전해서 우예 살꼬, 그게 걱정일세."

"아, 이 사람아! 내가 어디 멀리 죽으러 가나. 새로운 세상을 열어 보겠다는 포부를 가지고 정치권에 몸담아 볼까 하는 데 쓸데없는 걱정을 하고 있구만. 하하."

이순근의 결심은 요지부동이었다. 그는 그 만큼 신념이 굳은 사람이었다.

재고再考의 여지도 없이 승승장구하던 삼성상회와 조선양조장·동인양조장을 뒤로 하고 떠나려는 그에게 병철은 상당한 퇴직금을 마련해 주었다.

"앞으로 정치할라 쿠믄 돈도 필요할 건데 이거 얼마 안 되지만 정치자금으로 쓰시게나."

"하하. 이 사람이 가만히 보니까 날 보고 썩은 정치하라는 게 아닌

가. 벌써 그런 꼴들이 더러 보이지만 정치권에 뛰어들어 돈 뿌리는 놈들은 부귀영화를 꿈꾸는 썩어빠진 부르주아들뿐이라네. 나는 맨주먹으로 헐벗고 굶주린 인민대중들 속에 뛰어들어 정치하는 프롤레타리아가 아닌가. 무산대중! 하하."

그는 그렇게 퇴직금마저 극구 사양했다. "막역지간의 친구로서 서로 도와가며 사업을 일으키고 개인적으로도 회사 돈을 맘껏 썼는데 퇴직금은 무슨 퇴직금이냐"며 한사코 뿌리치고 홀연히 사라진 것이다. 이후 한동안 그의 모습을 본 사람은 아무도 없었다.

이순근은 자신이 앞장서 피땀 흘려 일구어 놓은 삼성을 떠나면서 이병철에게 합법적인 정부가 수립되기 전 혼란한 해방공간의 정국을 전망하며 사업상의 불이익을 피하기 위한 여러 가지 방책도 귀띔해 주었다. 이병철은 그 말을 한쪽 귀로 듣고 한쪽 귀로 흘려버렸으나 그것이 오래지 않아 현실로 다가 왔다.

아니나 다를까, 이순근이 떠난 지 1년여가 지난 1946년 10월 1일. 대구에서는 미증유의 대사건이 발생하고 만다. 10·1 폭동사건! 그러나 애초에는 폭동이 아니라 피죽도 못 먹고 굶주리던 민중이 쌀배급을 달라며 들고 일어난 일종의 '기아행진'에서 비롯되었다.

당시 대구의 식량난은 전국의 다른 도시에 비해 훨씬 심각했고 대구시민들의 '기아행진'이 과격한 양상으로 치닫게 된 것은 무서운 수인성 전염병인 호열자(콜레라)가 창궐했기 때문이었다. 5월부터 번진 콜레라의 창궐 속도가 걷잡을 수 없이 확산되자 미 군정은 경찰을 동원해 인근 성주, 경산, 안동 등 시외곽으로 나가는 통로를 모조리 봉쇄해 버렸다.

때문에 식량반입이 금지되고 급기야는 민심이 흉흉해 콜레라에 걸려 죽는 사람보다 굶어 죽는 사람이 더 늘어났다. 걷잡을 수 없는 인플레 속에서 쌀값이 60배나 뛰고 그나마 돈이 있어도 식량을 구할 수 없었다. 더러는 곡창지대라는 호남지방에까지 찾아가 쌀을 한두 말씩 사와 입에 풀칠하며 연명하기도 했다.

마침내 이 기회를 노리던 남로당 민전 소속 공산프락치들이 다분히 미 군정에 대한 민중들의 불만심리를 이용, 좌익근로자들과 헐벗고 굶주림에 지친 노동자·농민들을 선동해 폭동을 일으키고 만다. 민전이라면 박상희와 황태성이 조직한 좌익계 전위단체가 아닌가. 그 자금책이 이순근이었고 은밀히 따진다면 삼성상회 이병철의 돈줄과 연결된다.

총파업에 들어간 노동자들이 시위농성을 벌이고 있을 때 다른 한편에서는 남녀노소할 것 없이 시민들이 거리로 뛰쳐나와 식량배급을 요구하며 '기아행진'을 벌이고 있었다. 시위군중 가운데 도심지 중앙통에 집결한 수천 명은 "쌀이 아니면 죽음을 달라!"고 구호를 외치며 대구시청으로 몰려갔다. 일이 이 지경으로 돌아가자 현역 미 육군소령인 군정시장은 미군 캠프로 달아나 버리고 성난 군중들이 시청사에 불을 지르고 만다. 목조건물인 시청사는 순식간에 화염에 휩싸여 검은 연기가 하늘을 뒤덮었다.

노한 군중들은 마침내 미 군정시장 관사를 습격하기에 이른다. 시장 관사의 창고에는 쌀이 가마떼기로 쌓여 있었고 군중들은 쌀이며 C-레이션 등 닥치는 대로 약탈을 자행하기 시작했다. 흥분한 군중들이 폭도로 변하고 만 것이었다.

폭동의 여파

IIII

　대구시청에서 벌어진 시위군중들의 약탈행위는 기업체·상가·주택가 등 가릴 것 없이 닥치는 대로 노도와 같이 휩쓸었다. 민전의 공산프락치들은 시위군중들의 방화와 약탈행위를 선동하고 정당화하기 위해 "방귀 꼈다. 갈라(나눠)먹자 공산당!"이라는 황당한 구호까지 외쳤다.

　무지몽매한 양민들은 사람의 생리현상으로 일어나는 방귀까지 나눠 먹을 만큼 평등한 사회주의국가를 건설한다는 저들의 구호에 현혹되어 일순간에 폭도로 변해 버린 것이다. 게다가 공공기관인 철도노조와 체신노조, 전매노조까지 합세하여 주요기관과 공공건물에 불을 지르고 그들이 휩쓸고 간 대구시가지가 온통 폐허로 변했다. 그 당시 절대다수의 빈곤층에는 그 같은 붉은 구호가 헐벗고 굶주린 가슴에 강력한 구원의 메시지로 와 닿았다.

　대구시 청사에 불을 지르고 시장관사에 몰려가 약탈을 선도하던 자들 중 누군가가 "다음에는 별표 국수다!" 하고 외치자 "와아! 옳소!" 하고 시위군중들은 내친 김에 구름같이 삼성상회로 몰려갔다. 그러나 삼성상회의 국수공장은 이미 굳게 문이 잠겨 있었다. 이때 이 병철과 이창업은 지하 1층의 밀가루부대가 가득 쌓인 창고 속에 숨어서 와들와들 떨고 있었다.

다만 빨간 완장을 두르고 개똥모자(레닌모)를 눌러쓴 일단의 청년들이 각목을 휘두르며 공장 앞을 가로막아 섰으나 중과부적이었다. 사태가 이 지경에 이르자 청년들을 지휘하던 한 중년 사내가 허리에 찬 피스톨(권총)을 쓱, 뽑아 허공을 향해 공포를 한 발 발사하는 거였다. 그제서야 흥분한 시위군중들이 한 발 물러서며 침묵을 지키기 시작했다. 그 당시만 해도 평범한 소시민들은 총소리만 들어도 두려워하던 시절이었다.

개똥모자에 인민복 차림으로 허리에 권총까지 찬 사내는 시위군중들을 인솔해온 민전 소속 전위대원들을 향해 이렇게 외쳤다.

"동무들! 여기는 우리 민전 정치지도원 동지가 인민들의 비상식량을 조달하기 위해 확보해 놓은 식량창고외다. 여기에 손을 대는 자들은 인민의 적으로 간주하여 즉결처분할 터이니 그리 알고 썩, 물러들 가시오."

이 말에 모두 군말 없이 발길을 돌렸다. 남로당 정치지도원? 혹여 박상희와 황태성, 이순근을 말하는 게 아닐까?

그리고 얼마 안 있어 삼성상회 앞을 지키고 있던 일단의 민전 전위대원들도 온다간다 말 한마디 없이 바람처럼 사라져 버리는 거였다. 조선양조장·동인양조장과 인교동 이병철의 사가私家에도 마찬가지로 그런 개똥모자들의 사전 조치로 수난을 피해갈 수 있었다.

무사히 광풍에서 빗겨난 이병철은 이순근과 헤어질 때 앞으로의 혼란한 정국을 예견하며 은근히 귀띔해주던 비방秘方이 생각났다. 이 모두가 순근의 사려 깊은 음덕으로 판단했으나 그는 결코 뒷마음이 개운치 않았다. 순근의 정치행태가 너무도 급진적으로 변해가고 있었기 때문이다.

"그 사람 참, 신사상운동한다 쿠디마는 남로당 빨갱이로 변신했구만. 빨갱이 치고는 희한한 빨갱이네."

무사히 폭동을 비켜난 그는 혼잣말처럼 내뱉으며 긴 한숨을 삼켰다.

"그런 일이 있고 나서 어르신이 윤갭이 행님하고 내한테 도대체 세상이 우예 돌아가는 지 느그 둘이 나가서 한 번 살펴보고 오이라 캐서 바깥으로 나가 본기라. 근데 와, 안 있나. 구린내 나는 가죽피리 소리(방귀)까지도 내남없이 서로 갈라 묵자 쿠고 사람들이 똘똘 뭉쳐서 확, 돌아뿌리더라 쿠이. 공산주의가 뭐꼬, 박헌영이가 뭐하는 놈인지도 모르고 말이제."

"……?"

"소위 민초들이 왜정(일제 강점기) 때 왜놈들한테 착취만 당해 왔던 터라 해방이 되고 나서도 돈 많고 권력 쥔 친일파들이 득세하는 거를 보고 그 놈들에 대한 증오가 이만저만이 아잉기라. 그걸 박상희, 황태성이가 노리고 뒤에서 조종해 10·1 폭동사건을 일으켰다 쿠더마."

그 당시 세상 돌아가는 일이나 알아보겠다며 시위군중 속에 휩쓸렸던 떡배 아재의 회고담이다.

경찰은 무자비하게 시위군중들을 진압하는 데에만 혈안이 되어 있었다. 대구역을 중심으로 중앙통과 태평로 일대의 주요 도로와 조선방적에서 연초제조창까지 시내로 진입하는 간선도로를 모조리 차단해 버리는 바람에 결국 도시기능이 마비되는 사태에 이르고 말았다.

그러나 노도와 같이 밀려드는 시위대에 의해 경찰의 저지선은 쉽사리 무너져 버렸고 그 바람에 극도의 위협을 느낀 경찰이 시위군중을 향해 99식 장총을 무차별 발포하는 사태까지 벌어진다. 함성을 지르며 달려가던 시위군중들이 풀이슬처럼 스러져갔다. 경찰이 총기로 강경진압에 나서면서 희생이 뒤따르자 성난 군중들은 마침내 폭도로 변해 대구경찰서를 습격하고 만다.

수십 명의 경찰관들을 몽둥이와 죽창으로 난타하고 찌르는 등 잔인하게 보복살해하는 바람에 상황은 급기야 최악의 상태로 치달았다. 폭동진압을 위해 대구시내 전 경찰병력뿐만 아니라 경북도내 경찰병력까지 출동했으나 중과부적이었다.

사방에서 콩볶는 듯한 총성이 울리고 총알이 시위군중들 머리 위로 픽픽 날아가는 데도 모두들 사생결단하고 겁없이 시위를 벌이고 있었다. 수백 명씩 산발적인 시위에 나서던 군중이 순식간에 2만여 명으로 불어나 중심가로 집결하고 마침내 도심지 한복판에 위치해 있던 대구경찰서는 시위군중들에게 점거되기에 이른다.

사태가 심각한 양상으로 치달자 자칭 사회지도층 인사들이 시위군중들 앞에 나타났다. 그 중의 중심인물이 박상희와 황태성, 이순근이었다. 그들은 종전의 모던 보이 차림과는 달리 버젓이 인민복에 개똥모자까지 눌러쓰고 단상에 올라가 마이크를 잡고 진압을 지휘하던 대구경찰서장을 향해 준엄하게 외치는 거였다.

"일제 강점기에는 왜놈들의 앞잡이가 되어 민족에게 총을 겨누더니 이제는 미 군정의 앞잡이로 변절하여 민족에게 총을 겨누고 무차별로 사살하다니… 이래도 당신들이 감히 민중의 지팡이라고 자처할 수 있는가?"

그러고는 경찰의 무장해제를 강력히 요구했다. 시위군중들도 "무장해제!"를 구호로 외치며 일전을 불사할 움직임을 보이자 마침내 경찰서장은 전 병력에 대해 무장해제를 명령한다. 한마디로 유혈과 폭동이 난무한 무정부 상태였다.

"와아, 그동안 행방조차 알 수 없어서 궁금해 하던 순근 아재를 그때 시위군중들 속에서 처음 보고 놀라 나자빠질 뻔했다 아이가. 그라고 안 있나. 우리 삼성상회에 자주 드나들던 박상희 하고 황태성이 쩌렁쩌렁 울리는 목소리로 경찰서장을 세워놓고 막, 호통을 치이께네 그 서슬에 놀라 시위군중들도 숨을 죽이고 그 사람들을 주목하믄서 저 사람들이 누고, 뭐하는 사람들이고 쿠고 수군대더마. 내는 마, 그 길로 갭이 행님하고 냅다 달려와 어르신한테 고했던기라. 근데 어르신은 말없이 고개만 끄덕이시디마는 긴 한숨을 푹 내쉬더라 쿠이."

이후 미 군정청은 10월 2일 오후 4시를 기해 대구시내 전역에 비상계엄령을 선포하고 통금령을 내린 뒤 장갑차를 앞세워 시위군중들을 해산시키고 대구경찰서를 탈환한다. 10월 1일 오전 10시부터 2일 오후 4시까지 극히 짧았던 무정부 상태에서 점차 질서를 회복하기 시작한 것이다.

하지만 시민들은 쉽사리 승복하지 않았다. 폭동은 10월 3일 이후 경북지방 곳곳으로 확산되어 각 시·군을 중심으로 대구보다 더 큰 사태가 벌어지고 만다. 결국 국군경비대까지 계엄군으로 출동하고 미군의 장갑차가 마치 탱크처럼 밀어붙이며 전쟁을 방불케 하는 진압작전이 완료될 때까지 민중항쟁은 걷잡을 수 없이 계속되었다.

이 과정에서 경찰에 쫓기던 박상희는 고향인 구미로 피신했다가 경찰이 쏜 총탄을 등짝에 맞고 유명을 달리한다. 민족지 동아일보 기자 신분이던 그는 일제 암흑기 좌우익에 관계없이 독립운동가로 추앙받던 인물이었다. 다행히 경찰 수배망을 벗어난 황태성과 이순근은 추풍령을 넘어 북행길에 올라 자진 월북했다. 살아남을 길이 그 길밖에 없었기 때문이다.

이후 황태성은 북한에서 상업성 산업관리국장을 거쳐 조선노동당 중앙위원을 지낸 것으로 알려졌으나 1960년대 초 박정희가 5·16 군사쿠데타에 성공하자 북에서 김일성의 밀사로 남파된다. 그는 남한에 정착한 뒤 박정희 대통령에게 김일성의 친서를 전하기 위해 5·16 주체세력들과 접촉하려다가 남파간첩으로 검거돼 형장의 이슬로 사라지고 말았다.

한편 이순근은 동경 유학시절 농업경영학을 전공한 경력을 인정받아 북한의 토지개혁에 참여하면서 농림상(농림부장관)에까지 오르지만 6·25 남침전쟁 이후 박헌영이 민중봉기 실패와 패전의 책임을 지고 숙청당할 때 함께 숙청된 것으로 알려지고 있다.

삼성상회는 10·1 폭동사건 당시 이순근의 도움으로 별다른 피해를 입지 않고 계엄령이 해제되는 것과 동시에 다시 문을 열고 정상가동에 들어갔다. 미 군정당국의 비현실적인 식량정책으로 양조미釀造米를 구하기 어려워 한동안 폐쇄했던 조선양조장과 동인양조장도 시설을 확충하고 다시 영업을 시작했다.

그러나 시중 분위기는 여전히 흉흉한 가운데 이상한 소문까지 나돌기 시작했다.

"10·1 폭동사건 때 각 기업체나 상가는 물론 심지어 여염집까지 다 털린 마당에 그 큰 삼성상회나 조선양조장, 동인양조장이 멀쩡하게 살아남은 것은 사주 이병철이 빨갱이었고 10·1 폭동사건을 일으킨 이순근이 삼성상회 지배인 출신으로 삼성이 폭동자금을 대줬기 때문"이라는 거였다. 그러고는 "별표 국수나 월계관 청주의 불매운동을 벌이고 이병철 일당을 당장 구속해 법정에 세워야 한다"는 것이 우익정치단체의 주장이었다.

8·15 광복 이후 좌·우로 갈린 정치단체들이 우후죽순처럼 생겨나 사사건건 진영논리를 확산시키고 무슨 취약점이 노출될 경우 극단적인 갈등을 빚기 일쑤였다. 게다가 걸핏하면 이제 막 일어서려는 기업들을 찾아가 "정치자금을 내라"며 손을 내밀곤 했었다. 삼성상회와 조선양조장, 동인양조장도 예외가 아니었다.

마치 만만한 봉으로 생각하고 손을 벌리는 정치권의 행태가 줄을 잇기도 했다. 하지만 이병철은 그럴 때마다 "돈 쓰는 정치는 썩은 정치"라던 이순근의 말을 떠올리며 그들의 요구에 순순히 응하지 않았다. 불가근불가원不可近不可遠의 원칙을 세우고 명분없는 기부행위는 절대 하지 않겠다는 완고한 생각 때문이었다. 이때 결심한 원칙론은 이후 국회의원 출마를 권유하며 접근해 오는 정치권의 유혹을 과감하게 뿌리치며 일관되게 기업가의 정신을 지켜온 계기가 되었다.

그 당시 우익단체에서 정치자금을 지원해주지 않은 앙갚음으로 이병철과 그의 기업을 좌익으로 몰아 "불매운동을 벌이고 법정에 세우겠다"고 생떼를 부릴 즈음에도 그는 운이 좋았다. 마침 미 군정의 경북도 민정관이던 장인환을 비롯한 기업인 9명이 '을유회乙酉會'라는 경제단체를 조직할 때 1순위로 가입해 있었기 때문이다.

광복을 맞은 1945년, 을유년乙酉年의 간지干支를 딴 명칭으로 출발한 을유회는 생활물자가 절대적으로 부족하고 쌀값이 천정부지로 치솟으면서 악성 인플레에 빠지자 기업인들이 참담한 지역경제를 살리기 위해 설립된 단체였다. 그 당시 을유회 회장은 미 군정에서 파견한 장인환 민정관이 맡았으나 이창업·김재소(이순근의 후임) 등 삼성상회·조선양조장·동인양조장의 전문경영인들도 멤버로 참여해 사실상 이병철이 주도하고 있었다.

때문에 삼성을 타깃으로 진실을 오도하고 그릇된 여론을 환기시키려던 정치권의 행태가 닭 쫓던 개 지붕 쳐다 보는 격으로 실효를 거두지 못한 채 흐지부지될 수밖에 없었던 것이다. 게다가 우익단체 학생운동을 주도하던 이병철의 장남 맹희도 세간의 그릇된 여론을 불식시키는데 힘이 되고 있었다.

"정情으로 흉을 보지 말고 흉으로 정을 잊지 말라"는 말이 있다.

악몽 같았던 10·1 폭동사건의 광풍이 지나고 다시 마음의 안정을 되찾은 이병철은 박소저와의 쓰라린 사련邪戀을 애써 과거사로 지우고 인교동 내당에 정착한다. 그 사이 막내 아들 건희도 태어나고 가장이 제 자리를 지키자 집안도 화목한 분위기가 감돌았다.

"썰렁한 냉기가 돌던 대갓집에 모처럼 사람사는 냄새가 물씬 풍기더마. 어르신은 아침 9시에 출근해 저녁 6시믄 어김없이 퇴근하고 8시에 유카다浴衣(일본식 목욕가운)로 갈아입고 히노키 목간통에 들어갔다가 한 시간 후에 나와 잠자리에 드는 등 마치 시간을 잰 듯한 절제된 생활로 되돌아 왔제.

그게 얼마 만이고⋯ 생각해보이께네 그럭저럭 한 4~5년이 흘렀더라꼬. 근데 우리 대갓집은 그렇게 안정을 되찾고 화목하게 사람사는 냄새가 물씬 풍겼지만 바깥세상은 사람 사는 게, 영 말이 아이더라꼬. 피죽도 몬 묵는 처지에 날이믄 날마다 거, 뭐꼬? 반공! 친공! 캐싸믄서 좌·우익이 갈라서서 피탈나게 싸우기만 하고⋯ 뭐, 폭력·테러·납치·약탈 같은 말이 예사로 튀어나오고 모두 살기殺氣가 등등해서 가는 곳마다 공포분위기가 뒤덮고 있었던기라.

그 놈의 사상(이데올로기)이라는 게 뭔지 광복 70년이 지난 지금도 북한 핵폭탄을 머리에 이고 살믄서 꼴통보수니, 종북좌파니 극단적인 남남갈등만 벌이고 있다 아이가. 쯔쯧⋯ 이러다가 나라가 망할까 봐 큰 걱정이다 쿠이께네.”

입에 침이 마르도록 과거사를 되새기던 떡배 아재는 대뜸 현실로 훌쩍 뛰어 넘으며 연방 혀를 차고 땅이 꺼질 듯한 한숨을 토해내곤 했다.

해방공간! 그 당시는 일제 강점기 36년 간 철저하게 수탈당한 민족경제가 완전히 바닥을 드러낸 데다 광복 이후 남북 분단으로 물자 생산도 위축되어 국민생활은 참담하기 그지 없었다. 그런데도 좌·우익의 이데올로기 갈등은 좀체 수그러들지 않았다. 심지어 중학생(6년제)들까지 학교에서 좌·우익으로 갈려 걸핏하면 수업을 제쳐둔 채 스트라이크를 일으키고 거리로 뛰쳐나오기 일쑤였다.

그 무렵 경북중학교 3학년에 재학 중이던 이병철의 장남 맹희는 우익학생단체의 자금책이었다. 원래 주먹깨나 휘두르며 보스 기질이 강한 그에겐 따르는 동급생이나 후배들이 많았다. 때문에 적잖은 돈을 아버지에게서 뜯어가고 어머니의 쌈짓돈도 빼내다가 그것도 모자라 결국 아버지 몰래 삼성상회 금고에까지 손을 댄다.

하루는 경리 박윤갑이 사무실에서 일과를 끝내고 매출전표와 입금내역 등 일계표를 작성하면서 아무리 주판알을 튕겨 봐도 돈이 모자라 전전긍긍하고 있었다. 그는 경리업무를 맡은 이후 매일 어김없이 당일의 생산물량과 출고물량, 매출과 지출 등 일계표를 일일이 작성해 왔다. 그 당시 지배인 이순근이 퇴사하고 후임인 이창업과 김재소도 조선양조장과 동인양조장의 업무가 바빠 삼성상회 경리업무는 전적으로 윤갑에게 맡기고 있었다.

이병철은 평소 서류결재는 일체 하지 않았지만 그런 공백기에 가끔씩 어린 경리 박윤갑이 제대로 일계표를 작성하는지 확인하는 경우가 종종 있었다. 그날 따라 그는 멀찍이 떨어진 자리에서 윤갑이 고개를 갸웃거리며 일계표가 현금과 맞지 않아 애를 태우고 있는 것을 지켜보다가 슬그머니 다가오면서 말문을 열었다.

"윤갭아! 와, 돈이 안 맞나?"

"예, 어르신! 전에는 이런 일이 없었는데 오늘 따라 영, 계산이 안 맞네예."

"니, 자리 비운 일 없나?"

"예, 화장실에 댕겨온 일 외엔 쭈욱 자리를 지키고 있었다 아입니꺼."

"으음. 그래, 그럴끼다. 계산이 안 맞을끼다. 너무 걱정하지 말거래이."

"예에……?"

"아까, 니가 화장실에 간 사이에 맹희가 금고에서 돈 빼가는 거 내가 안 봤나. 하하."

"······?"

"내가 몬 본 척했다마는 앞으로는 니가 금고 관리를 잘 해야 될기라. 우리 집안에 도둑이 하나 있다 쿠는 걸 알고······."

이후 맹희는 박 경리가 시도 때도 없이 금고에 자물쇠를 채우고 감시감독을 철저히 하자 한밤 중에 동료들과 함께 몰래 지하 창고에 들어가 별표 국수를 상자째 빼내 시중에 팔아 학생운동자금으로 썼다.

이런 일이 비일비재했으나 이병철은 자식이 정의로운 일에 투자하고 있다는 판단에서 말 한마디 하지 않았다. 은근히 적장자의 체통을 세워가는 자식에 대한 기대가 컸기 때문이었다.

빛과 그림자

||||

해방공간의 피폐해진 국민경제에도 불구하고 삼성의 사업체는 순조롭게 흑자 기조를 유지하고 있었다. 하지만 주업종인 소비재는 언젠가 한계가 오게 마련이 아닌가. 하여 이병철은 또다시 국내의 소비재를 뛰어넘은 새로운 사업을 모색하게 된다. 국제무역업.

무역은 그 당시 삼성상회에서 이미 중계무역을 통해 중국·일본·말레시아·싱가포르 등 동남아 일대에 국수·건어물·청과물 등을 수출하고 있었으나 다양한 수출품목 뿐만 아니라 절대량이 부족한 수입품목을 확충하고 가공수출도 병행하는 본격적인 수출·입 등 모든 분야에 걸쳐 직접적인 국제무역에 도전키로 결심한다.

신생 독립국가가 건국되기 전 자본과 기술이 거의 없는 미 군정 하에서 생산시설 확충은커녕 미군 원조에만 전적으로 의존하는 현실에 비춰 볼 때 무역이야말로 물자 부족을 해결하고 피폐한 국민경제에도 기여할 급선무가 아닐 수 없었다. 그렇게 판단한 그는 서울로 옮겨 본격적인 국제무역업에 나서게 된다.

대구 폭동사건이 일어난 지 7개월여가 지난 1947년 5월. 우선 서울 혜화동 로터리 부근 옛 사대부가※의 부촌으로 알려진 주택가에 한옥을 한 채 사들인 뒤 가족들부터 이사시켰다. 하지만 장남 맹희와 차남 창희는 그 당시 대구에서 각각 경북중학교 3학년, 계성중학교 1학년에 재학 중이었으므로 인교동 본가에 남기로 결정했다.

그는 서울로 떠날 때 삼성상회와 조선양조장, 동인양조장의 운영권 일체를 이창업 지배인에게 일임했다. 그 당시 김재소 사장과 김재명 공장장 등이 있었으나 이창업 지배인이 그동안 일선 경영을 전적으로 책임지고 회사 발전의 견인차 역할을 해 왔기 때문이다.

그는 원래 말 몇 마디로 간단하게 처리하는 성품이라 어느 누구도 이의를 제기하지 않았고 경영진과 직원들이 종전과 다름없이 운영해달라는 사주의 뜻으로 받아들였다.

그리고 웬지 창업의 터전이던 삼성상회의 부지와 건물만은 박윤갑 경리에게 넘겼다. 일종의 명의신탁인지 그냥 양도한 것인지 평소의 습성대로 속 깊은 얘기를 전혀 하지 않아 그 뜻을 헤아릴 수 없었으나 부지와 건물 등기서류를 박 경리에게 건네면서 그는 이렇게 말했다고 한다.

"윤갭아! 니, 그동안 내 밑에서 고생 마이 했다. 나중에 우예 될란 지 모르겠지만 이 삼성상회 부지와 건물은 창업 기념으로 니한테 넘길 테이께네 앞으로 니가 잘 관리하거래이. 세금도 꼬박꼬박 물고……."

"예, 어르신! 이 삼성상회 건물은 누가 뭐라 캐도 대구의 보물로 지켜야 안 되겠십니꺼. 어떤 일이 있어도 누가 몬 팔아 묵도록 제가 꼭 지키겠심더. 이 '삼성상회' 간판하고 건물을 볼 때마다 어르신 생각이 나는데 우예 팔아 묵겠심니꺼."

그래서 박윤갑은 눈을 감을 때까지 옛 삼성상회 건물에 대한 애착이 남달랐다고 했다. 그때 윤갑은 상전 이병철이 삼성의 창업 건물과 부지를 자신의 명의로 넘겨준 것은 아마도 그동안 쌓아온 신뢰의 징표가 아니었나 하는 생각으로 받아들였다고 했다.

이병철은 평소 인간관계에서나 사업에서 사람이 항상 갖추어야 하는 인의예지신仁義禮智信, 즉 어질고, 의롭고, 예의 있고, 지혜로우며 믿음이 있어야 한다는 덕목 중 '信'을 가장 중요시 여겨 왔다. 그런 점에서 박윤갑에 대한 신뢰감은 절대적이었다 해도 결코 지나친 말이 아닐 것이다.

"그때 당시 어르신은 대구를 떠나믄 다시는 안 찾을 듯이 윤갭이 행님을 불러놓고 단디(단단히) 당부하시더마. 떡배는 죽으나 사나 내하고 생사를 같이해야 되이 내가 데리고 갈란다. 그렇지만 윤갭이, 니는 계속 공부해야 되고 여기 사업도 이창업이가 맡아서 계속 유지해야 되이께네 니가 옆에서 잘 도와야 한다. 그라고 맹희, 창희는 졸업하믄 서울로 진학시킬 요량이께네 니가 잘 돌보거래이. 돈 필요하다 쿠거든 어데 쓸 건지 단디 따지고 지출하되 전에 맹희, 창희가 함부로 돈 빼내지 몬 하도록 금고 열쇠는 니가 단디 챙겨야 된다."

그 당시 박윤갑은 6년제 중학교 졸업을 앞두고 있었다.

이병철은 그렇게 당부하고 대구를 떠났다. 이후 대구는 그의 말 대로 아무것도 변한 것이 없었다. 그가 대구에 있을 때와 마찬가지로 사업체의 조직은 일사분란했고 경영기조는 흔들림 없이 흑자행진을 계속 이어갔다.

하지만 윤갑은 고민 끝에 전문경영인이자 삼성상회·조선양조장·

동인양조장 최고경영자(CEO)인 이창업 지배인이 수족처럼 신뢰하는 경리직원에게 그동안 맡았던 자신의 업무를 모두 인계하고 삼성을 떠난다. 새로운 조직으로 새 출발을 하는 이창업 CEO에게 짐이 되고 싶지 않다는 명분으로 물러났지만 속내는 두 임금을 섬기지 않는다는 불사이군不事二君의 충절때문이었다.

그러면서도 그는 이창업 대표와의 인간적인 관계를 변함없이 유지했고 가끔씩 연락해오는 삼성가의 잔심부름 등을 여전히 도맡아 처리하면서 중교리 종택에도 자주 드나드는 집사일은 계속 맡고 있었다.

삼성상회를 떠난 후엔 사업경험도 쌓을 겸 가까운 큰장(현 서문시장) 서부관문인 내당동에서 기존 영세기업인 '본표 국수' 공장을 인수해 독자적인 사업에 뛰어들었다. 따지고 보면 삼성상회의 별표 국수 협력업체인 셈이었다.

유엔의 결의에 의해 명실상부한 대한민국 정부가 수립되고 3개월만인 1948년 11월. 이병철은 마침내 면밀한 시장조사와 준비기간을 거쳐 서울 종로 2가에 건평 100여 평 규모의 2층 건물을 임대해 국제무역업에 뛰어든다. 회사명은 삼성물산공사三星物産公司.

대구에서 삼성상회를 창업한 지 10년 만이었다. 그의 나이 38세. 훗날 삼성을 떠나 효성그룹을 창업한 조홍제를 전무, 영진약품 창업주 김생기를 투자자 겸 상무로 각각 영입하고 직원은 20여 명으로 출범했다.

그 무렵에는 이미 천우사·동아상사·대한물산·화신산업·경향실업 등 일제 강점기부터 무역업과 백화점을 운영해온 선발기업들이 선두다툼을 벌이고 있었고 지방에서 올라온 후발기업은 설 자리가 없었다.

그러나 그는 그동안 대구에서 쌓아온 특유의 수완으로 홍콩·싱가포르 등 동남아에 마른 오징어와 한천寒天(식용 우뭇가사리) 등을 수출하고 면사綿絲·동재銅材 등 원자재를 수입하는 것으로 시장을 넓혀나가기 시작했고 취급 품목은 불과 1년 만에 수백 종에 달했다. 무역 상대국도 미국·일본 등 선진제국으로 확산되어 생필품과 일용잡화 등 자질구레한 수입품까지 통관되기 무섭게 팔려나갔다.

개업한 지 1년 쯤 지났을 무렵, 말끔한 마카오 신사복 차림에 중절모를 쓰고 백구두를 신은 한 중년 신사가 삼성물산공사에 들러 조홍제 전무를 찾았다. 수인사를 하면서 건네는 그의 명함을 받아본 조 전무는 그만 눈이 휘둥그레지지 않을 수 없었다. '선일상사鮮一商事'라는 무역회사 대표이사 성시백成始伯이었다. 여기에다 대규모의 남북교역을 독점하고 있던 화신산업 박흥식 사장의 고문역을 맡고 있다고 자신을 소개했기 때문이다.

박흥식은 일제 강점기부터 서울 종로에서 화신백화점과 화신산업을 운영하며 태평양전쟁 말기에는 제로센零戰 전투기를 헌납한 친일파의 거두로 알려졌으나 광복 이후에도 사업체는 국제무역업과 화신백화점을 중심으로 신생 대한민국 경제를 주도하며 여전히 번창하고 있었다.

조홍제의 안내로 이병철을 만난 성시백은 강한 이북 사투리가 섞인 억양으로 이렇게 말문을 열었다.

"내레 황해도 평산 태생이오만 관향貫鄕은 원래 경상남도 창녕이외다. 그래서라무네 의령 출신인 리병철 사장과 함안 출신 조홍제 전무를 오래 전부터 간접적으로나마 잘 알고 있시다."

"아, 그렇습니까. 우리 둘은 어릴 때부터 막역하게 지내온 친구 사이인데 보시다시피 이렇게 사업도 같이 하고 있습니다."

"아, 두 분께서 막역한 고향 동무가 또 한 사람 더 있디 않습네까?"

그러나 둘은 얼른 기억이 떠오르지 않았다.

"누구를 말씀하시는 지……?"

소파에 등을 가볍게 기대고 미소를 띠면서 찬찬히 성시백을 바라보는 이병철 대신 조홍제가 말을 받았다.

"아, 리순근! 리순근 동무를 벌써 잊었시까?"

"아하, 이순근… 그 친구는 내 어릴 때 고향 친구고 동경 유학시절부터는 여기 이병철 사장과 막역한 친구로 지냈지요. 삼상상회 시절에는 지배인으로 사업도 같이 했고… 근데 우린 그 친구가 이태 전에 자진해서 월북한 걸로 알고 있는 데 그 친구를 어떻게 아십니까?"

"아, 내레 황해도 평산 출신이라구 하디 않았습네까. 리순근 동무레 지금 현재 공화국 내각의 농림상으로 높은 자리에 있시다."

"아, 그렇습니까. 우린 그 친구가 대구 폭동사건 때 월북한 이후 전혀 소식을 못 듣고 있었는데……."

"내레, 서울서 무역업을 크게 벌이구 있대니까니 리순근 동무레 옛 벗들이 뒤늦게 사업에 뛰어들어 어려움이 많을 거라며 좀 도와주라구 부탁하두만. 기래서라무네 큰 맘 먹구서리 이렇게 두 분을 찾아뵌 거외다. 하하하."

그러나 이병철은 말없이 자리에서 일어나 뒷짐을 지고 천천히 창가로 걸어가 사람들이 오가는 종로 거리를 물끄러미 바라보는 거였다. 그는 평소 상담을 하다가도 별로 관심없는 일이라면 으레 자리에서 일어나 뒷짐을 지고 종로 거리를 내려다보는 습관이 있었다. 그것은 어쩌면 거부감의 표현인지도 몰랐다.

성시백이 느닷없이 제안한 것은 우선 남북교역부터 시작해서 중국 칭따오靑島에 본사를 두고 있는 북한의 국제무역업체 조선상사의 중계로 공산권인 대중對中무역을 알선해주겠다는 거였다. 그러나 이병철의 냉담한 태도와 성시백의 속셈을 눈치 챈 조홍제는 정중하게 사양했다.

"뜻은 고맙지만 우린 아직 자리도 제대로 못 잡은 조그만 기업에 불과합니다. 시간을 두고 생각해 보겠습니다만 앞으로 차츰 자리가 잡히고 수출입 품목이 늘어나 시장 개척이 필요할 경우 지체없이 도움을 요청하겠습니다. 걱정해주셔서 정말 고맙습니다. 순근이 친구와 연락이 닿으면 한 번 보고 싶다고 안부나 전해 주십시오."

이병철은 여전히 뒷짐을 진 채 코대답도 하지 않고 창가에 비치는 종로 거리를 내려다보며 장승처럼 서 있었다.

성시백! 그로부터 오래지 않아 그의 정체가 드러나 정치권과 군부가 엄청난 충격에 휩싸이고 만다. 그는 해방공간의 서울에서 합법적인 기업가 행세를 하며 한때 신생 대한민국의 국기를 송두리째 뒤흔든 북한의 거물간첩이자 정치공작원이었기 때문이다. 김일성이 남침전쟁 준비에 광분할 즈음 '혁명영웅' 칭호를 받고 극비에 남파된 베일 속의 인물이었던 것이다.

그는 1905년 황해도 평산에서 태어나 25세 되던 해인 1930년 상하이로 망명해 국제공산당(코민테른)에 투신, 자칭 독립운동가로 김구 주석의 임시정부 요인 행세를 해온 노련한 공산주의자였다. 그런 그가 광복 후 북한으로 귀환해 김일성의 후견인으로 남북협상에 뛰어들어 통일전선사업을 주도하다가 1947년 초 정치공작원으로 서울에 잠입한다. 김일성이 그에게 부여한 공식직함은 '북로당 남반부 정치위원장'.

그는 미 군정사령부가 공산당의 정치활동을 공식적으로 허용하자 대담하게 서울 한복판인 서소문에 '북로당남반부정치위원회'라는 비트를 설치하고 대한민국 정부요인들을 대상으로 공공연히 포섭공작에 나선다. 막상 서울에 잠입하고 보니 간첩으로 활동하기엔 땅짚고 헤엄치기와 다름이 없었다. 엄혹하기 그지없는 소련 군정에 비해 미 군정은 그만큼 느슨하고 허술하기 짝이 없었기 때문이다.

그는 서울 서소문에 거점을 확보하자마자 북한의 외화벌이 사업체 조선상사의 서울지사 격인 선일상사라는 무역회사를 합법적으로 설립하고 인천에서 무역선박을 두 척이나 사들였다. 그런 다음 중국 칭따오에 본사를 둔 조선상사를 근거지로 중국과의 밀무역을 통해 1947~48년 사이에 만도 3만 8,800달러의 공작자금을 확보한다. 그 당시의 화폐가치로서는 상상도 할 수 없을 만큼의 엄청난 거액이었다. 여기에다 홍콩, 일본에까지 거래선을 넓혀 선일상사는 날로 번창했다.

성시백은 거침없는 사업수완으로 남북교역에까지 뛰어들어 남한의 거상인 화신산업 박흥식 사장과 상담을 통해 대규모의 남북교역에도 나선다. 남북교역이란 광복 후 미·소공동위원회가 군정을 실시하면서 38선으로 인해 막혀버린 남북 간 교역의 물꼬를 트기 위해 1947년 5월부터 38도선 접경지에서 실시한 물물교환을 말한다.

그 당시 38도선 접경지에서 이루어진 이른바 '38무역'의 교역품 목은 남쪽에서 페니실린·다이아진 등의 의약품과 전기용품·자동차 부속품·모빌유·생고무·유황·면사·쌀 등 주로 미국 원조품이 북한으로 넘어갔고 북측에서는 비료·시멘트·카바이트 등 공산품과 북어·오징어 등 건해산물, 인삼·설탕 등 잡화류가 남한으로 반입되었다.

그러나 성시백이 남쪽의 정상모리배들을 상대로 북한의 교역물자를 대규모로 독점공급하면서 양상이 달라졌다. 육지에서는 열차나 트럭을 동원하고 연안에서는 동해에 부산~원산, 서해에선 인천~남포 간 해상무역도 공공연하게 이루어졌다. 특히 남한에서는 일확천금을 노린 정상배와 모리배들이 경쟁적으로 미군부대에서 군사원조로 흘러나온 타이어·전선 등 전략물자까지 버젓이 내다 팔았다.

이런 가운데 성시백은 합법적인 대한민국 정부가 수립되고 남북교역이 중단된 1948년 8월 15일까지 자그마치 3억2000만 원(현재의 환율로 320억 원 규모)의 수익을 올렸다. 그가 처음 서울에서 사업에 뛰어들 때에는 김일성의 직접적인 공작자금을 받긴했지만 이후 운도 따라 특이한 사업수완으로 스스로 벌어서 공작자금으로 사용했다고 한다.

그는 이 막대한 공작자금을 바탕으로 '고려통신사' 등 언론사를 합법적으로 경영하며 제헌국회인 5·10 총선에도 개입, 좌익성향인 입후보자들에게 선거자금을 지원하고 군 수뇌부의 동향과 정치·경제·문화 등 각 분야에 잠입해 국가기밀을 수집해 왔다.

그러고는 거울같이 훤히 꿰고 있는 고급정보를 일일이 김일성에게 직보하는 한편 북한공산집단의 주장을 암암리에 선전해오기도 했다. 그 당시 경제사정이 어려운 대한민국에서는 돈이면 안 되는 것이 없었다. 각계 각층에 뿌리내린 그의 세포망은 정·관계 및 군부에 조직적으로 침투해 이른바 대한민국을 움직이는 수뇌부를 대상으로 집요한 정치공작을 펴고 있었다.

그 중 삼성물산 사주 이병철도 포섭대상이었다. 한때 절친한 친구이자 동업자이던 북한의 농림상 이순근과 성시백이 어떠한 연락을 취하고 있는 지 알길이 없었으나 이병철의 사람보는 눈은 남달랐다. 그런 그를 우습게 보고 접근해온 성시백에게 호락호락 넘어갈 그런 위인이 아니었다. 첫 대면에 냉담한 반응을 보이는 것만 봐도 그는 이데올로기 문제에 관한 한 철저하게 선을 긋고 있었다. 이순근과 함께 사업할 때도 그러지 않았던가.

그런데 뜻밖에도 생면부지의 성시백이 나타나 이순근의 안부를 전하며 접근하자 극도의 경계심을 나타내지 않을 수 없었다. 이순근이 자신의 간곡한 만류를 뿌리치고 돌이킬 수 없는 이데올로기의 강을 건넜다는 실망감과 친구간의 신의로 다시는 만날 수 없게 되었다는 일종의 배신감에 사로잡혀 있었기 때문이다. 친구간에도 서로 이념이 달라 헤어지면 헤어지는 것으로 아쉬움이 남긴 하지만 북으로 넘어간 이순근이 집요하게 자신을 포섭대상자로 삼고 있다는 사실을 확인하고 새삼 분노를 금할 수 없었던 것이다.

하지만 조홍제는 성시백이 추진해온 어마어마한 정치공작을 전혀 눈치 채지 못했다. 다만 그가 이북 출신 무역상으로 남북교역을 터면서 북한 내각의 농림상인 이순근과 가끔씩 접촉하고 있는 것으로만 알았다. 그 당시 서울에서는 월남한 이북 출신 상인들이 탁월한 수완으로 상권을 잡고 있었기 때문이다.

해방정국에서 거물간첩 성시백의 영향력은 실로 막강했다. 이후 터지기 시작한 국회 프락치 사건을 비롯해 38선을 방위하고 있던 국군 2개 대대 월북사건, 6·25 남침전쟁 직전의 군 수뇌부 인사이동과 비상경계령 해제 등 국군의 작전계획을 모조리 오도한 것도 모두 그의 공작에 의한 것이었다. 그는 신생 대한민국의 국기를 뒤흔든 희대의 반역자였다.

호사다마 好事多魔

||||

이병철은 잠시잠깐이지만 지나간 일을 돌이켜 보니 여러 가지 생각이 주마등처럼 그의 뇌리를 스쳤다. 이순근의 속내를 끝내 알 수 없었으나 아마도 전도유망한 대한민국의 신생기업 삼성물산과 최고 경영자 이병철을 이데올로기의 괴뢰(꼭두각시)로 포섭하여 단단히 묶어두려 한 것이 분명해 보였다. 그는 이순근이 삼성을 떠날 때 이미 그런 가능성을 예측하고 진작부터 경계해 왔던 것이다.

그는 생판 처음 만난 성시백을 통해 뜻밖에도 이순근의 소식을 전해 듣고 한동안 악몽에 시달리듯 불안에 떨어야 했다. 예전에 동경 유학시절 이른바 신사상에 심취한 이순근을 통해 공산주의의 생리를 누구보다 잘 알고 있었기 때문이다. 어쩌면 스스로 찾아와 그의 사업을 돕겠다고 나선 성시백의 제안이 이순근에게서 나온 아이디어인지도 몰랐다.

"사람이 변해도 너무 변해 버렸구만."

그는 탄식처럼 긴 한숨을 삼켰다가 그대로 토해 내며 자괴감에 빠지기도 했다. 성시백과 얼굴을 마주친 순간 자신이 이미 북한공산집단의 포섭대상에 올랐다는 사실을 직감했기 때문이다.

만약 거물간첩 성시백을 통한 이순근의 호의(?)를 무시하고 따르지 않을 경우 어떤 보복이 따를지도 몰랐다. 최악의 경우 자객을 보내 북으로 납치하거나 테러를 가할 우려도 없지 않았다. 보복에는 수단과 방법을 가리지 않는 것이 공산주의자들의 생리가 아닌가.

그 어마어마한 대구 10·1 폭동사건을 주도한 것만 봐도 이순근은 충분히 그러고도 남을 인물이었다. 그런 간교한 자를 평생친구로 생각하면서 같이 사업을 일으키고 의지해 왔다니 새삼 후회막급이었다. 하지만 그는 순근이와의 지나간 우정을 생각하면 할수록 굳이 그의 나쁜 면만 추궁하고 싶지 않았다.

오죽했으면 꿈과 이상이 너무 컸던 젊은 시절의 친구가 비록 지나친 공산이데올로기에 물들었다고는 하나 원래 지주계급 출신에다 한편으론 자본주의 근성이 배어 있는 친구라는 신념에는 변함이 없었다. 그래서 삼성의 경영에도 남다른 수완으로 발전의 토대를 쌓아오지 않았던가. 그는 그런 의미에서 이순근이 언젠가 공산주의에 환멸을 느끼고 다시 돌아올 것이라는 황당한 기대감을 가져 보기도 했다.

어쨌든 그는 떼돈을 벌게 해주겠다는 성시백의 제의를 과감하게 뿌리치고 독자적으로 사업을 추진해온 결과 무역 거래액은 불과 2년도 안 돼 국내 7위에서 선두로 우뚝 올라서게 된다. 서울에 진출해 성공한 지방의 사업가 이병철! 그는 두려움이 없는 타고난 기업인이었다.

그러나 그는 처음으로 사업에 뛰어든 마산에서의 실패를 언제나 기억하며 무모하게 덤비지 않고 분수를 지킬 줄 알았다. 사전에 조사하고 기획하고 실행하기 전에 돌다리도 두들겨 보는 치밀성이 이때부터 싹 텄다고 해도 과언이 아니었다. 이른바 '제일주의'는 그가 지향하는 원대한 사업의 목표이기도 했다.

물론 운도 따랐지만 삼성상회 개업 초기부터 때를 잘 탄 것이다. 시기와 인재와 자금 등 삼박자가 완벽하게 갖추어 진 상태에서 유동적인 국내외시장의 동향을 정확하게 파악하고 적기에 상품을 공급해 이루어낸 성과였다. 이때부터 이병철과 삼성물산의 이름이 비로소 업계에 알려지게 되었고 경쟁업체들이 경이의 눈으로 바라보기 시작했다.

그러나 그 무렵 종로 주먹계의 오야붕(대부) 김두환의 꼬붕들처럼 중절모에 양복 차림을 한 수상한 사내들이 시도 때도 없이 삼성물산 주변을 서성거리기 시작했다. 자세히 살펴보니 김두환의 꼬붕들은 낯이 익었으나 그들은 생판 처음 보는 낯선 얼굴들이었다.

그 당시엔 서울 종로 바닥에도 좌·우익 충돌로 테러가 난무하기 일쑤였다. 마침 이병철은 우익청년단체를 이끌고 있는 김두환의 중간 보스와 연락이 닿아 수시로 신변보호를 받고 있긴 했으나 불안해 견딜 수 없었다. 특히 홀로 출퇴근할 때가 가장 위험했다. 그 무렵 이병철은 1940년대 초에 생산된 도요타 캐딜락을 타고 다녔다.

그러나 도요타가 본격적으로 자체 모델을 개발한 지 불과 5년도 안 된 시점에 생산된 것으로 차체가 약하다는 평판을 받고 있었다. 그는 2년 전 좌익계의 거두 여운형이 하필이면 혜화동 로터리를 돌아가던 승용차 안에서 괴한이 난사한 3발의 총탄을 맞고 암살당한 기억을 떠올렸다. 그때 여운형이 타고 있던 승용차가 도요타 캐딜락이었다.

당장 차를 바꿔야겠다고 생각하던 중 뜻밖에도 미 대사관에서 드럼 라이트 정무참사관이 갓 도입한 최신형 쉐보레 리무진이 자칫 한국 고위관료들에게 위화감을 조성할 수 있는 데다 외교관 신분에도 걸맞지 않다는 이유로 은밀히 공매처분한다는 소식을 접하게 된다. 그는 지체없이 미 대사관에 교섭을 넣어 선뜻 그 차를 사들였다.

그 당시 쉐보레 리무진은 경무대 이승만 대통령의 방탄차량밖에 없었다. 게다가 미 대사관에서 공매처분한 차량 역시 방탄차량이었고 이 대통령의 전용차량보다 성능이 우수했다. 그러나 그 차를 당장 탈 수 없었다. 등록수속이 늦어지고 있었기 때문이다.

그래서 그는 자신의 도요타 캐딜락을 조홍제 전무에게 넘기고 새로 사들인 쉐보레 리무진의 등록을 마칠 때까지 아예 출근도 하지 않고 집에서 기다리기로 했다. 서울시내 치안상황이 극도의 혼란 속으로 빠져들고 있던 시점이었다.

제헌국회 부의장 김약수를 비롯한 현역 국회의원 13명이 무더기로 검거되는 사태까지 발생했다. 이른바 '국회프락치 사건'. 지역구 출신인 이들은 모두 성시백이 지원한 정치자금으로 국회의원에 당선된 자들이었다. 하여 성시백의 지령에 따라 6·25 남침전쟁을 앞두고 국회에서 유엔 한국위원단에 주한미군 철수의 진언서進言書를 통과시키려 했으나 절대다수의 반대에 부닥쳐 좌절되자 여야 국회의원들을 상대로 연판운동을 벌여 62명을 포섭하려한 혐의를 받고 있었다.

국내의 정치상황이 급박하게 돌아가고 있는 가운데 일본 경제계가 국교가 없는 대한민국과의 교역으로 경제부흥을 도모하기 위해 미 점령군 사령관 더글러스 맥아더 원수 명의의 공식 초청장을 우리 정부에 보내 왔다. 그러나 정부는 이승만 대통령의 반일감정으로 미루어 시기상조라고 판단했다.

하지만 대한민국 수립에 절대적인 영향력을 행사해온 맥아더 원수의 공식 초청을 거부할 명분이 없었다. 정경분리 원칙에서도 어차피 현실을 직시해야 했다. 어쩌면 이 기회에 우리나라의 경제발전을 위해서도 일본의 선진경제를 살펴볼 필요성도 제기되고 있었다. 이같은 판단에 따라 정부는 순수한 민간차원에서 경제계 대표 15명으로 경제시찰단을 구성하기에 이른다.

이때 삼성물산공사 이병철 사장도 경제시찰단의 일원으로 일본을 방문하게 된다. 실로 감회가 남달랐다. 그는 하네다羽田 공항에서 일본 경제계의 출영 인사들과 인사를 나누던 중 뜻밖에도 일제 강점기 절친하게 지냈던 히라타平田와 극적으로 해후하게 된다. 히라타는 그가 마산에서 정미업과 운수업을 할 때 김해평야의 토지 매수관계로 거액의 대출을 받기 위해 자주 만나 친교를 가졌던 식산은행 마산지점장이었다. 게다가 그는 대구에서 삼성상회를 운영할 때 경북지사를 지낸 노타野田와도 만나 남다른 회포를 풀었다. 우연 치고는 너무도 감회 깊은 우연의 만남이었다.

특히 일본 경제인들 중 일제 강점기 때부터 누구보다 한국 경제실정을 잘 아는 히라타가 자진해서 한국경제시찰단의 안내역을 맡았다. 이병철은 이를 계기로 도쿄에 체류하는 동안 히라타와 노다를 비롯한 또 다른 지인들과 어울려 전후 일본 경제계 현실을 보다 상세하게 접할 수 있었다.

그리고 낮에는 공식 일정으로 교토, 오사카, 나고야 등지의 기업체를 돌며 현지 시찰을 하고 밤에는 으레 이들과 어울려 료테이料亭에서 전통적인 일본 여성의 헤어스타일과 화려한 키모노 차림으로 성장盛裝한 게이샤藝者들의 기예技藝에 흥을 돋우기도 했다.

특히 가냘픈 몸매로 북과 현악기를 다루며 노래와 전통춤으로 다듬어진 오카미女將(마담)가 색기 넘치는 가부키歌舞伎를 연출할 때에는 혼을 빼앗겨 탄성이 절로 나왔다. 한국에서도 그랬지만 그는 유별나게 가무를 즐겼다. 이 같이 즐겁고 흥겨운 시간을 보낸 지 한 달 만에 공식 일정이 끝나고 경제시찰단이 귀국할 즈음에 그는 "개인 일정이 있어 며칠 더 머물다가 가겠다"며 일행에서 빠지게 된다.

그리고 일본인 지인들과도 작별을 고하고 혼자서 자취를 감춰버리는 거였다. 아무도 모르는 한 여인과의 밀회를 즐기기 위해서였다. 대구에서 비명에 간 박소저와의 비극적인 사련이 잊혀진 지 8년 만에 그것도 남들이 전혀 눈치 채지 못하는 일본 도쿄에서 수신제가에 또다시 깊은 흠집을 남긴다.

두 번째의 사련은 오래지 않아 일본으로 유학간 장남 맹희에 의해 드러나지만 그 주인공이 구라타슐田라는 성씨 외에 밝혀진 것이 아무 것도 없다. 이후 그녀와의 슬하에 아들 하나를 두었고 1950년대 한·일 간의 왕래가 다소 자유로워지면서 대일무역 관계로 일본 출장을 자주 다니던 이병철과 구라다 사이에 또 딸 하나를 얻게 된다.

그러나 두 사람이 애초 만나게 된 인연은 일체 베일에 가려져 있었다. 더러는 동경 유학시절에 처음 만났다는 설도 있고 더러는 일제강점기 마산에서 첫 사업을 벌였을 때 대출관계로 자주 접촉했던 식산은행 마산지점장 히라타와 후쿠오카의 벳부 온천으로 여행을 떠났다가 히라타의 소개로 알게된 여인이라는 설도 나돌았으나 당사자들이 입을 다물고 있어 정확한 사연은 알 길이 없다는 것이었다.

여기까지 줄곧 떡배 아재의 얘기만 듣고 있던 계동이가 말을 이어 받았다.

"저도 예전에 맹희 부총수의 비서로 일할 때 더러 소문을 들어서 알고 있긴 하지만 선대 회장 어르신께서 젊은 시절 일본을 자주 오가며 슬하에 자녀를 둘 만큼 금실이 좋았다는 일본의 현지처 구라타 상氏은 대체 어떤 사람입니까?"

"아, 구라타 상… 낸들 아나? 내도 예전에 몇 차례 일본을 댕겨 왔지만 구라타라 쿠는 사람은 얼굴 한 번 본 일도 없다 카이께네. 그저 소문으로만 듣고 한동안 내당 마님이 속끓이는 모습을 먼발치로 안타깝게 지켜 봤을 뿐이제.

그러다가 1970년대 말 쯤이었나. 암만 그때 쯤이었을끼라. 맹희 서방님이 삼성의 대통(경영권) 문제를 두고 주위의 모함으로 아버지와 갈등을 빚다가 의성 별장에서 야인생활을 할 때 이웃에 살았다는 어떤 여자가 뭐, 얄궂은 책을 하나 냈다 쿠더마. 내는 읽어보지도 않았지만 그 책 내용이 기가 막히다 쿠대."

"아아, 그 책은 저도 읽어봤지만 뭐, 문자 그대로 소설이더군요. 거 뭐. 재벌의 아들이 일본에 숨겨둔 자기 아버지의 현지처를 건드려 가지고 부자간에 경영대권의 승계고 뭐고 철천지 원수가 돼 돌아서고 말았다는 그런 황당한 얘기더라고요. 참, 상상력도 풍부하지. 한때 삼성 비서실에서 법정소송까지 준비했다가 그럴수록 세상이 더 시끄러울 거 같아 그만 두었다고 그러더군요. 그리고 나서 그 책 거둬들인다고 비서실에서 한동안 애를 먹었지요. 게다가 맹희 부총수의 입장만 더욱 난처해지고…….”

이병철이 일제 강점기의 삼성 창업 초기부터 대일對日무역 관계로 일본에 자주 드나들다 알게된 구라타라는 젊은 여자를 두 번째 소실로 맞아들여 도쿄에서 극비에 딴살림을 차린 러브스토리는 암암리에 숨길 수 없는 사실로 드러난다. 그리고 슬하에 남매까지 두었다는 내력은 아들 야스테루泰輝가 1953년생, 딸 케이코惠子는 1962년생, 아홉 살 터울이다.

국적이 다른 구라타를 제외한 이들 서庶남매도 모두 이병철의 호적에 올라 있다. 물론 본가 내당이나 적자들의 반대가 심했지만 그런 점에서 이병철은 여느 권력자나 재벌처럼 친자확인소송 같은 골치 아픈 일에 휘말리지 않았고 자신의 핏줄에 대한 책임을 질 줄 알았다.

어쨌든 그는 일본 여행에서 평소 원하던 모든 것을 얻었다. 한국의 경제시찰단이 공식적으로 거둔 성과 외에도 개인적으로 일제 강점기의 경북지사를 지낸 노타와 식산은행 마산지점장 출신인 히라타를 통해 일본의 유수한 기업인들을 두루 접촉하고 국제무역을 통한 업무협조를 모색했다.

그 결과 대부분 우호적으로 대해 주었고 장차 한일국교 정상화에 대비해 호혜평등의 원칙에서 낙후된 한국의 기술입국을 위한 차관 교섭과 함께 적극적인 지원도 약속받았다. 오래지 않아 자신이 한국 경제부흥의 전면에 우뚝 설 만사형통의 길이 열릴지도 몰랐다. 그런 기대감에 한껏 부풀어 부정기 노선인 귀국행 노스웨스트 항공기에 올랐다. 그 당시만 해도 한일 간에 정기 노선이 개설되지 않았고 우리에겐 국적기도 한 대 없었다.

김포공항을 통해 귀국하고 보니 마침 등록을 마친 쉐보레 리무진
이 대기하고 있었다.

"그때 그 차를 처음 몬 사람이 위대식魏大植이라꼬. 희성稀姓을 가진
사람인데 내보다 나이가 한 대여섯 살 많았제. 어데 평안도라 쿠던
가, 이북 출신으로 원래 왜정 때부터 평양에서 다쿠시(택시)를 운전
하다가 우예 친일파로 몰려 가지고 인민재판에 걸리자 그만 홀홀단
신 월남했다 쿠더마. 왜정 때 다쿠시 운전수(운전기사)라 쿠믄 료테
이(요정) 기생들한테는 인기스타 아이가. 그라이께네 뻘갱이 천지로
변한 이북에서 친일파 브루주아로 몰린 거겠제. 마. 대식이 아재! 그
양반도 어르신한테는 충신이었다 쿠이, 암만 그런 충신도 드물기라."

"아, 그러고 보니 생각나네요. 위대식 이사! 저도 그 양반을 몇 번
봤지만 선대 회장 어르신의 분신과 다름 없다는 얘기는 많이 들었지
요."

"이사는 무슨 이사… 하도 오래 어르신 차만 몰고 월급도 마이 타
이께네 비서실에서 이사라꼬 호칭했을 뿐인데 모두 진짜 이사로 알
고 있더마. 암만 삼성물산 초기 도요타 캐딜락도 그 아재가 몰았제.
내는 그때 처음으로 대식이 아재를 봤는데 사람이 야무지고 어디 알
라스카에 내던져 놔도 살아갈 사람처럼 수완도 좋고 매사 어르신 말
씀 외엔 막무가내더라 쿠이. 그 양반도 따지고 보믄 삼성가에 충성을
바친 무명용사였능기라."

호사다마라 했던가. 이병철은 위대식이 모는 쉐보레 리무진을 타
고 서울 시가지를 한 바퀴 돌아보면서 착잡한 심정을 가눌 수 없었
다. 오가는 시민들은 도무지 활기가 없고 시가지 분위기가 암울하기

만 했다.

그로부터 며칠이 지난 1950년 6월 15일. 대공검찰이 서울 종로거리를 유유히 활보하던 거물간첩 성시백을 검거하고 그의 서소문 비트를 압수수색한 결과 지난 5·30 총선자금으로 쓰고 남은 미화 1만 4800 달러와 특급 비밀문건이 보따리째 나왔다는 기사가 신문에 대문짝만하게 실린 것을 보고 이병철은 아연실색했다. 6·25 남침전쟁이 발발하기 불과 열흘 전이었다.

'성시백이가 거물간첩이라니… 역시 내 추측이 맞았구만.'

그는 순간적으로 전율하며 퍼뜩 이순근을 떠올렸다. 어쩌면 성시백이 종로 거리를 활보하다가 검거되었다면 자신을 찾아 삼성물산으로 오던 길이 아니었을까, 하는 생각이 들어 가슴이 뜨끔했다.

신문보도에 따르면 성시백의 공작과 연관된 비밀문건에는 초대 국무총리를 지낸 광복군 출신 이범석 장군과 신성모 국방장관 등 정부 고위층은 말할 것도 없고 채병덕 육군참모총장·김홍일 육군보병학교장(광복군 출신)을 비롯한 송호성 장군과 신성모 장관의 아들인 국방부 정훈국 서울분실장 신명구 소령까지 포섭대상자 명단에 올라 있었다. 그러나 다행히도 이병철과 조홍제는 포섭대상자 명단에서 빠져 있었다. 안도의 한숨이 절로 터져 나왔다.

이병철이 일본으로 출국하던 시점인 지난 2월에는 여순반란사건에 연루된 군 지휘관들이 숙군을 두려워하던 나머지 2개 대대 병력을 이끌고 월북하는 사태가 벌어지고 북한공산집단의 국지도발이 빈발했다. 그런데도 성시백의 검거로 충격을 받은 군 수뇌부에서는 자체조사는커녕 정부와 군의 고위층이 연루돼 있다는 사실을 쉬쉬하며 덮기에만 급급했다.

배반의 늪

|||||

　성시백 사건 이후 군 수뇌부의 동향이 심상치 않았다. 신성모 국방
장관과 채병덕 육군참모총장은 군에 침투한 거물간첩 성시백의 수
사가 본격적으로 진행 중인 데도 불구하고 육군본부 참모진과 일선
사단장급의 인사이동을 전격 단행한다.

　일선 사단장 역시 전체 9개 사단 중 서부전선을 지키는 제1사단장
백선엽 장군과 제8연대 2개 대대의 월북사건 이후 참모총장직에서
물러나 제5사단장으로 호남지역에서 공비토벌로 백의종군 중이던
이응준 장군을 제외한 나머지 5개 사단장을 모두 교체하고 말았다.

　여기에다 갓 부임한 일선 사단장들이 지휘권 장악을 위한 업무 파
악에 나서고 있던 6월 22일에는 그동안 줄곧 지속돼 왔던 비상경계
령을 해제해 버렸다. 어이없게도 김일성의 6·25 남침 사흘 전에 취
한 군 수뇌부의 이해할 수 없는 조치였다. 비상경계령이란 적의 도발
징후가 위험한 단계에 와 있다고 판단되었을 때 전군이 방어태세에
돌입하는 비상조치가 아닌가.

그런데도 북한 괴뢰군에 비해 상대적으로 국군의 방어태세가 허술해 불안하기 짝이 없는 상황에서 느닷없이 비상경계령 해제라니 석연찮은 일이 한두 가지가 아니었다. 군 수뇌부 깊숙한 곳에서 뭔가 알 수 없는 음모가 서둘러 진행되고 있는 것 같았다.

그 와중에 이병철의 운명은 불행하게도 너무 멀리 비켜가고 있었다. 6월 25일 새벽, 소련제 최신무기로 중무장한 북한공산집단이 T-34 탱크를 앞세우고 38선 전역에 걸쳐 불법남침을 감행한 것이다. 6·25 남침전쟁! 전쟁의 양상이 지금까지 겪어 왔던 38선 지역의 국지도발과 전혀 달랐다. 초전부터 국군이 지키고 있던 방위선이 곳곳에서 무너지고 적의 남침 10시간 만에 의정부와 포천이 함락되고 말았다. 지척의 거리를 둔 서울은 풍전등화에 휩싸인다.

그 무렵 성시백과 그 일당은 육군형무소에 수감된 상태에서 오제도 대공검사가 계속 수사를 진행하고 있었으나 기소도 안 된 상태에서 서둘러 총살형을 당하고 만다. 육군본부의 명령이라고 했다. 신성모 국방장관? 채병덕 참모총장? 명령권자가 누구인지 정확히 밝혀지지 않았다.

이병철은 이날 오전 10시 쯤 김생기 상무로부터 북한공산집단의 남침소식을 전해 듣고 당황했으나 "아군의 즉각적인 반격으로 38선을 돌파하여 해주로 진격 중"이라는 KBS 라디오의 임시뉴스를 접하고 당분간 사태의 추이를 지켜보기로 했다.

국방부는 그동안 소규모의 국지전이 벌어질 때마다 "북괴군이 남침해 오면 점심은 해주에서, 저녁은 평양에서 먹겠다"며 국민들을 안심시켜 오지 않았던가. 국방부의 공식발표가 해주로 진격 중이라니 믿을 수밖에 없었다.

그러나 바깥 동정을 살피고 돌아온 운전기사 위대식과 가복 떡배의 얘기는 전혀 달랐다. 이른 아침부터 서울시내 곳곳에서는 북괴군이 38선을 뚫고 전면 남침했다는 소식이 파다하게 번지고 오후가 되면서 피란민들이 남부여대하고 미아리 고개를 넘어 물밀듯이 밀려오고 있다는 거였다. 게다가 서울시내 곳곳에서 전화선이 끊기면서 조흥제 전무와 김생기 상무는 물론 직원들과의 연락도 두절된 상태였다. 답답했다.

"대식이 아재가 이래 말하더마. '사장님! 제가 이북에서 겪어 봐서 잘 아는 데 이렇게 대책 없이 눌러앉아 계실 게 아니라 한시 바삐 한강을 건너야 합니다.' 쿠고 매달리다시피 피란을 떠나라꼬 간청했지만 새카맣게 눈을 뜨고 당신만 바라보는 대가족들을 보자니 당장 봇짐을 싸는 일도 보통 일이 아이더라꼬. 그래서 마, 좀 더, 좀 더 두고 기다려 보자꼬 한 게 결국 서울 바닥에 갇히고 만기라."

이병철은 수시로 바깥 소식을 전하는 수하들의 말을 반신반의하면서도 좀 더 정확한 전황을 알아보기 위해 기댈 곳은 KBS 임시뉴스밖에 없다고 생각했다. 그래서 그는 5년 전 중교리 종택에서 보낸 광복 전야처럼 제니스 라디오를 계속 틀어놓고 귀를 기울였다. 그렇게 미적거리며 하루가 지나고 이틀이 지나 6월 27일이 되자 오전 6시 첫 뉴스가 "정부가 한강을 건너 수원으로의 천도를 결정했다"는 게 아닌가.

이승만 대통령은 이에 앞서 이미 서울을 떠나 피란길에 올랐다는 거였다. 순간 그는 전율하지 않을 수 없었다. 위대식이 전하는 얘기로는 KBS 라디오의 첫 뉴스가 나간 직후부터 한강 인도교가 남쪽으로 향하는 피란민들로 미어터지기 시작했다는 거였다.

이병철은 개전 초부터 국방부가 KBS 임시뉴스를 통해 "국군이 반격에 나서 해주까지 진격했다"는 등의 와전된 과장 보도로 국민들을 현혹시켜 왔다는 사실을 비로소 깨달았다. 그러다가 갑자기 정부 천도설이 나오자 서울시민들이 당황해 무작정 한강 인도교를 건너고 있다는 사실을 확인할 수 있었던 것이다. 하지만 너무 늦었다. 우선 가족들을 피란시키기 위해서는 트럭이라도 한 대 마련해야 했지만 속수무책이었다.

그렇게 미적거리다가 상황이 다급해지자 맨 몸이라도 피하고 봐야겠다며 가족들과 서둘러 막, 집을 나서려는데 어디선가 귀청을 찢는 듯한 폭음이 울려왔고 마치 지진이 난 것처럼 지축이 흔들렸다. 정확하게 6월 28일 새벽 2시 40분. 마치 정탐꾼처럼 수시로 바깥을 드나들던 위대식이 전하는 얘기로는 한강 인도교 북쪽, 북한강파출소 방향으로 느닷없이 벼락치는 소리가 울리는 순간 지축을 뒤흔들며 섬광이 번쩍였다고 했다.

그리고 그 후에 다시 확인된 상황은 한강 인도교가 폭파되고 한강교 일대에는 일본 히로시마의 원자폭탄 투하 때처럼 청백색의 인광燐光과 함께 뜨거운 열폭풍이 휘몰아쳤다고 했다. 순간, 인도교 북쪽 두 번째 아치가 끊기면서 인산인해를 이루었던 피란민들이며 군병력과 트럭, 지프 등 각종 차량이 치솟는 불길 속에서 무더기로 추락해 강물로 사라지고 말았다는 거였다. 한마디로 아비규환의 생지옥이었다고 했다.

이병철은 결국 주저앉을 수밖에 별다른 도리가 없었다. 불안해 하는 가족들을 다독거리며 다시 짐을 풀었다.

"흐음, 그때가 간밤의 이른 새벽이었제. 한강교가 폭파되었다는 게… 그러고 나서 날이 밝아오자 내는 마, 바깥 소식이 궁금해서 혜화동 로터리 쪽으로 나가 봤다 아이가. 그때 마침 남쪽으로 밀려갔던 피란민 행렬이 남부여대하고 갔던 길을 되돌아오고 있더라 쿠이. 밤사이 한강 인도교가 끊어졌기 때문에 강을 건널 수 없었능기라. 도로 돌아오는 피란민들을 통해 간밤에 한강교가 폭파되고 인도교를 건너던 많은 사람들이 한강에 빠져 죽었다는 소식을 전해 듣고 몸서리쳤다 아이가.

그때 마침 우리 대갓집 본채 뒤편에 왕대나무가 우거진 대숲에 보일 듯 말 듯한 방공호가 하나 있었능기라. 왜정 때 파놓은 긴 데 그동안 쓸모가 없어 방치해둔 거를 겉에 댓잎을 덮어 흔적도 없이 위장하고 안에는 간단히 나무판자로 바닥을 깔고 이부자리를 펴서 우선 어르신부터 피신시켰다 아이가. 가족들 중 큰 따님인 인희 아씨는 혼인해서 마산에 살고 있었고 맹희, 창희 도련님은 대구에서 학교 댕기고 있을 때였제.

서울에는 건희 도련님과 나머지 아가씨들밖에 없었는데 모두 나이도 어리고 내당 마님하고 아이들뿐이었다 쿠이. 뺄갱이들이 아무리 독하다 캐도 연약한 부녀자들과 어린 아이들을 해코지할 리가 없다꼬 판단하고 어르신 피신에만 신경을 썼던기라.”

이때 잠자코 듣고만 있던 계동이가 또 한마디 불쑥 거들고 나섰다.

“일설에는 그 당시 운전기사 위대식씨가 선대 회장 어르신을 잠실(송파) 쪽의 자기집 다락방에 숨겼다고 하던데요? 또 일설에는 6·25가 터질 당시 어르신은 아예 서울에 없었고 일본으로 출장을 가기 위해 부산에 머물고 있었다는 얘기도 들리더라고요.”

“아이다. 그거, 다 새카만 거짓말이다. 아, 이 떡배가 두 눈을 새까

맑게 뜨고 있는 데 누가 쓸데없이 함부로 입을 놀린단 말이고. 어르신이 마님하고 나이 어린 자식들 두고 잠실이고 어디고 달아날 데가 어디 있다꼬? 그럴만한 시간적 여유도 없었고 국방부 발표만 믿고 있다가 곱다시 갇히고 말았다 쿠이.

그라고 안 있나. 일본 출장이라 쿠는 소문도 난리가 나기 한 달 전에 경제시찰단으로 일본 갔다 온 거를 모두 잘 몬 알고 하는 소리라니까. 부산에서 출장 중에 난리를 피했다는 얘기도 그때 당시 어르신을 찾아댕기는 뻘갱이들을 따 돌릴라꼬 내가 둘러댄 말이 와전되어 오해가 생긴기라."

북괴군은 그때까지만 해도 미아리 방면에서 아군 혼성부대와 치열한 접전을 벌이고 있었고 그날 오후가 되어서야 혜화동 로터리를 돌아 서울역 광장을 거쳐 용산으로 진주했다. 대한민국 수도 서울이 북괴군에 의해 함락되는 시점이었다.

북괴군이 서울로 진주하자 지하에 숨어 있던 남로당 프락치들과 용공분자들이 기다렸다는 듯 뛰쳐나와 버젓이 거리를 누비고 다녔다. 어제까지만 해도 사회의 밑바닥에서 끼니 걱정을 하던 평범한 소시민들까지도 하루 아침에 빨간 색깔로 변신해 지하에서 뛰쳐나온 공산프락치들과 한 통속이 되었다.

그들은 마치 대단한 벼슬이나 얻어걸린 것처럼 도처에서 빨간 완장을 차고 죽봉이나 죽창을 휘두르며 홰를 치고 다녔다. 자칭 혁명전사들이었다. 거리 곳곳에는 침략군 조선인민군대를 찬양하는 빨간 플래카드가 내걸리고 인공기며 빨간 깃발이 나부끼는 등 서울시가지는 그야말로 빨간 물결이 춤추는 적색도시로 변해가고 있었다.

게다가 도심지 주택가 곳곳에는 대대적인 가택수색이 벌어지고 미처 피란을 떠나지 못하고 주저앉아 버린 주민들을 연행해다 인민재판을 열고 가차없이 처단하는 끔찍한 학살도 거침없이 자행되고 있었다. 인민재판은 광화문 네거리를 비롯해 서울시청 앞 광장, 동숭동의 서울문리대 교정, 명동 국립극장 앞, 돈화문 앞 등 도처에서 벌어지고 있었다.

특히 인민재판 대상자들은 미처 서울을 빠져나가지 못한 정부 고위관료들이나 기업인 등 사회지도층 인사들이 대부분이었다. 인민재판에서 사형판결이 나기 무섭게 빨간 완장들이 달려들어 무자비하게 철퇴와 몽둥이를 휘두르고 죽창으로 찔러 죽이기 일쑤였다. 그러고는 매타작으로 선혈이 낭자한 사람들을 숨질 때까지 개끌 듯이 질질 끌고 다니는 잔혹한 학살극도 연출하고 있었다.

그로부터 이틀이 지난 6월 30일 아침, 말끔한 북한 인민복 차림에 왼쪽 팔자락에는 빨간 완장을 두르고 개똥모자(레닌모)를 푹 눌러쓴 중년의 사내가 소련제 치스지프를 타고 혜화동 이병철 본가에 들이닥쳤다. 그의 뒤로는 따발총을 멘 10여 명의 인민군 호위군관과 상·하급 전사들이 따르고 있었다.

뜻밖에도 이순근이었다. 대문 앞에서 장덕배가 먼저 그를 알아봤다. 덕배는 대뜸 반색을 하며 말문을 열었다.

"아이고 이게 누구십니꺼. 우리 지배인 아재 아입니꺼. 참으로 오랜만이네요."

"아, 떡배 동무! 잘 있었는가? 반가우이. 넌 아직도 조국이 해방된 줄도 모르고 병철이네 종살이하고 있나? 그래 네 상전은 어디 있나?"

어째 이순근의 말투가 예전과 달랐다. 거의 이북 말투와 뒤섞여 그의 목소리가 어색하게 들렸다.

그는 건성으로 덕배의 인사를 받아넘기며 이병철부터 찾았다. 순간적으로 눈치 챈 덕배는 능청을 부리며 이렇게 답했다.

"아, 어르신은 무역관계 일로 부산에 출장갔다 아입니꺼."

"그럼 이 승용차는 왜 여기 세워 두었나?"

그때 마침 집 앞에 세워둔 쉐보레 리무진을 이순근이 발견한 것이다.

갑자기 답이 궁해진 덕배가 잠시 머뭇거리다가 엉겁결에 이렇게 말했다.

"아이고, 그 먼 거리를 우예 이 차로 갑니까. 조홍제 전무님이 다쿠시(택시) 타고 와서 열차 시간이 급하다믄서 어르신을 급히 다쿠시에 모시고 서울역으로 간 거라예. 가족들한테 떠난다는 인사도 없이 홀쩍 가버렸다 아닙니꺼. 그라이께네 어르신하고 조 전무는 열차편으로 부산 가셨다 이 말입니더. 벌써 한 일주일 되었나, 그럴 겁니더."

그러나 순근은 이상야릇한 미소를 머금으며 바로 뒤에 서 있던 인민군 호위군관을 향해 눈짓으로 신호를 보내는 거였다. 순간 권총을 빼든 호위군관을 필두로 전사들이 일제히 집안으로 들이닥쳐 본채와 사랑채, 행랑채 등 곳곳을 다 뒤졌으나 이병철의 모습을 찾지 못했다. 다만 내실에는 부인 박두을 여사와 어린 자녀들이 공포에 질려 방구석으로 물러나면서 와들와들 떨고 있을 뿐이었다.

수색을 마치고 나온 호위군관은 이순근에게 부동자세를 취하며 이렇게 보고했다.

"에미네(부인)와 에미나이(여자 아이)밖에 없습네다."

"그래에…? 동무들! 수고했소."

130

이순근은 다소 실망한 얼굴로 고개를 끄덕이며 덕배에게 말머리를 돌리는 거였다.

"떡배 동무!"

"예, 순근 아재!"

"아, 병철이 부산에 있다고 온전할 줄 아는가. 부산이 곧 해방될 텐데… 이럴 때 나를 찾아와야지. 내가 옛 동무 병철이 하나는 건져줄라고 찾아왔는데 벌써 달아나고 없다니 기가 막히는구만. 혹시 병철이와 연락이 닿거든 걱정 말고 나한테 연락하라고 그래. 내가 내내 중앙청 농림성 사무실에 있을 테니까."

"예예, 잘 알겠심더. 우리 어르신께서도 순근이 아재가 찾아왔더라쿠모 굉장히 반가워 할 깁니더."

"그래, 그리고 말이야, 내가 내무성이나 인민위원회에 단단히 당부해둘 터이니까 가족들은 아무 걱정말구서리 안심하구 지내라구 그래."

"예예, 고맙심더."

"그리고 참, 이 차 멋있구먼. 열쇠 어디 있나?"

그제서야 옆에 서 있던 위대식이 나섰다.

"네, 제가 갖구 있습니다. 전 사장님의 운전기삽니다. 근데 자동차 열쇠는 왜 찾습니까?"

"이 새끼, 이거 말이 많구만. 여러 말 말고 얼른 자동차 열쇠를 내놔."

"아, 이건 안 됩니다. 차라리 절 죽여주십시오."

"야, 이 새끼레, 이거, 반동 아냐?"

이번에는 호위군관이 권총을 들이대며 윽박지르는 거였다. 자칫 잘못 저항하다간 개죽음을 당할지도 몰랐다.

"야, 떡배야! 이 놈이 날 잘 모르는 모양인데 내가 누군지 통역 좀 해 주라. 이 차는 이병철의 차가 아니라 인민의 재산이야. 인민의 이름으로 징발할 테니 그리 알라고."

그제서야 대식은 마지 못해 쉐보레 리무진의 열쇠를 내놨다.

떡배 아재는 말하다가 말고 느닷없이 몸을 부르르 떨었다. 이미 70년이 가까운 세월이 흘렀지만 그는 그때 일을 생각할 때마다 몸서리를 치곤 했다.

"그 놈들이 그 비싼 차를 몰고 사라지이께네 대식이 아재는 그만 탈기하여 털썩 주저앉으믄서 대성통곡하더라 쿠이. 그렇지만 우야노. 사람 목숨보다 더 귀한 게 어디 있노. 대식이 아재는 마, 중죄인이 되어가지고 감히 어르신 앞에 나서지도 몬하고 내가 대신 어르신이 숨어 있는 방공호로 찾아간기라. 순근이 아재가 찾아왔다가 돌아갔다꼬 자초지종 고하고 차마 입이 떨어지지 않았지만 씨보리(쉐보레) 승용차를 빼앗겼다고 말씀드렸디마는 허허 참, 단 한마디에 잘했다 쿠시더마.

아, 빨갱이 천지에서 살아남는 게 문제지 그 차가 뭐 그리 대단하다꼬 쿠시믄서 쓴 웃음을 짓더라니까. 그렇지만 속이 얼마나 쓰라렸겠노 말이다. 그라고 안 있나. 또 이렇게 말씀하시더마. 지(이순근)가 우리 삼성에서 7년 간 고생하고 퇴직금도 한 푼 안 받고 나갔는데 이번에 퇴직금을 준 요량으로 생각하이 마음 편하다꼬……."

이순근은 그런 식으로 이병철의 쉐보레 리무진을 징발해 남로당 당수이자 북한 내각의 제2인자인 부수상 겸 외무상으로 있는 박헌영의 전용차로 진상했다고 한다. 그 당시 점령지 서울에서 한동안 머물던 박헌영이 그 차를 타고 다니는 모습을 서울시민들이 더러 본 것으로 알려지고 있다.

혜화동 이병철의 집에는 이순근이 다녀간 뒤 그가 남긴 말 대로 내무성이나 인민위원회는 물론 약탈과 살인을 일삼던 공산프락치들은 코빼기도 보이지 않았다. 본의 아니게 대구 10·1 폭동사건에 이어 두 번째 이순근의 신세를 지게된 셈이었다.

하지만 이웃 주민들은 사흘이 멀다하고 수난을 당하기 일쑤였다. 붉은 지배자에게 충성을 바치기 위해 남로당·북로당·인민위원회·민청·여성동맹·농민동맹·직업동맹 등 무수한 좌익단체들이 경쟁적으로 '반동몰이' 인민재판을 주도하고 있었기 때문이다.

이병철은 과거 절친했던 친구 이순근의 정체를 도무지 알다가도 모를 일이었다. 그는 우거진 대숲 속의 방공호에 숨어 지겹게 하루하루를 보내면서 그런 생각에 잠길 때마다 자신도 모르게 소스라치곤 했다.

이후 순근은 북한의 내각 사무실로 쓰고 있는 중앙청에 머물며 남한의 점령지에 대한 토지개혁을 단행하는 등 이른바 혁명화사업을 주도하다가 유엔군과 국군의 9·28 수복 때 자취를 감췄다고 했다.

적색도시

||||

왕대나무가 하늘을 가린 듯 우거진 대숲. 영락없이 조그만 방공호에 갇혀버린 이병철은 마치 외딴 무인도에 유폐된 로빈슨 크루소와 같은 유폐생활을 감내하지 않을 수 없었다. 몸종 덕배가 주위의 눈치를 살피며 조석으로 갖다주는 공기밥으로 허기를 채우고 한밤 중 도둑처럼 기어나와 대숲에서 생리를 처리하는 원시생활 그 자체였다.

평소 하루도 빠지지 않고 즐기던 히노키 목욕은커녕 면도도 한 번 하지 않았다. 때문에 콧수염과 턱수염은 자랄 대로 자라 구레나룻처럼 온 얼굴을 뒤덮었다. 누가 봐도 그가 삼성물산공사 이병철 사장이라는 사실을 아는 사람은 오직 운전기사 위대식과 가복 장덕배밖에 없었다.

심지어 깊은 밤중에 가끔씩 들여다 보는 내당 박두을 여사도 구레나룻으로 뒤덮인 남편의 얼굴을 마주보는 순간 기겁을 하며 소스라치기 일쑤였다. 그런데도 그는 용케 버텼다. 태어나 반생을 호사스럽게 살아왔으나 운명적인 환경의 지배를 결코 피해갈 수 없었던 것이다.

사방이 가로막혀 완전히 고립돼버린 가족들도 예외가 아니었다. 적 치하에서 우선 금융 유통이 이루어지지 않아 돈이 있어도 쌀 한 톨 구할 수 없었다. 다만 암시장에서 미국의 화폐인 달러만 통용이 되었다. 새삼 느끼는 일이지만 달러의 위력은 참으로 대단했다. 하지만 그들의 수중엔 단 1 달러도 없었다. 이병철 사장의 지갑 속엔 지난 번 일본 여행에서 쓰고 남은 얼마 간의 엔화가 있었으나 역시 통용이 되지 않아 쓸모가 없었다.

쌀뒤주는 이미 바닥을 드러내고 있었으나 속수무책이었다. 내당 박두을 여사는 위대식과 장덕배의 얼굴만 바라보고 있었다.

"그때 대식이 아재가 무슨 꿍심이 있었는지 창고 속에 처박아 두었던 일제 후지 자전거와 미야타 자전거를 꺼집어내 손질하고 기름치고 하디마는 그 이튿날 이른 새벽에 닐로(나를) 보고 그 중 한 대를 주믄서 무조건 타고 따라오라 쿠더마.

그때가 7월 초순인가 암만 그랬을기라. 그 자전거는 원래 어르신이 마산에서 사업할 때 타고 댕기던 10년 이상 된 낡아빠진 거 아이가. 대구에서도 좀 탔지만 도요타 승용차를 타믄서 창고 속에 처박아 뒀던 거를 서울로 이사올 때 내가 아까워서 가지고 온기라."

둘은 한달음에 페달을 밟아 용산에 있는 보세창고로 달려갔다. 그곳에는 삼성물산이 통관을 마친 각종 수입품이 산더미처럼 쌓여 있었기 때문이다. 궁하면 통한다고 했던가. 위대식의 뇌리에 그런 생각이 스쳤던 것이다.

그러나 막상 도착하고 보니 창고문은 훤히 열려 있었고 창고 안에 쌓여 있어야 할 각종 수입상품이 깜쪽같이 사라져버린 게 아닌가. 텅 빈 창고 속을 샅샅이 뒤진 결과 금속제품 원자재인 주석괴朱錫塊와 동강재괴銅鋼材塊는 이미 남의 손을 탔는지 찾을 수 없었고 기리빠시(조각)만 한 소쿠리 정도 수집할 수 있었다. 상품의 가치가 높은 귀한 금속 원자재인데도 무식한 약탈자들이 그런 걸 쓸모없는 쇠조각으로 생각했던 모양이었다.

"왜놈 말로 신추(주석)라 쿠는 건 알았지만 내는 동강이 뭔지도 모르고 마른 명태나 마른 오징어 쪼가리를 찾아헤매는데 대식이 아재는 보는 눈이 다르더라꼬. 낼로 보고 떡배야, 그건 다 쓸데없는 물건이야. 이런 걸 찾아야 한단 말이지. 이게 다 돈이야. 쿠더라꼬. 그래서 내도 대식이 아재 따라 그런 쇠꼬챙이를 찾아 눈에 심지를 돋웠던 생각이 나네."

대식은 제법 무게가 나가는 주석과 동강재를 후지 자전거 뒷 짐칸에 싣고 그 길로 남대문 암시장으로 갔다. 그곳에서 금속원자재만 취급하는 상가에 처분해 10달러를 벌어들였다. 그리고 이 돈으로 암시장에서 쌀을 대두大斗 두 말(20kg)이나 살 수 있었다. 당분간 양식 걱정은 하지 않아도 되었다. 쌀만 있으면 간장·된장에 비벼 먹어도 굶어죽을 염려는 없었기 때문이다.

"내는 마, 첩첩산골 촌놈 출신에다 종놈 신세에 뭐, 제대로 아는 게 있어야제. 세상물정 아무것도 모르고 그저 상전이 부리는 대로 시키는 일만 해 왔던기라. 그래서 그런 재주는 꿈도 몬 꿔 봤다 아이가. 근데 와아, 대식이 아재는 여간내기가 아이더라꼬. 장사 수완도 대단하더마. 진짜 알라스카에 내던져 놔도 살아날 사람인기라."

대식의 보세창고 탐방은 그것으로 끝나지 않았다. 용산 창고가 이미 약탈당해 텅 비어 있더라는 보고를 받은 이병철은 아무 말없이 고개를 끄덕이더니만 이렇게 말문을 열었다.

"대식이 니, 짬이 나거든 인천에 한 번 댕겨 오이라. 거리가 너무 멀긴 하지만……."

"아, 아닙니다. 사장님께서 명령만 내리시면 즉각 다녀오겠습니다."

"암만, 인천 보세창고도 다 털렸을끼라. 그래도 그 꼴이 어떤지 궁금하네. 천지가 도둑놈 세상으로 바뀌어 재산을 다 날려도 할 수 없지만 그런 꼬라지를 우리 눈으로 확인은 해 봐야 될 거 아이가?"

"네, 잘 알겠습니다. 가능한 한 빨리 다녀오도록 하겠습니다."

"내가 그 쿤다꼬 너무 서둘지 말거래이. 오가다가 빨갱이들한테 붙잡혀서 애먼 일 당하지 말고……."

"네, 사장님! 잘 알겠습니다. 너무 걱정하지 마십시오. 제가 알아서 하겠습니다."

하여 대식은 이번에는 덕배를 데리고 이른 새벽에 집을 나서 더 멀리 인천으로 행보를 잡았다.

둘은 도심을 벗어나 때론 인민군 검문소에서 약간의 뇌물로 검문을 피하고 순찰병들을 따돌리며 부지런히 페달을 밟아 마포나루터를 건넜다. 서울지리가 깜깜이던 덕배는 무조건 앞서가는 대식이를 따라 가느라고 가쁜 숨을 몰아쉬었으나 대식은 잠시 쉴 틈도 주지 않고 앞만 보고 내달리고 있었다.

한나절이 가까워 올 무렵 마침내 도착한 곳이 인천항 제1부두의 보세창고. 그곳엔 삼성물산의 수출입상품만 쌓여 있다고 했다. 다행히도 창고문은 큰 자물쇠로 굳게 잠겨 있었다. 위대식은 이병철 사장으로부터 받아온 열쇠로 다급하게 문을 열어 봤다. 뜻밖에도 약탈의 흔적을 발견할 수 없을 만큼 온전한 상태였다.

그래서 일단 안도한 대식은 금속원자재괴^塊 등 주로 값나가는 수입품을 하나, 둘씩 야금야금 빼내 인천 차이나타운의 암시장에서 처분하고 암달러를 챙겨 서울로 돌아오곤 했다. 그는 그럴 때마다 이병철 사장에게 인천 보세창고에서 무엇무엇을 얼마나 빼내 얼마를 받고 처분했다는 식으로 일일이 보고하고 재고품 상황도 수시로 체크했다.

그러나 수출입상품이 워낙 많이 쌓여 있어 눈짐작으로 파악하기 어려웠다. 게다가 위대식이 빼낸 상품은 마치 한강에 배 지나간 자리처럼 언제 봐도 창고 안은 그 상태, 그대로였다.

그 무렵 서울과 인천 상공에는 유엔군의 포·폭격이 하늘을 뒤덮었고 공습이 지나간 자리에는 으레 불바다로 변하기 일쑤였다. 위대식과 장덕배가 그런 위험을 무릅쓰고 암시장 거간꾼으로 인천을 드나들며 벌어들인 달러 덕분에 이병철 일가족은 그 무서운 인공 치하에서도 비교적 여유롭게 버틸 수 있었다.

그러나 서울에서만 그런 민족적 수난이 되풀이되고 있는 상황이 아니었다. '조국해방전쟁'이라는 대의명분을 내걸고 불법남침한 북괴군은 노도와 같이 전국을 휩쓸어가기 시작했다.

"아, 떡배 아재! 좀 가만히 있어 보세요. 너무 나가지 말고… 아재는 그 당시 서울에 있었기 때문에 우리 고향 중교리가 어떤 처지에 놓여 있었는지 잘 모르지 않습니까."

떡배 아재의 거침없이 풀어내는 6·25전쟁 당시의 서울 얘기를 듣고만 있던 계동이 가로막고 나섰다.

"하모(그래), 내가 중교리에 대해서 뭐라 쿠나? 그때 당시 내는 어르신하고 서울에 안 있었나."

떡배 아재는 멋쩍은 듯 말문을 닫고 앞에 놓인 탁백이 종발을 또 한 잔 쭈욱, 들이켰다.

"그러니까 제 얘기도 좀 들어보시라니까요. 그 당시 제 나이가 열 살밖에 안 되었지만 지금도 생생하게 기억하고 있다니까. 6·25 때 불쑥 나타난 용배 숙부 얘기, 말입니다. 그동안 깜깜하게 소식도 모르던 용배 숙부가 인민군 장교복 차림으로 고향에 나타나자 온 가족이 모두 기겁을 하고 나자빠지더라고요. 그런 기억도 생생하고… 아, 밤새도록 호롱불 밑에서 아버지와 용배 숙부가 도란도란 주고 받는 지난 날의 얘기도 귀담아 들었고요. 아, 그 얘기를 듣고 보니 용배 숙부의 파란만장한 인생사가 어쩌면 신기하기도 하고 너무 기구하더라니까요."

고향에서 갑자기 종적을 감춘 장용배는 애초 마산으로 건너가 함경북도 두만강변 나진항까지 취항하는 연락선에 올랐다고 했다. 이 연락선 항로는 조선총독부가 관동군의 만주국 건설에 따른 식민지 조선인 노동인력을 조달하기 위해 마산항에서 만주가 가까운 나진항까지 오가는 뱃길이었고 승선객들은 대부분 서부경남지역 이주민들이었다.

그러나 막상 나진항에 내리고 보니 이주민들이 두 갈래로 갈리는 게 아닌가. 주로 마산 출신 이주민들은 만주가 아닌 러시아 땅 연해주로 갈 것을 고집했다. 구한말 청조(淸朝)시절 중국인들에게 탄압받던 기억 때문이었다. 그나마도 러시아는 비교적 친근감이 간다는 생각이 마산 출신 이주민들 사이에 각인되어 있었다. 마산이 러시아의 조차租借(영토의 일부를 일정기간 빌려주는 국제관계) 지역이라는 지연地緣도 우호적으로 작용했다.

열강의 틈바구니에서 조선왕조의 국운이 점차 기울어질 무렵이던 1884년 러시아는 '한·러수호조약'을 체결하고 남진정책의 디딤돌로 삼았다. 마산 사람들은 이러한 러시아와의 지연과 달리 일본은 총영사 미우라 고로三浦梧樓가 저지른 명성황후 시해사건(을미사변)을 똑똑히 기억하고 있었다. 그런 잔혹한 일본의 식민지배를 피해 남의 나라로 이주해 가는데 어쩌자고 일본의 괴뢰정부가 들어선 만주로 가야 하느냐는 것이 마산 사람들의 올곧은 반일사상이었다.

연해주의 원래 러시아 명칭은 바다와 접한 땅이라는 뜻의 프리모르스키. 1860년대 후반 한반도에 대홍수가 덮쳤을 때 두만강변 용암포 주민들이 건너가 척박한 동토를 옥토로 가꾸고 신천지를 개척했다. 이후 항일 독립운동가들과 무장의병들이 블라디보스토크, 하바롭스크까지 진출해 곳곳에 한인촌을 개척했다.

그러나 장용배는 연해주가 아닌 만주를 선택했다. 옛 고구려의 고토古土. 만주라는 지명 자체가 예부터 한민족에게는 너무도 익숙한 이름으로 각인돼 있었다. 오늘날 중국의 랴오닝遼寧·지린吉林·헤이룽장黑龍江 등 동북 3성省을 말한다. 북서쪽으로 대흥안령, 남동쪽으로는 백두산을 아우르는 장백산맥이 뻗어 있고 그 사이에 드넓은 동북평원이 펼쳐져 있다.

2000여 년 전(BC 37년) 고구려 개국 초기, 지금의 랴오닝성인 랴오둥반도가 우리 영토였고 699년 고구려 유민들이 발해국을 건국할 당시에는 두만강 상류 지린성 둔화현敦化縣을 도읍지로 삼았다. 두만강 상류인 둔화현을 중심으로 무단장牧丹江과 쑹화장松花江 유역이 우리 한민족이 뿌리 내린 오늘날의 조선족 자치주인 옌볜延邊이다.

용배는 소학교(초등학교) 훈도訓導(교사)가 되겠다며 진주사범학교에 진학할 무렵부터 국사교과서를 통해 이 같은 역사적 사실을 훤히 꿰고 있었다. 그는 이런 연유로 만주를 선택한 이주민들을 따라 헤이룽장성 무단장 닝안寧安까지 흘러들어갔다. 그러나 당장 호구지책이 문제였다. 동포들이 많이 살고 있긴 하지만 모두가 하나같이 입에 풀칠하기조차 어려운 생계를 이어가고 있었다.

한동안 날품으로 동가숙서가식하며 끼니를 이어가던 그는 마침내 그 무렵 북만주의 대다수 조선인 청년들이 그랬던 것처럼 일본 관동군을 만주에서 몰아내야 한다는 일념으로 뭉쳐 동북항일연군에 자원입대하게 된다. 하지만 그 당시 동북항일연군은 중국 공산당의 인민해방군이 모체가 된 탓으로 사실상 마오쩌둥 휘하 인민해방군이 지휘권을 행사하고 있었다.

중국대륙에서 국공國共 내전이 한창이던 1948년 10월.

중공의 인민해방군 제4야전군사령관 린뱌오林彪는 장제쓰蔣介石 휘하의 국부군이 지배하고 있는 만주를 평정하기 위해 항일전에 투입되었던 팔로군八路軍 소속 조선의용군을 만주로 집결시켰다. 그리고 일제 강점기 만주 일대에서 항일전을 수행해온 동북항일연군 등 총 6만 3,000여 명을 기반으로 '동북인민해방군'을 편성한다.

동북인민해방군이 국공내전에서 결정적인 승기를 잡은 것은 국부군 14개 사단을 섬멸시킨 동북 3성의 만추리아전선滿洲戰線) 이들 중 지린성 옌볜 조선족자치주 출신 조선의용군 3만 5,000여 명이 랴오선遼沈전투를 대승으로 이끌어내 완강히 버티던 국부군을 와해시키는데 결정적인 공훈을 세운다. 초급군사군관(위관급)이던 장용배도 이 전투에 참가해 영웅칭호까지 받고 상급 지휘군관(영관급)으로 승진한다.

중국 공산당 주석 마오쩌둥은 이를 계기로 중국의 55개 소수민족 중 집단적인 조선의용군 및 조선족들의 살신성인과 충성심을 가장 높게 평가하여 조선에 대한 보은의 뜻에서 국공내전이 끝나자마자 이들 조선족 병력을 모두 북한으로 보내 조선인민군 창군에 따른 핵심요원으로 편입시킨다.

1949년 7월 1일 새벽.

동북조선의용군은 편제상 북한의 조선인민군에 배속되어 비무장으로 간단한 소지품만 챙겨든 채 열차에 오른다. 중국 인민해방군 상급지휘군관에서 조선인민군 중좌(중령) 계급장으로 바꿔 달게된 장용배도 예외가 아니었다. 전투복에서부터 일체의 군장과 전투장비는 한·만국경인 만포진역과 신의주역에 도착하는 즉시 소련제 일색으로 재보급을 받았다.

중공의 인민해방군이 아닌 소련군으로 위장하여 한·만 국경선을 넘은 것이다. 그 무렵 입조入朝한 실병력은 3개 보병사단에 3만 6,000여 명. 이들은 대부분 중일전쟁에서 일본군을 상대로 연전연승의 전과를 세웠고 이후 국공내전에서는 장제스의 국부군을 궤멸시키는데 혁혁한 공훈을 세운 정예 군사요원들이었다.

여기에다 국공내전 당시 랴오선 전투를 대승으로 이끈 옌볜 조선족자치주 출신 군사군관과 상전사上戰士(보병하사관)들이 태반을 차지하고 있었다. 이 군사력은 실제 인민해방군 제164, 166, 167사단으로 입조 직후 각각 조선인민군 제4, 6, 7보병사단으로 편제되었다.

제4보병사단에 배속된 장용배는 국공내전 당시 영웅칭호를 받은 경력으로 독전대대장의 직책에 올라 6·25 남침전쟁의 선봉군으로 참전한다.

망상妄想

||||

대한민국 수도 서울에 첫발을 내디딘 북괴군 선봉부대는 김일성으로부터 '서울사단'이라는 명예칭호까지 받은 조선인민군 제4돌격사단(창군 당시 제4보병사단).

소련제 T-34 탱크를 40대나 앞세우고 보무도 당당하게 창경원을 거쳐 남대문으로 진입, 서울역 앞으로 행군해 왔다. 뒤이어 인민군 제3돌격사단 전투병력이 이미 선발대가 거쳐간 퇴계로를 넘어와 앞서간 제4돌격사단의 뒤를 따르는 거였다. 미아리전선을 돌파한 이후 지리멸렬해버린 우리 국군 잔존병력의 조직적인 저항은 눈에 띄지 않았다.

속속 서울에 입성한 북괴군은 의정부와 동두천 방면의 제3·4돌격사단 외에도 개성에서 수색을 거쳐 쳐들어온 제6보병사단과 고랑포 방면에서 임진강을 건너온 제1보병사단 등 모두 4개 전투사단과 1개 탱크여단에 이른다. 그들은 경무대를 비롯해 중앙청과 서울시청, 국회의사당 등 정부기관을 접수하고 서울 전역을 점령하기에 이른다.

그러나 조선인민군의 조국해방전쟁 개시 이후 당연히 서울시민들이 들고 일어날 것이라던 민중봉기는 전혀 일어나지 않았다. 부수상 겸 외상이자 남로당 당수인 박헌영이 입에 침이 마르도록 장담했고 이 말을 전적으로 신뢰해온 김일성은 크렘린 궁의 스탈린에게 "남한에 일격만 가하면 민중봉기가 일어나고 내란을 유발하여 단기간에 공산화가 이루어진다"고 호언장담했었다. 하지만 인민군대가 무력으로 남조선의 수도 서울을 점령할 때까지도 민중봉기는 아예 낌새도 보이지 않았던 것이다.

북괴군의 수중에 들어간 미 대사관과 미 군사고문단에는 값진 전리품이 산더미처럼 쌓여 있었다. 생판 처음 보는 버드와이저 캔맥주와 켄터키 위스키며 햄, 소시지, 베이컨 등은 말할 것도 없고 미 군사고문단의 창고에는 맛 좋기로 소문난 야전식량 C-레이션이 박스째 가득 쌓여 있었다.

한강을 사이에 두고 피아간에 산발적인 교전이 계속되고 있었으나 북괴군 캠프는 승전의 기쁨에 젖어 완전히 축제분위기였다. 언제 조직되었는지 몰라도 서울인민위원회에서 나왔다는 빨간 완장들이 소 잡고 돼지 잡고 닭까지 잡아 갖다 바쳤다. 여기에다 여성동맹에서는 미처 피란을 떠나지 못한 여대생들까지 기쁨조로 강제동원해 승전축하연의 분위기를 잡아갔다.

서울 입성의 첫발을 내디딘 제4돌격사단장 리권무 소장(남한의 준장)은 중앙청에서 열린 전선사령부의 승전축하연에 참석했다가 얼큰하게 취기어린 얼굴로 휘하 상급군관들이 파티를 즐기고 있는 전 남조선 육군본부 장교클럽에 나타났다.

좌중의 각급 지휘군관과 참모군관들이 일제히 일어나 박수로 그를 맞이했다. 불과 사흘 전까지만 해도 한·미 군수뇌부가 안이하게 태평성대를 구가하듯 휘황찬란한 샹들리에 불빛 아래에서 심야 댄스 파티를 즐겼던 곳이었다.

"위대한 수령 김일성 최고사령관 동지의 혁명사상으로 가일층 무장하자."

"무장하자! 무장하자!"

"위대한 혁명의 령도자 김일성 원수를 혁명정신으로 옹위하여 북남통일 이룩하자!"

"북남통일! 북남통일!"

사단장 리권무 옆에서 서서 인민군 제복과는 다른 새까만 중공의 팔로군 군복에 중좌(남한의 중령) 계급장을 단 사내가 우렁찬 목소리로 건배사를 선창하며 축배 분위기를 이끌었다. 조선인민군 제4돌격사단 독전督戰대대장 장용배!

일제 강점기 진주사범학교를 중퇴하고 "독립운동에 투신하겠다"며 형 상배에게 쪽지 한 장 남기고 홀연히 종적을 감췄던 바로 그 '장용배'가 아닌가? 그런 그가 조선인민군 독전대대장이라는 당당한 모습으로 서울에 나타난 것이다.

그러나 온통 빨갛게 물들어가는 서울바닥에서 그를 알아보는 사람은 아무도 없었다. 물론 그의 옛 상전이던 이병철과 가족들, 특히 친동생인 덕배와 얼굴을 마주친다면 당장 알아볼 수 있겠지만 서울하늘 아래 지척의 거리에 있으면서도 아예 꿈에도 생각지 않고 있었다. 이순근에 이어 장용배까지… 이병철에게는 실로 기구한 인연이 아닐 수 없었다.

146

1950년 8월 6일 새벽 낙동강전선.

개전 초기부터 '서울사단'이라는 명예칭호를 받은 리권무 소장의 제4돌격사단은 대전을 공략하고 내처 경북 김천~성주~고령을 거쳐 경남 합천에 진출해 베이스캠프를 설치한다. 서울 점령 40여 일만이 었다.

남침작전 이래 내내 선봉에서 진공로를 개척하고 작전을 유도하며 독전하는 장용배는 아예 합천에 머무르지 않고 주력부대인 제16연대를 예인해 의령군 지정면 봉곡, 두곡리 낙동강변까지 진출했다.

나룻배로 낙동강을 건너 창녕으로 돌진하기 위한 정치명령(작전계획)에 따른 군사적 예비조치였다. 북괴군은 이미 남한 국토의 80% 이상을 유린한 상황에서 마지막 고삐를 조이며 낙동강을 사이에 두고 부산을 점령하기 위한 최후의 결전을 서두르고 있었다.

장용배가 독전하는 조선인민군 제4돌격사단은 낙동강 남안 돌출부에서 대공세작전으로 이른바 '낙동강 대회전'의 서전을 장식하면서 창녕 읍내와 영산, 남지를 점령하고 밀양을 거쳐 부산으로 진격하는 것이 최종목표였다. 그러나 용배는 내심 착잡한 심정을 가눌 수 없었다.

'왜 하필이면 내 고향에서 혈전의 참극을 벌여야 하는가.'

공교롭게도 그가 독전대대를 이끌고 주둔해 있는 봉곡리는 고향집이 있는 중교리까지 불과 20여 킬로미터 남짓 떨어진 지척의 거리였다. 정든 고향땅을 밟았다는 현실을 확인한 순간 일말의 흥분을 가눌 수 없었다. 그동안 잊고 지냈던 가족들의 생각이 주마등처럼 스치며 그리움에 사무치기도 했다. 그런 한편으로는 문산종택 상전인 술산 어른(이병철의 아버지)의 얼굴이 떠오르자 자신도 모르게 이빨을 지긋이 깨물었다. 자신에게 서당글을 가르치고 진주사범학교에 진학 시켜준 은인이기도 했으나 지주계급에 대한 천민賤民의 본능적인 증오심 때문인지도 몰랐다.

다행히도 그가 발을 딛고 서 있는 고향땅은 방어선이 아니라 일방적인 공격선의 시발점이었다. 그리고 중교리는 아직 피아 간에 군홧발이 닿지 않았다. 강을 건너기만 하면 전투는 창녕 남지, 영산 일대에서 치열하게 벌어질 것이다. 그것으로나마 중교리가 안전지대로 평화를 누릴 것이라는 기대감에서 일단 안도하고 싶었다.

그는 전투상황에 돌입하기 전 잠시 고향집에 들러 가족들에게 얼굴이라도 내비치는 게 도리라고 생각했다. 또 헤어지면 언제 만날지도 몰랐다. 10년이면 강산도 변한다고 했는데 중교리가 얼마나 변했는지… 평생을 묘골 박씨네와 중교리 이씨네 종살이에 시달려온 부모님은 이미 운명을 달리했다. 어머니는 그가 열 살 나던 해에 시름시름 앓다가 돌아가시고 아버지는 그가 가출하기 이태 전 가을걷이 때 들판에서 밤늦게까지 횃불을 밝히고 쇠도리깨질을 하다가 갑자기 쓰러져 그 길로 숨을 거두었다. 40대 중반.

한창 살 나이였으나 부모님이 제 명대로 못 살고 일찍 세상을 뜬 것은 무엇보다 고달픈 종살이에서 얻은 골병 때문이라고 그는 생각했다. 그래서 그런 결과를 초래한 상전에 대해 증오심이 더욱 깊어졌고 어쩌면 그것이 가출의 직접적인 동기가 되었는지도 몰랐다. 이제 고향집에는 부모 맞잡이 역할을 하는 형 상배 내외밖에 없었다.

"그때 땡볕이 이글거리던 한여름이었지요. 용배 숙부가 불쑥 나타난 게… 6·25 때 말입니다."

계동이가 가을 햇살이 따갑게 부서지는 행랑채 문을 열어제치고 마두산 고개 너머로 시선을 보내며 기억을 더듬다가 다시 말을 이었다.

"논에서 피를 뽑던 아버지가 이른 아침부터 이글거리던 무더위에 지쳐 점심 때 잠시 쉬겠다며 집에 들어와 막 툇마루에 걸터앉아 부채를 부치고 있는 데 집 앞에서 난데없이 붕붕거리는 자동차 소리가 들리더라고요. 평소 술산 어르신이 한 번씩 나들이 가실 때 부르던 읍내 택시의 엔진 소리와는 전혀 다른 소리가 아주 요란하게 울리기에 제가 먼저 잽싸게 뛰쳐나가 봤지요. 그랬더니 와아……."

"그래서 와아, 우예 됐노?"

떡배 아재가 맞받으며 계동의 흥분한 모습을 찬찬히 훑어보는 거였다.

"와아, 그때 생판 처음 봤는데 양쪽 어깻죽지에 노란 별이 두 개나 달린 군복에 둥글넙적한 군모를 쓰고 허리에 권총을 찬 사람이 엔진 소리가 막, 윙윙거리는 소련제 지프차에서 내리더라구요. 지프차도 광복 후에 미군들이 타고 다니던 네모진 그런 지프가 아니라 뭐, 육각형 비슷하게 생겼는데 엔진 소리가 너무 요란하더라니까. 그리고 그 차 뒷자리에는 따발총을 든 인민군 두 명이 꼿꼿한 자세로 앉아 있더라니까. 뭐, 호위전사라던가? 그때 인민군을 처음 본 거라. 알고 보니 훤칠한 키에 권총 차고 차에서 내린 인민군 장교가 바로 용배 숙부였다니까요."

"하하. 우리 집에 진짜 빨갱이가 그때 나타났구마. 빨갱이 고수 장용배!"

"전 그때 마, 새가슴이 벌렁거려 부들부들 떨고 있는데 뒤따라 나오시던 아버지가 아이고, 니 용배 아이가? 그러면서 와락 껴안고 온몸을 부들부들 떨며 마구 흐느끼는 거를 보고서야 그 인민군 장교가 바로 용배 숙부라는 사실을 알게 되었던 거지요."

"……?"

순간 떡배 아재는 울컥, 감정이 복받친 듯 잠시 마두산 골짜기로 시선을 보냈다. 눈언저리에 고여 있던 눈물 한 방울이 똑 떨어져 볼을 타고 흘러내리자 당황한 듯 손등으로 눈물 젖은 볼을 누르는 거였다.

"용배 숙부도 아버지를 와락 끌어안으면서 성님(형님)! 내레 성님이 기다리던 아우 용배 옳습네다. 정말 오랜만이외다. 뭐, 이렇게 인사하는 데 와아, 막상 말을 들어보니까 우리 경상도 말씨가 아니고 순 이북 말씨라서 저 사람이 진짜 우리 숙부가 맞나 싶어 어리둥절하더라니까요. 그저 아버지가 용배야! 하고 부르며 얼싸안고 몸부림치는 걸 보고서야 아하, 우리 용배 숙부가 맞긴 맞는 모양이구나, 하고 생각했을 뿐이지……."

두 형제는 그렇게 극적인 해후상봉으로 잠시나마 한을 풀었다. 속절없이 헤어진 지 강산이 변한다는 10여 년만이었다. 형 상배는 몰라보게 변한 동생 용배가 너무도 생소하게 보였다. 독립운동하러 만주로 떠났다던 동생이 어떻게 북한괴뢰군 상급군관이 되어 나타났는지가 무엇보다 궁금했다.

하지만 동생 용배가 둘러본 고향 중교리는 변한 것이 아무 것도 없었다. 다만 이제 30대 중반으로 접어든 형 상배의 주름진 얼굴이 변했다면 변했을까? 그게 다 부모님 젊었을 때처럼 모진 종살이 때문이라는 것이 용배의 한결같은 생각이었다. 그래서 아직도 문산종택을 지키고 있는 술산 어른을 찾아가 당장 요절을 내고 싶었다.

그러나 절대 충복인 형 상배가 이를 용인하지 않았다. 그는 술산 어른을 상전이 아니라 은인으로 생각해왔기 때문이다. 하여 대물려 종살이를 해도 단 한 번도 종살이로 생각지 않았다. 선대 부모님이 그랬던 것처럼 자식들 거두며 먹여주고 재워주고 입혀주는 술산 어른에 대한 보은의 길로 생각했던 것이다.

하여 그는 어쨌든 모처럼 고향을 찾았으니 술산 어르신께 인사나 하라고 종용했으나 용배는 코대답도 하지 않고 엉뚱한 말만 내뱉었다.

"성님! 조금만 참으시라요. 이제 곧 대구, 부산이 해방되고 통일이 이루어지문 여기 중교리는 우리 차지외다. 저 문산종택과 종답도 모두 인민의 재산으로 차압하구서리 술산 어른과 식솔들을 모조리 처단할 거외다."

용배의 태도는 단호했다. 그러나 상배는 동생의 팔자락을 잡고 흔들며 입도 벙긋하지 못하게 했다.

"술산 어르신이 어떤 분인 데… 용배, 니를 출세시켜 줄라꼬 진주 사범학교에까지 안 보내줬나. 그런 어른의 은혜를 원수로 갚다이… 내 죽기 전에는 그런 짓, 절대 용서 안 한다."

두 형제의 의견은 그날 밤을 뜬 눈으로 지새우면서 팽팽이 맞섰던 것이다. 그리고 이튿날 새벽 용배는 통일 후에 찾아오겠노라는 작별 인사를 남기고 중교리를 떠났다.

계동은 그때 호위전사를 둘이나 거느리고 치스지프에서 내리던 용배 숙부의 늠름한 모습을 새삼스럽게 떠올려 보았다. 계동이 조선 인민군 중좌 장용배를 본 것은 그것이 처음이자 마지막이었다. 이후

지리산 공비로 돌변한 장용배밖에 보지 못했으니까.

한없이 쫓기기만 하던 한미연합군은 낙동강전선에서 최후의 교두보를 구축하고 북괴군에 엄청난 출혈을 강요하기 시작했다. 때문에 북괴군으로서는 개전 이래 가장 견디기 힘든 처참한 전투를 자초하고 만다. 특히 전력을 재정비한 미 제24, 25사단은 평야지대를 한 눈에 바라볼 수 있는 유리한 능선에 포진해 155 밀리 중포를 집중배치하고 주도면밀한 응전태세를 갖추고 적이 나타나기만을 기다리고 있었다.

그러나 장용배 중좌가 지휘하는 조선인민군 제4돌격사단 독전대대는 이 같은 미 지상군의 전력을 무시한 채 칠흑같은 어둠을 뚫고 낙동강 상공에 조명탄을 유성처럼 쏘아 올리며 창녕 남쪽 오항으로 기습도하에 성공, 주력부대인 제16연대를 앞세워 이른바 '낙동강 돌출부'로 공격을 감행했다. '낙동강 돌출부'란 창녕군 영산면 서쪽으로 돌출한 낙동강 연안지역으로 거창·합천·의령지구로부터 영산을 거쳐 부산 인근인 밀양과 삼랑진으로 이어지는 전략적 요충지대를 말한다.

만일의 경우 미 지상군이 이 '낙동강 돌출부'를 잃게 된다면 대한민국 임시수도 부산이 크게 위협받게 될 것이고 북괴군은 김일성 최고사령관이 호언장담했던 대로 광복 5주년이 되는 8월 15일까지 부산을 점령하는데 유리한 거점을 확보할 수 있다. 때문에 피아간에 사생결단하고 최후의 결전을 벌일 수밖에 없는 상황이었다.

낙동강 동쪽 창녕에 베이스캠프를 설치한 미 육군 제24사단은 공교롭게도 대전에서 엄청난 타격을 입고 패퇴의 쓰라린 악연을 가졌던 북괴군 제4돌격사단과 낙동강전선에서 또다시 맞붙게 된 것이다. 사단장 윌리엄 F. 딘 장군이 대전을 사수하려다가 적의 포로가 된 미 24사단으로서는 절치부심 참패를 설욕할 기회가 찾아온 것인지도 몰랐다. 그러나 미군은 종이호랑이에 불과했다.

마침내 칠흑같은 어둠을 뚫고 낙동강을 도하한 북괴군 제4돌격사단은 오항 인근 고지에 진을 치고 있던 미 제34연대의 최전방 3대대 본부에 기습공격을 감행해 왔다. 34연대가 천안, 대전에 이어 또다시 교활한 북괴군의 기습전략에 우롱당하는 순간이었다. 날이 밝아올 무렵까지 반격에 나섰던 1대대마저 적의 맹렬한 공격으로 사상자만 내고 퇴각했다.

미 지상군이 포진하고 있는 낙동강 돌출부에서는 도하작전을 완료한 적의 주력 16연대와 치열한 공방전이 벌어져 하루에도 몇 번씩 주인이 바뀌는 혼전을 거듭하고 있었다. 이런 와중에 피란민을 가장한 공산게릴라들이 미 24사단과 25사단의 유일한 연락통로이던 남지교를 습격, 보급선을 차단하는 바람에 파국적 위기에 몰리고 있었다.

이런 급박한 상황에 휘말린 미 8군사령부에서는 전략적 요충지인 낙동강 돌출부의 영산~밀양선線을 사수하기 위해 미 해병 제3여단의 투입을 결정하기에 이른다. 대전에 이어 고전을 면치 못하고 전전긍긍하던 비운의 미 제24사단은 이때부터 비로소 숨통이 트여 전투태세를 재정비할 수 있었다.

그 무렵 미 24사단의 중앙을 주공격로로 설정하고 있던 북괴군 제4돌격사단도 엄청난 곤경에 처해 있었다. 4500여 명의 소총수들만으로 3개 연대를 편성한 적은 무모한 기습공격을 되풀이하다가 완강하게 저항하는 미 지상군의 화력에 막대한 사상자가 속출했기 때문이었다.

보충병이 속속 도착하기는 했으나 그 중에는 궁여지책으로 합천·의령 등지의 남한 촌락에서 강제로 끌고온 의용군이 대부분이었으며 그들은 기초적 군사훈련을 받지 못해 기본무기인 보총조차 제대로 조작할 줄도 몰랐다. 게다가 강제로 끌려온 이들의 절반가량은 기회가 닿는 대로 탈출하기에 여념이 없었다.

북괴군 제4돌격사단 독전대대장 장용배 중좌에겐 전투상황이 이 지경으로 돌아가는 데다 더 이상 참을 수 없는 고통은 보급로가 거의 끊기고 있다는 점이었다. 식량은 완전히 바닥나 버렸고 심지어 낙동강 돌출부에서 격전을 치르고 있는 보병부대에 탄약을 조달하는 긴박한 일마저 시간이 흐를수록 더욱 힘들어지고 있었다.

"대구·부산을 점령하고 남북통일이 되면 중교리 이씨네 재산을 독차지하겠다"고 형 상배에게 다짐한 말이 한낱 망상에 불과했다는 사실이 현실로 드러나고 있었다. 곤경에 처한 제4돌격사단이 지원을 요청할 제2, 9, 10사단 등 후속부대도 사정은 마찬가지였다. 따발총이나 아카보총 같은 기본화기만 소지한 채 저돌적으로 공격하다가 미 지상군의 화력에 노출되어 사상자가 속출했다.

패주일로 敗走一路

IIIII

연일 낙동강 상공을 뒤덮고 있는 미 공군 전폭기편대의 네이팜탄 투하와 광란적인 기총소사는 창녕을 거쳐 부산으로 진출하려는 북괴군 제4돌격사단을 미치게 만들었다. 초전에 위력을 떨쳤던 소련제 T-34 탱크도 미군의 M-4 퍼싱 탱크에 밀려 맥을 못 추고 파괴돼 곳곳에서 꼴사납게 방치돼 있었다. 병력소모와 무기손실이 실로 엄청나게 늘어났다.

그동안 미 공군의 공습을 피해 주로 야간돌격을 감행해 왔으나 그것도 이미 시대에 뒤떨어진 전술에 불과했다. 미 공군 전폭기에서 조명탄을 투하하고 지상군은 지상군 대로 진지에서 조명탄을 쏘아 올리는 바람에 하늘과 땅, 천지를 대낮같이 밝히고 역습을 가해오는 바람에 마땅히 숨을 곳도 없었다.

어디 그 뿐인가. 부상을 당한 전사들은 아예 치료도 제대로 받지 못한 상태에서 최일선에 재배치되기 일쑤였고 중상자들을 그대로 방치하는 바람에 사망자가 속출했다. 그것이 전선에 배치된 북괴군의 현실이었다.

6·25 개전 이래 최선봉에서 서울을 점령하고 내처 수원~대전을 유린하면서 김천을 거쳐 내내 거침없이 남진을 계속해온 북괴군 제4돌격사단은 낙동강 돌출부 공방전에서 전투상황 12일 만에 엄청난 손실을 입고 패퇴의 쓰라린 맛을 삼키지 않을 수 없었다. 자그마치 1200여 구의 시신을 유기한 채 겨우 3000여 명만 살아남아 낙동강을 다시 도하하여 서쪽 의령과 합천 방면으로 퇴각했다.

김일성 최고사령관으로부터 '서울사단'이라는 명예칭호까지 받고 남침 사흘 만에 서울을 점령했던 막강한 제4돌격사단이 궤멸직전에 몰리고 있었다. 결국 부대해체 위기를 맞았고 사단장 리권무와 독전대대장 장용배는 패장이 되고 말았다.

최전선에서 독전에 나서고 있던 장용배의 독전대대는 사단본부와 연대 간에 횡적인 통신연락이 전혀 되지 않아 조직적인 퇴각을 하지 못한 채 전력손실이 더욱 가중되어가고 있었다. 그는 살아남은 대원들을 이끌고 창황하게 퇴각하는 과정에서 일선 중대에 배치된 독전대에 철수명령을 제대로 하달하지 못하고 뿔뿔이 흩어져 달아나기에만 급급했다.

8월 초순부터 9월 초입에 들기까지 거의 한 달 동안 서울 상공에는 미 공군기가 새까맣게 뒤덮었고 공습경보가 끊일 날이 없었다. 대대적인 융단폭격으로 이미 전 시가지가 잿더미로 변해버리고 시민들은 공습을 피해 거의 시골로 피란을 떠나 도심은 텅 비었는데도 미 공군의 열탄은 연일 서울을 불바다로 만들기 일쑤였다.

"낙동강에서 거대한 불바람이 불어오고 있다."

서울에 포진하고 있던 북괴군 정찰국 요원들이 공공연히 한마디씩 내뱉으며 불안한 표정을 감추지 못했다. 수안보까지 내려갔던 전선사령부도 곧 서울로 철수할 것이라는 소문이 파다했다. 그러나 저들은 조만간 서해안에서 인천으로 불어닥칠 거대한 불폭풍을 전혀 눈치 채지 못하고 있는 것 같았다.

계동이 기억하는 용배 숙부와 낙동강전선에 얽힌 얘기가 끝나갈 즈음 떡배 아재가 기다렸다는 듯이 불쑥 말을 이어 받았다.

"인공 치하 막바지에는 미군 공습이 원체(워낙) 심해서 낮에는 꼼짝 몬하고 숨어 있다가 밤만 되믄 밖으로 나와 바깥 동정을 살피고 어르신께 고하는 게 일과였제. 그렇게 3개월을 숨어서 지내던 중 9월 15일 맥아더 장군이 지휘하는 유엔군의 역사적인 인천상륙작전에 이어 같은 달 28일 서울이 수복되자 마침내 어르신은 그 좁은 방공호에서 나왔다 아이가."

이병철은 한밤 중 유엔군이 쏘아올린 남산 상공의 조명탄을 바라보며 심호흡으로 자유를 만끽했다. 아마도 서울을 미처 빠져나가지 못한 북괴군 패잔병들에 대한 소탕전을 벌이고 있는 모양이었다.

그러나 그는 덥수룩한 수염을 깎지 않았다. 오랜만에 덕배가 등을 밀어주고 세신하는 히노키 목욕을 즐겼으나 내당과 자녀들의 간청에도 불구하고 수염을 끝내 깎지 않았던 것이다.

"내가 하도 답답해서 어르신 보고 이래 말했다 아이가. 어르신! 그 깔끔하신 성품에 와, 수염을 안 깎을라 쿱니꺼. 마, 내친 김에 제가 깎아드리겠심더. 오늘 목간통에서 면도 좀 하시지요. 그랬더니만…… 야아야, 떡배야! 두고 보거래이. 내가 수염 안 깎는 거는 다 그럴 만한 이유가 있능기라. 이게 다 내도 살고 느그도 사는 길이라 쿠이. 이래 말씀하시믄서 싱긋이 웃으시더마. 그때는 어르신의 그 깊은 뜻을 우예(어떻게) 헤아릴 줄 몰랐다 아이가."

한편 대구에서는 9·28 수복으로 길이 뚫리자 그동안 삼성가의 소식을 몰라 노심초사하던 이창업 대표가 급히 박윤갑을 불렀다. 이병철 사장이 서울로 떠난 이후 그의 몫으로 챙겨둔 이익배당금이 고스란히 대형금고 속에 쌓여 있었다.

이 대표는 이 돈의 일부를 세어볼 여유도 없이 가마니에 한가득 쓸어 넣었다. 당시 볏짚으로 짠 80킬로그램들이 쌀가마니 외에는 그렇게 많은 돈을 넣을 데가 없었기 때문이다. 적 치하에서 한국은행권은 유통이 금지되었으나 수복된 이후에는 다시 유통된다는 소식을 전해 들었던 터였다.

박윤갑은 돈가마니를 지프에 싣자마자 지체없이 서울로 향했다. 그 지프는 삼성상회 시절 미 군정에서 중고품으로 불하한 것을 사들여 까만 색깔로 도색해 업무용으로 사용하던 차량이었다.

윤갑은 꼬박 하룻밤을 달려 폐허로 변해버린 서울에 도착했다. 비록 초췌한 모습들이었으나 상전가족은 다행히도 모두 살아남아 있었다. 그는 먼저 상전 내외에게 엎드려 큰절을 올리고 몰라보게 덥수룩한 수염을 기른 이병철 사장 앞에서 그만 울음을 터뜨리고 말았다.

"야야야, 윤갭아! 내가 이래 살아 있다 아이가. 이 좋은 날에 울긴 와 우노."

평소 깔끔하고 절제된 모습으로 근엄한 자세를 흩트리지 않았던 이병철도 인간적인 감동에 젖어 마침내 눈시울을 붉혔다. 내당 박두을 여사는 흐느끼는 윤갑의 손을 맞잡고 애타는 모습으로 대구에 있는 자식들의 안부부터 물었다.

"야아야, 우리 맹희·창희는 모두 무탈하나?"

"예, 마님! 걱정하지 마이소. 큰 도련님과 작은 도련님 모두 잘 있심더마는 부모님과 형제분들 걱정 때문에 사는 게 말이 아입니다."

"그래, 오이야. 다 살아 있으믄 됐다. 이 모두 윤갭이 니가 애쓴 덕이다."

이병철은 돈가마니를 어루만지며 말머리를 돌렸다.

"야아야, 내 재산 다 날려 묵다 쿠는 걸 니가 우예 알고 돈을 가져왔노?"

"예, 안 그래도 빨갱이 천지에 갇힌 어르신이 큰욕 보고 계실 거라꼬 이창업 대표가 돈가마니를 챙겨주믄서 빨리 가라 캐서 밤새 달려오는 길입니더."

"그래, 야아야, 이 난리 중에 큰욕 봤다. 내 걱정을랑 말고 어여 내려가거라. 안 그래도 빈껍데기만 남은 삼성물산 저거, 빨리 정리하고 내도 곧장 대구로 내려갈 작정이다."

이병철은 윤갑이 대구로 내려가자 다급하게 위대식을 불렀다.

"야아야, 대식아! 니, 이 돈을 가지고 우선 찌프차 한 대 빌려 보거래이. 용산 창고는 다 털렸다 캐도 인천 창고가 궁금해서 내 눈으로 한 번 둘러 봐야겠다."

그는 대식이 어렵사리 구해온 지프를 타고 은둔생활 3개월 만에 폐허로 변한 바깥나들이에 나섰다. 덕배를 뒷자리에 태우고 조바심나게 경인가도를 달려 인천 보세창고에 당도해 보니 이게 웬 일인가.

그 큰 자물쇠가 부서진 채 창고 문은 훤히 열려 있었고 텅텅 빈 창고 안은 냉기만 서렸다. 을씨년스런 정경에 정작 놀라 나자빠진 사람은 대식과 덕배였다.

"아, 이럴 수가… 불과 며칠 전까지만 해도 창고가 멀쩡했고 제가 분명히 문을 잠가 뒀는데……."

새파랗게 질린 대식은 어안이 벙벙해 말을 제대로 잇지 못하고 부들부들 떨다가 그대로 털썩 주저앉으면서 맨주먹으로 땅을 치며 통곡했다. 덕배도 순간적으로 엄습해오는 절망감에 장승같이 서서 펑펑 눈물만 쏟았다.

"으음, 빨갱이들 짓은 아닐 거고 유엔군이 인천에 상륙했을 때 누가 손을 댔구만. 우리 군이나 경찰은 아일끼고 간 큰 도둑의 손을 탄 거 같다 쿠이."

이병철은 긴 한숨과 함께 이렇게 내뱉었다.

"대식아! 떡배야! 느그 너무 걱정하지 말거래이. 우예 내 재산이 안 될라 쿠모 일찍 포기하는 것도 괜찮다."

그는 몸둘 바를 모르고 죄인처럼 전전긍긍하는 대식이와 덕배를 다독거리며 발걸음을 돌렸다.

서울로 돌아오자 조홍제 전무와 김생기 상무가 뜻밖에도 로빈슨 크루소와 같은 추레한 행색으로 이병철 사장을 기다리고 있었다. 개전 초기 통신두절로 소식이 끊겼지만 그들도 역시 인공 적치 3개월 동안 숨어 지내다가 극적으로 살아남은 것이다.

"이게 누고?"

이 말 한마디로 셋은 와락 끌어안고 덥수룩한 수염을 서로 맞대며 한없이 흐느꼈다.

"인천에는 어젯 밤에 제가 다녀 왔습니다. 그걸 보고드릴려고 찾아왔더니만 사장님께서 벌써 인천으로 떠나셨다기에 기다리고 있던 중입니다."

김생기 상무가 아쉬운 표정으로 말문을 열었다.

"그냥… 그 꼬라지가 우예 되었는가 싶어서……."

이병철은 말끝을 맺지 못하고 허공으로 시선을 보냈다.

한 발 앞서 인천을 다녀온 김생기에 따르면 역시 예상했던 대로 북괴군의 약탈이 아니라 9·28 수복 직전 수도권의 치안을 담당한 자치치안대가 헌병대와 짜고 보세창고 수출입 물품을 통째로 빼돌렸다는 사실이 드러났다고 했다.

이 소식을 전해들은 이병철은 아예 포기했으나 김생기는 그럴 수 없다며 전시상황에서도 약탈자들을 상대로 소송을 제기하는 등 백방으로 노력했으나 역시 전시 사법권 행사는 헌병대가 맡고 있는 데다 이미 물적 증거도 사라져버려 결국 흐지부지되고 말았다.

인공 치하 3개월 동안 갖은 고초를 겪었던 서울시민들은 유엔군과 국군이 서울로 입성하자 손에, 손에 태극기를 흔들며 자욱한 초연에 휩싸인 거리로 뛰쳐 나왔다. 그들은 하나 같이 헐벗고 굶주린 탓에 뼈만 앙상한 몰골로 감격의 눈물을 삼켰다.

그러나 서울 수복의 기쁨도 잠시 스쳐가는 바람결에 불과했다. 임시수도 부산에 있던 정부가 환도하자 이번에는 헌병대와 경찰이 미처 피란도 가지 못하고 적 치하에 갇혀 있던 서울시민들을 대상으로 북한공산집단에 대한 부역 여부를 가리겠다며 대대적인 조사에 나섰기 때문이다.

특히 정치권과 사회지도계층 사이에서 이른바 도강파渡江派와 잔류파殘留派로 갈려 심각한 이데올로기 갈등양상으로 치닫고 있었다. 도강파란 북괴군에 서울이 함락되기 직전 한강을 건너 피란을 떠난 사람들을 말하고 잔류파는 군 수뇌부의 서울사수 발표만을 믿고 남아 있다가 한강교가 폭파되는 바람에 적 치하에 갇혀버린 사람들이었다. 그런 의미에서 이병철과 조홍제, 김생기 등은 모두 잔류파에 속했다.

갈등의 불씨는 수복 후 서울로 돌아온 이른바 도강파들이 자신들은 "유엔군을 따라 서울을 수복하는데 일조했으나 잔류파들은 북한 공산집단에 협력한 부역자들"이라고 매도한 데서 비롯되었다. 이에 발끈한 잔류파들은 "정부가 서울을 사수한다고 발표해 놓고 비겁하게 자기들만 몰래 달아나면서 한강교까지 폭파해 버렸다"며 "절대다수 시민들이 목숨을 앗기고 갖은 고초를 겪은 적치 3개월을 무엇으로 보상하겠느냐"고 규탄했다.

이병철을 비롯한 삼성물산 경영진들의 입장도 마찬가지였다. 그들이 덥수룩하게 자란 수염을 깎지 않고 버텨온 것도 참담한 도피생활을 증거하기 위한 수단이었다. 무턱대고 애먼 사람들을 부역자로 몰아 처단하려는 것 자체가 적반하장이 아닐 수 없었다.

"아하, 내는 그때서야 비로소 생각나더라 아이가. 그렇게도 깔끔한 성품이던 어르신께서 추레하게 수염도 안 깎고 버티믄서 떡배야! 두고 보거래이. 이 수염이 내도 살리고 느그도 살리는 기라 쿠고 덥수룩한 수염을 쓱, 쓰다듬던 일이… 참말이제, 그때 비로소 어르신 말씀을 떠올리며 탄복했다 아이가.

와, 그렇노 쿠모 우리가 빨갱이 천지에서 갖은 고초를 다 겪고 살아남은 증거가 하나도 없능기라. 누가 나서서 증인이 되어 줄 사람도 없고 자칫 우리보다 더 심한 고초를 겪은 이웃에서 색안경을 끼고 본다 쿠모 달리 변명할 여지도 없었제. 곱다시 당하고 만다 쿠이.

그라고 안 있나. 빨갱이 고수 이순근이가 우리 대갓집에 찾아온 것
도 큰 약점이다 아이가. 다행히도 씨보리(쉐보레) 승용차를 빼앗긴
게 변명의 여지가 될지 몰라도 우리가 우예 살아남았다 쿠는 증거가
어르신의 덥수룩한 수염이 유일했던 기라. 거 참, 신통하제. 어르신
의 깊은 속뜻이 거기에 숨어 있는 거를 깜쪽같이 모르고 그저 이상
하게만 생갔했다 쿠이.”

예상했던 대로 이병철과 가족들도 집으로 찾아온 서울시경 사찰
계 수사관들로부터 자초지종 엄중한 조사를 받았다. 그들은 단순히
참고인 조사라고 말했으나 어쩐지 뒷끝이 개운치 않았다.

하지만 정부 입장에서는 부역자들을 그대로 덮어둘 수 없는 처지
여서 자의든 타의든 서울에 남아 있던 시민들을 상대로 모조리 조사
한 결과 부역자가 자그마치 6만여 명에 달했다. 그들 중 인민재판을
주도하거나 공산주의에 적극 가담한 친공분자들은 모두 정식재판에
넘겨 징역형이나 최고 사형까지 받게 하고 비교적 죄질이 가벼운 부
역자들은 정상을 참작해 방면하는 것으로 일단 수습했다.

그러나 잔류파들은 “도망갔던 사람들이 무슨 자격으로 적 치하에
갇혀 있던 사람들을 부역자로 몰아 재단하고 처벌하느냐”고 크게 반
발하는 바람에 한동안 그 후유증이 심각했다. 북한공산집단의 총칼
앞에서 갖은 위협과 탄압을 받으며 살아남기 위해 강제된 단순부역
까지도 친공분자로 내몰았기 때문이었다. 하여 이 문제는 두고두고
국민화합의 걸림돌로 작용했고 극단적인 이념갈등으로 비화되는 불
씨를 남겼던 것이다.

그런 과정을 거쳐 우익 인사들과 양민 학살로 피바람을 불러 일으
켰던 적 치하 3개월의 끔찍한 행태에서 벗어나는가 했더니 아니나

다를까, 이번에는 수복지구 곳곳에서 그 반대현상이 일어나 또 다른 피바람이 휘몰아치고 있었다. 국군 특무대(방첩대)나 헌병대, 경찰은 말할 것도 없고 서북청년단·반공청년단·자치치안대 등 이른바 극단적인 반공단체들이 좌익 색출에 혈안이 되어 있었기 때문이다.

그들은 적 치하에서 미처 날뛴 친공분자들 뿐만 아니라 무식한 소치로 북괴군에 밥해주고 빨래해준 단순부역자들까지 몰죽음으로 내몰았다. 전쟁수행 과정이라는 이유로 정상적인 사법절차를 밟지 않았고 법정에서의 사실 심리도 없었다. 다만 전시사법권 집행자의 재량에 따라 훈방 아니면 총살이라는 극단적인 이분법으로 즉결처분이 자행되기 일쑤였다.

이 때문에 엉뚱하게도 단순부역자인 훈방대상자가 총살당하고 정작 총살당해야 마땅한 악질 좌익분자들이 훈방으로 풀려나는 일도 비일비재했다. 평소의 사감私感에 의한 밀고나 무고로 끌려가 처형당하는 애먼 사람들도 많았다. 그들 중에는 강제로 동원되어 오로지 살아남기 위한 방법으로 북괴군을 보고 인공기를 흔들어 주고 국군을 보고 태극기를 흔들어준 죄밖에 없는 평범한 소시민들까지도 극단적인 이데올로기의 희생자가 되어야 했다.

지리산 공비

||||

"아, 말도 마세요. 부역자 소리만 들어도 치가 떨린다니까요. 떡배 아재 빼놓고 우리 가족이 모두 부역자 아닙니까."

계동은 지리산 끝자락이 뻗어 있는 마두산 너머로 시선을 보내며 연거푸 긴 한숨을 삼켰다가 그대로 토해내곤 했다.

"지리산으로 숨어든 용배 숙부 때문이지요. 온 가족이 빨갱이로 몰리고 아버지는 빨갱이 동생 둔 덕분에 온갖 고초를 다 겪고 징역 살이까지 했다 아닙니까. 아이고 마, 그때 일을 생각하면 지금도 피 통이 터진다니까요."

부산 진공을 위한 최후의 공격에 앞장섰던 장용배는 최전방인 창녕 남지~영산선線 낙동강 돌출부에서 가까스로 살아남았으나 사방에 퇴로가 막혔다. 불과 20여 명 남짓한 잔존병력을 수습해 낙동강을 건너 제4독립사단 베이스캠프가 있던 합천까지 찾아갔으나 폐허만 남아 있었다. 그럴 수밖에 없는 것이 원래 독전대란 편제상 최전방에 배치되기 마련이었고 철수할 때에는 으레 맨 마지막의 대오를 이어가기 때문이다.

캠프 내 사단장 리권무가 사용하던 비트를 수색하던 중 꼬깃꼬깃 접은 손바닥만한 암호문 한 장이 발견되었다. 암호문을 해독한 결과 〈조선인민유격대 남부군사령부로 집결하라.〉라는 내용이었다. 남부군이라면 지리산에서 준동하는 거물공비 이현상의 빨치산부대가 아닌가. 용배는 내친 걸음으로 패잔병들을 이끌고 지리산으로 방향을 틀었다. 그가 경황없이 지리산에 입산한 연유다.

"아마, 그때가 10월 하순이었나 그랬을 거라. 조석으로 가을바람이 스산했으니까. 북진 중이던 우리 국군이 적도 평양을 탈환했다는 뉴스가 한창 전해지고 있을 무렵이었거든. 그 전에는 지리산에 남로당 공비들이 준동하고 있다는 얘기가 들리긴 했지만 마두산에는 눈 씻고 찾아 봐도 빨갱이 구경을 할 수 없었지요. 그러다가 웬걸 한 놈, 두 놈씩 마두산을 타고 중교리까지 넘어와서 식량을 약탈해가는 게 보이더라고."

"……?"

"그래도 마을에서는 뭐, 도둑고양이처럼 오도가도 못하고 갇혀버린 거렁뱅이 정도로 취급하고 형편되는 대로 쌀이나 보리쌀 한 바가지씩 퍼주곤 했었지요. 그때까지만 해도 시골 인심이 그랬거든요."

"하모. 예전부터 우리 중교리 사람들은 없이 살아도 인심 하나는 후한 편이었제."

떡배 아재가 고개를 끄덕이며 맞장구를 쳐주었다.

"아, 근데 하루는 깜깜한 어둠속에서 따발총을 멘 괴한들이 한 대여섯 명이나 마을로 내려와서는 하필이면 우리 집으로 들이닥치더라니까요. 그러고 나서 그 가운데 한 사람이 호롱불이 켜진 방문을 확, 열어제치며 얼굴을 불쑥 내밀더라니 아, 기겁을 하고 당장 나자 빠질 뻔했었지요. 정신을 가다듬고 보니 추레한 바지저고리 차림에 권총만 들었을 뿐 시커멓게 때가 절은 그 얼굴이 바로 용배 숙부더란 말입니다. 어머니는 얼마나 놀랐는지 나를 꼭 끌어안고 부들부들 떨며 방구석으로 내몰리기만 했다니까요."

"……?"

"그러니까. 형수씨! 놀라지 마시라요. 내레 시동생 용배외다. 그러더라구요. 그래서 아버지가 용배야! 네가 어쩐 일이고? 모양이 그게 뭐냐며 놀란 가슴을 쓸어내리는데 용배 숙부가 대뜸 성님! 갈 길이 급해서 요점만 말씀드리리다. 식량 좀 구해주시구레. 그러는 거 아닙니까. 그래서 마, 아버지는 말도 한마디 못하고 엉겁결에 일어나 후둘거리는 발걸음을 곳간으로 옮겼던 거라. 아이고 마, 그때 일을 생각하면 지금도 몸서리친다니까요. 아, 그게 우리 양식입니까. 아버지가 곳간 관리를 맡고 있었다 뿐이지 모두 상전네 비축미 아닙니까."

"……."

"아버지는 어둠속에서 총을 번쩍이는 괴한들, 아니 공비들을 의식하면서 허리춤에 달린 열쇠꾸러미를 풀어 곳간 문을 열자마자 들이닥친 공비들이 곳간에 쌓아둔 햅쌀을 한 가마씩 둘러메고 허겁지겁 달아나기 바빴지요. 80킬로그램들이 볏짚으로 짠 가마니 쌀이 좀 무거웠습니까. 그런데도 그 무거운 걸 메고 한걸음에 자취를 감추고 말더라고요. 전 그때 말로만 듣던 공비들을 처음 보고 그 공비대장이 용배 숙부라는 사실에 또 다시 몸서리쳤다니까."

용배는 어둠속으로 사라지면서 형 상배에게 또 이 말 한마디를 남겼다고 했다.

"성님! 너무 걱정하지 마시라요. 여기도 곧 해방이 될 거외다. 여기 중교리에 해방구가 열리문 이 재산은 모두 우리 차지가 될 기야요. 그때까지만 참고 기다리시라요."

그는 생명의 위협 속에 쫓기면서도 허황한 망상에서 벗어나지 못하고 있었다. 상배는 물론 그 말을 믿지 않았지만 돌아서는 동생 용배를 향해 고개를 끄덕이며 안타까워 했다.

그러나 그 사실은 날이 새기 무섭게 온 동네에 소문이 퍼졌고 급기야는 술산 어른의 귀에도 들어갔다. 계동의 아버지 상배는 어차피 일이 이렇게 된 이상 더 숨길 수도 없어 문산종택으로 술산 어른을 찾아가 엎드려 이실직고했다. 보료에 비스듬이 몸을 기댄 채 장죽長竹(긴 담뱃대)을 입에 물고 묵묵히 듣고만 있던 술산 어른이 말했다.

"마, 사람 안 다쳤으믄 됐다. 아무리 무지막지한 뺄갱이라 캐도 즈그도 산 목숨인데 묵어야 살 거 아이가. 그나저나 국가백년지계(교육)를 위해서 훈도(교사)하라고 사범학교에 보낸 용배란 놈이 공부는 안 하고 독립운동한다고 만주로 건너갔다더니 우야다가 뺄갱이가 되어 돌아왔노. 쯔쯧……."

"어르신! 죽을 죄를 지었심더. 모든 게 동생 잘못 가르친 소인의 불찰입니다."

"상배야! 니가 무신 죄가 있노. 다 세상 잘 몬 만난 탓이제. 내가 용배, 그 놈을 어릴 때부터 눈여겨 봤지만 세상 잘 만났더라믄 큰 인물이 될 상이었는데 그게 안타깝구마."

상배는 술산 어른한테 용서를 구하고 나와 의령경찰서 정곡지서를 찾아가 신고할까도 생각해 봤으나 무식한 소치 탓도 있겠지만 산속으로 달아난 동생 용배에게 어떤 영향이 미치지 않을까 염려되어

168

그대로 눌러앉고 말았다. 그러나 그것이 국가보안법상 불고지^{不告知} 죄로 걸려들 줄이야.

그로부터 한 달 후. 이번에는 수십 명의 공비들이 장용배의 인솔로 마두산을 넘어 중교리에 들이닥쳤다. 각기 따발총이며 아카보총에다 심지어 노획무기인 카빈소총까지 들고 문산종택을 에워쌌다.

공비대장 장용배가 권총을 뽑아들고 군홧발로 유유히 종택 내실 문을 열어제치는 거였다. 마침 술산 어른은 환하게 촛불을 밝히고 돋 보기를 쓴 채 보료 위에 정좌하여 고서^{古書}를 정독하고 있던 중이었 다.

저벅저벅… 군홧발 소리도 요란하게 술산 어른 앞으로 다가간 용 배는 선 채로 빈정거리듯 운을 뗐다.

"영감! 그동안 잘 계셨수? 내레 영감 밑에서 노예살이 하던 장용배 외다."

그러나 술산 어른은 놀라는 기색도 없이 꼿꼿한 자세로 읽고 있던 책장을 덮고 뚫어지게 용배를 바라봤다.

"그래, 용배 니가 우얀(웬) 일로 내를 찾아왔노?"

"영감님 수하에서 뼈 빠지게 노예살이 하다가 제 명대로 못 살고 일찍 돌아가신 선대와 가족들의 보상을 청구하러 왔시다. 그래설라 무네 내레 이 집과 곳간을 인민의 이름으로 접수할까 하외다."

순간 술산 어른의 노한 목소리가 터져 나왔다.

"네, 이 노옴!"

"이 놈이라니, 이 영감태기가 아직도 정신 못 차렸구만. 동무들! 이 영감태기를 당장 끌어내 처단하라우."

이때 문앞에서 부들부들 떨며 내실의 동정을 살피던 상배가 소스라치게 놀라 단숨에 뛰어들어 권총을 겨누고 있는 용배의 앞을 양팔로 가로막았다.

"용배야, 이 놈아! 니가 여기 어디라꼬 함부로 뛰어들어 감히 하늘같은 어르신한테 행패를 부리노? 차라리 낼로(나를) 쥑이라 이 놈아!"

이렇게 외치는 순간, 상배의 거친 손바닥이 용배의 귀싸대기를 모질게 갈겨버리는 거였다. 게다가 이 같은 소동에 충격을 받은 술산 어른은 끓어오르는 분노를 참지 못해 그만 까무러치고 말았다.

"내레, 이거 원 더러워서리……."

형 상배한테 귀싸대기를 한 대 얻어맞은 용배는 밖으로 나와 몰려 있던 공비들을 이끌고 곳간으로 향했다. 아카보총 개머리판으로 손쉽게 자물쇠를 딴 저들은 닥치는 대로 약탈을 자행하고 어둠 속으로 사라졌다.

술산 어른은 다행히도 상배가 정화수를 떠먹이고 가슴을 누르는 응급처치 끝에 기력을 회복했다. 이 소동에 놀라 자고 있던 하인들이 하나, 둘 문산종택으로 몰려들었다. 술산 어른이 깨어난 것을 확인한 상배는 마침내 입술을 깨물며 밖으로 고개를 내밀었다. 마침 문앞에 있던 하인 재돌이 눈에 띄었다. 그는 술산 어른을 빨리 안전지대로 피신시켜야 한다는 순간적인 판단으로 망설임 없이 큰 소리로 외쳤다.

"재돌아! 빨리 지서에 신고해라. 뺄갱이들이 쳐들어왔다꼬……."

"예, 알겠심더."

재돌은 급히 곳간으로 발길을 돌렸다.

"그러고 안 있나. 재돌아! 우선 어르신 피신시키는 일이 급하이 께네 지서 경비전화로 읍내에 연락해서 다쿠시(택시)부터 부르거래 이."

"예, 알았심더."

계동이 그 당시의 긴박했던 상황을 되새겼다.

"그때 상황을 제 눈으로 똑똑히 지켜봤는데 똘이(재돌이) 형이 곳 간에 세워두었던 자전거를 꺼내 타고 잽싸게 정곡지서까지 달려가 서 신고했다고 그러더구먼. 그리고 지서 순경한테 부탁해서 의령 읍 내에 딱, 한 대밖에 없는 택시도 부르고……. 그때가 통금시간인 데 다 공비들이 준동하는 바람에 경찰의 허락 없이는 택시도 함부로 못 불렀거든요."

곳간에 세워두었던 후지 자전거는 8·15 광복 전 이병철이 잠시 종택에 머물 때 타고 다니던 바로 그 자전거였다.

이튿날 새벽, 의령경찰서 전투경찰대 10여 명이 드리쿼터를 타 고 중교리에 들이닥쳤을 때엔 이미 상황이 끝난지 한참 지난 상태였 다. 경찰 출동은 항상 한 발 늦게 마련이었다. 통신시설이 열악한 데 다 무장공비들의 습격으로 지서 건물이 불길에 휩싸이는 일이 허다 했기 때문이었다. 날이 희읍스름하게 밝아올 무렵 의령 읍내에 단 한 대밖에 없는 택시도 중교리 문산종택 으로 달려왔다.

"아버지는 종택을 떠나지 않겠다는 술산 어르신의 고집을 꺾느라 고 밤새도록 엎드려 눈물로 설득시켰지요. 그래서 가까스로 간단한 짐만 챙겨 뒷자리에 술산 어르신을 비스듬이 눕히고 제가 비좁은 바 닥에 앉아 돌본 거라니까요. 그리고 똘이 형은 어르신의 가방을 안고 앞자리 운전석 옆에 앉았고… 그 길로 대구까지 간 거라니까. 그때 선대 회장 어르신은 서울에 계셨지만 백씨伯氏(맏형) 되시는 병짜, 각짜(이병각) 어른이 대구 인교동에 살고 계셨고 마침 맹희, 창희 도련님도 있었기 때문에 무작정 그쪽으로 모신 거지요."

애초 상배가 술산 어른을 직접 모시고 대구로 갈 생각이었으나 경찰이 간밤의 공비 출몰에 대한 진상조사 관계로 상배를 연행하는 바람에 재돌이와 계동이 대신 가게 된 것이었다.

그렇게 술산 어른을 대구로 피신시킨 상배는 잠시 안도의 한숨을 내쉴 수 있었으나 그에게는 엄청난 시련이 기다리고 있었다. 의령경찰서 사찰계에 끌려간 후부터 매타작(고문)에 시달려야 했다. 그 당시 사찰계라면 일제 강점기 악명 높았던 고등계 출신들이 많아 빨갱이 제조공장처럼 없는 죄까지 덮어 씌우기 일쑤였다. 이른바 관제 빨갱이로 만들 만큼 극단적인 반공일변도의 집단이었기 때문이다.

동생 용배가 일제 강점기 말 "독립운동에 투신하겠다"며 만주로 건너간 뒤 6·25 남침 당시 북괴군 중좌 계급장을 달고 중교리에 나타나 하룻밤을 묵고 간 데다 국군의 북진 시기에는 지리산 공비로 변신해 두 차례나 문산종택의 식량을 거둬가고 심지어 종택을 지키고 있던 술산 어른까지 처단하려한 전말이 소상하게 드러났다. 이 때문에 상배는 꼼짝달싹 못하고 곱다시 국가보안법상 불고지죄不告知罪와 이적행위를 덮어쓸 수밖에 없었다.

검찰에 송치되어서도 견딜 수 없는 매타작에 시달렸다. 검찰수사관들도 예외없는 고문기술자들이었다. 그는 마침내 징역 3년이 확정돼 진주형무소에 수감되었다. 그나마도 그가 재판과정에 있을 때 소식을 전해들은 술산 어른이 변호사까지 선임해주고 탄원서를 넣어

172

줘 중형을 면할 수 있었다.

"나 원, 기가 막혀서……."

한창 과거사를 풀어나가던 계동이 잠시 말문을 닫고 혀를 끌끌 차면서 깊은 한숨만 내쉬었다.

"와? 무슨 일인데 말하다가 끊어버리노?"

떡배 아재가 다그치듯 말했다.

"아, 아버지가 진주형무소에 갇혀 있을 때 면회를 갔더니만 얼마나 얻어맞았는지 굴신을 못 하면서도 문산종택 걱정만 하시더라니까. 기가 차서 말이 안 나오더라고요. 그래서 화가 나 아버지! 제발 정신 좀 차리세요. 지금 이 몰골로 문산종택 걱정할 땝니까, 하고 원망했더니만 문산종택은 아버지가 아니면 관리할 사람이 없다며 그저 그게 걱정이라고 깊은 한숨만 푹푹 내쉬더라니까요. 그때 종택은 똘이 형네가 돌보고 있었는 데 그걸 못 미더워 하시더라구요."

떡배 아재가 연방 고개를 끄덕이며 말을 받았다.

"그래, 우리 집안이 원래 안 그렇나. 느그 할배 대代도 그랬지만 느그 아부지도 그런 충복이 없능기라. 그걸 상전네가 다 알고 있다 아이가."

"아, 알면 뭐합니까. 그러는 아재는요?"

"허허, 그래, 그렇지만 내는 선대 회장 어르신만 모셨다 아이가. 거기에 비하믄 평생 술산 어르신을 모시고 종택을 지킨 느그 아부지가 장하제. 내는 그때까지만 해도 중교리 소식은 까맣게 모르고 있었거든. 그래 용배 행님은 언제 죽었다 쿠더노?"

"정곡지서에서 통기를 받았는데 서남지구전투사령부 토벌대가 공비소탕전에 나섰을 때 지리산 피아골에서 사살당했다고 그러더라고요. 거기가 유명한 공비 소굴 아닙니까."

"우예 시신은 거뒀나?"

"아이고, 무슨 말씀하십니까. 시신이라니…? 죽었다는 통기를 해주는 것만도 고맙게 생각해야지. 밤낮없이 죽고 죽이는 극단적인 상황에서 누가 빨갱이 시신을 거두겠어요. 아예 입도 뺑긋하지 못 했다니까요. 훗날 아버지가 형기를 마치고 나와 명절 때마다 할배·할매 젯상에 덤으로 밥 한 그릇씩 올려주는 것만도 오감타고 생각해야지. 가족들 가슴에 모진 못질만 해놓고……."

융통성이라곤 털끝만큼도 없이 고지식하게 살아온 계동의 아버지 상배는 3년 형기를 마치고 출옥하자마자 가족들이 기다리는 중교리보다 대구로 먼저 올라가 술산 어른에게 문후인사를 올렸다. 그리고 또다시 엎드려 사죄했던 것이다.

"오이야, 마 됐다. 상배, 니 그동안 고생 마이 했제?"

"아입니더. 어르신께서 변호사도 선임해주시고 제가 감옥살이할 때 영치금까지 넣어주셔서 편안하게 지내다가 나왔심더. 평생 갚아도 몬 갚을 은혜를 입고… 면목이 없심더"

상배는 울컥, 하는 감정에 복받쳐 엎드린 채 펑펑, 눈물을 쏟았다.

"상배야! 니가 이 늙은이를 그리 생각해주이 고맙다. 어여 일어나거래이. 가족들이 기다리는 중교리로 가야제."

"아입니더. 가족이야 언제 봐도 안 봅니꺼. 그것보다도 그동안 종택 관리를 몬해서 그게 큰 걱정입니더."

"허허. 니가 그 경황 중에 종택 걱정한다 쿠디마는 나와서도 종택 걱정이가? 니 없는 동안에는 똘이(재돌이)네가 지켜줬다 쿠더마. 그래, 인자(이제)부터 니가 관리해야제. 종택 관리는 내 자식들보다 니

174

가 더 잘 한다는 쿠는 거는 내가 잘 알고 있다 아이가."

"아이고 아입니더. 저는 중교리에서 어르신께 지은 죄값으로 속죄하고 또 속죄하는 마음으로 종택을 관리하믄서 살아갈라 쿱니더,"

술산 어른은 장죽에 불을 붙이며 말없이 고개를 끄덕였다. 평소의 근엄하던 표정과는 달리 온화한 정이 배어나고 있었다.

상배는 그렇게도 인자하던 술산 어른이 3년 만에 84세를 일기로 별세했을 때 중교리에서 망배望拜를 올리며 마치 친부모를 여읜 것처럼 서럽게 울었다고 했다.

재기再起의 몸부림

|||||

이병철은 가복家僕 장상배가 반공법 위반 혐의로 구속돼 조사를 받고 있을 무렵 고향 중교리에서 아버지 술산 어른이 온갖 수난을 겪고 대구로 피신했다는 사실을 전혀 알지 못한 채 눈앞에 닥친 일 때문에 참담한 심정을 가누지 못하고 있었다.

도강파에 의한 부역혐의는 덥수룩한 수염 덕분에 벗어날 수 있었으나 폐허에서 모든 것을 잃고 말았기 때문이다. 삼성물산의 모든 재산이 허공으로 날아가버린 상황에서 재기하고 싶어도 재기할 엄두가 나지 않았다. 그렇다고 당장 이삿짐을 꾸려 대구로 내려갈 형편도 되지 않았다.

유엔군과 국군은 이미 38선을 돌파, 파죽지세로 북상 중이라는 소식을 접할 때마다 그나마도 한가닥 희망이 보였다. 어떻게 하든 잿더미에서 다시 일어서고야 말겠다는 결심이 점차 굳어지기 시작했다. 그래서 김생기 상무를 불러 흩어진 직원들을 다시 모으도록 했다. 그러나 이게 또 웬 날벼락이란 말인가?

176

북진 중이던 국군 선발대가 압록강까지 진격해 남북통일을 눈앞에 두고 있을 무렵 접경지 만주에서 중공군이 얼어붙은 압록강을 건너 개미 떼처럼 몰려들고 있다는 소문이 나돌았다. 그리고 얼마 안 있어 만주에 집결 중이던 중공군 30만 병력이 참전해 유엔군과 국군의 진격로를 차단하고 인해전술로 쳐들어오는 바람에 전황이 역전되고 있다는 소식이 전해졌다. 또 며칠 후엔 압록강을 건넌 중공군 병력이 100만 명을 돌파하고 긴박한 전황에 몰리자 이번에는 정부에서 일찌감치 서울시민들에게 소개령을 내린다.

이병철은 또다시 좌절감에 빠졌으나 머뭇거릴 여유가 없었다. 판단착오는 6개월 전 서울 함락 전야에 겪었던 것으로 충분했다. 게다가 인간폭탄, 중공군의 인해전술과 게릴라전법은 이미 중일전쟁과 국공내전에서 확인하지 않았던가. 그는 그 당시 상주인구 6억 5,000만을 헤아리는 중국 공산당에 대해 남달리 민감했다. 중일전쟁 초기 중국대륙을 둘러보며 체득한 경험이었다. 전쟁은 쉽게 끝날 것 같지 않았다.

이번에 또 서울을 내주면 언제 수복될지도 몰랐다. 그래서 그는 약취당하고 남은 삼성물산의 전 재산을 서둘러 처분했다. 어렵사리 닛산日産 트럭 5대를 구하고 나니 빈손을 털 수밖에 없었다. 삼성물산공사는 설립한 지 2년 만에 이렇게 투자자본을 한 푼도 못 건지고 완전 제로(0)상태로 돌아갔다.

1950년 12월 초순. 그는 사전에 연락을 받고 피란봇짐을 챙겨 나타난 김생기 상무 등 전 사원들과 가족들을 트럭 5대에 나눠 태우고 결빙이 시작되는 한강을 건너 서울을 뒤로 했다. 1·4 후퇴 한 달여 전이었다. 조홍제 전무는 가족들과 함께 먼저 서울을 떠났다. 부산을 거쳐 고향 함안으로 내려가 당분간 쉬고 싶다고 했다. 씁쓸한 귀향길이었다.

떡배 아재가 그때를 회상하며 말문을 돌렸다.

"그해 따라 얼마나 추웠던지 바람은 쌩쌩 부는 데 도라쿠(트럭) 짐칸에 쳐박혀 가지고 귀마개, 코마개, 입마개까지 다하고 두 눈만 빼꼼이 뜨고 솜이불을 뒤집어 썼다 쿠이. 그런데도 턱이 덜덜 떨리고 얼어붙을 거 같더라 아이가. 그렇지만 우야겠노. 우리 일행은 그나마도 어르신 덕분에 편안한 피란길에 올랐던기라.

대다수 피란민들은 소구루마(소달구지)에 짐을 싣거나 그럴 형편도 안 되는 사람들은 지게 지고, 머리에 이고 문자 그대로 남부여대하고 걸어서, 걸어서, 한없이 걸어 남쪽으로 내려가는 데 그 끝이 안 보이더라 쿠이. 철부지 아이들까지 업고 걸리고 하는 모습을 달리는 도라쿠 짐칸 안에서 보이께네 춥다는 말고 안 나오더라꼬. 아이고마, 쌩지옥도 그런 쌩지옥이 없었던기라.

그래도 모두 안 죽고 살아남았으이께네 평생 잘 지내고 이런 이바구(얘기)라도 하는 거 아이가. 사람 목숨이라는 게 참 모질고 질기제. 전투병력과 군수물자를 잔뜩 싣고 북상하는 탱크며 장갑차며 군용 도라쿠에 길을 비켜주고 틈틈이 내려오느라꼬 길이 막혀서 서울을 떠난 지 사흘 만에 겨우 대구에 도착했능기라. 수복 때 윤갭이 행님이 밤새 찌프차를 타고 서울로 올라갔다 쿠는 소리는 호리뻥뻥(제 자리걸음)이더라 아이가."

닛산 트럭 5대가 한꺼번에 삼성상회 앞에 도착했으나 툭 트인 대로변인 데도 주차할 곳이 없었다. 피란민을 포함한 대구시민들이 새카맣게 몰려와 장사진을 치고 있었기 때문이다.

"와아, 별표 국수를 살라꼬. 한없이 줄을 서고 있는 사람들 보이께 네 기가 막히더라 쿠이. 우리도 사흘 동안 제대로 묵지도 몬하고 쫄쫄 굶다시피 하믄서 대구 가서 국수나 실컷 삶아 묵어야겠다고 캤는데 막상 대구에 도착하고 보이 모두 국수 묵겠다고 아우성이더라 아이가. 그때 피란살이에 반찬없는 보리밥보다 그냥 국수나 삶아서 후루룩 말아묵으믄 허기는 면할 수 있었거든."

그러나 도착한 일행은 국수 삶아 먹을 여유도 없이 연고지를 찾아 뿔뿔이 흩어졌다. 재회를 약속했지만 기약없는 작별이었다. 이병철은 그들을 떠나보내며 처연한 감정을 억누를 수 없었다.

그는 그때서야 비로소 마중나온 맹희와 창희 형제를 통해 아버지 술산 어른이 중교리에서 고초를 겪고 대구에 피란와 있다는 소식을 들었다. 순간 아버지 홀로 계시던 중교리 종택에 대해 너무 무심했던 자신을 탓하며 급히 인교동으로 달려가 무릎부터 꿇었다. 순간 만감이 교차하면서 설움이 복받쳐 눈시울이 젖어 왔다.

"아부지! 제가 적치에 갇혀 있다가 보이 너무 무심했심더. 불효를 용서해 주이소."

"내는 괘않다(괜찮다). 이래 잘 안 있나. 니가 뺄갱이들 등살을 견뎌낸다꼬 큰 고생 했제. 가족들이 모두 무사하이 이보다 더 경사스런 일이 어디 있노. 우리 후손들이 국난을 당해서도 무탈한 거 보믄 다 조상님 잘 모신 덕분이제."

"하모요(그럼요). 아부지께서 그 환란 중에서도 종택을 지켜주신 덕분이 아입니꺼."

"아이다. 내보다 상배가 욕봤제."

"예, 그 얘기도 잘 들었심더. 근데 그 놈이 우예 동생을 잘 몬 키워

가지고 아부지한테 총을 들이대는 패륜을 저질렀다 쿱니꺼."

"아, 대가리 다 큰 놈이 엇나가는 거, 지 히이(형)인들 우야겠노."

여기까지 얘기를 이어가던 떡배 아재가 열이 받쳐 손바닥으로 가슴을 몇 차례 두드리며 한숨을 푹푹, 내쉬었다.

"선대 회장 어르신 뒤에서 엎드려 있던 내는 마, 그 순간에 몸둘 바를 모르고 용배 행님한테 대한 증오심만 부글부글 끓이다가 그만 엉엉 울믄서 술산 어르신! 저를 쥑여 주이소. 저도 죄인입니더. 캤디마는 술산 어르신이 허허, 웃으믄서 쿠시더마. 막내 저 놈도 보이께 네 지 큰 히이하고 똑 같구마. 오이야, 그래 느그 두 형제가 충신이라 카모 역적 하나 둔 거는 그냥 묻혀간다. 떡배, 니는 아무 걱정하지 말고 느그 상전이나 잘 모시거래이. 쿠시는기라."

상배와 덕배 두 형제는 그런 술산 어른의 배려로 주종 간의 의리를 더욱 돈독하게 유지할 수 있었다.

이병철은 모처럼 아버지 술산 어른을 뵙고 다소 홀가분한 마음으로 물러나 김생기 상무와 함께 조선양조장부터 찾았다. 착잡한 심정으로 사장실에 들어서는 두 사람을 김재소 사장과 이창업 대표(지배인), 김재명 공장장이 반갑게 맞아 주었다.

"서울에 올라가서 크게 성공하겠다고 약속했는데 보시다시피 빈손으로 돌아왔심더. 당분간 여러분의 신세를 좀 질라 쿱니더."

그러나 세 사람을 대표한 김재소 사장의 대답은 전혀 뜻밖이었다.

"사장님! 너무 걱정하실 것 없습니다. 사장님 명의로 비축해 둔 3억 원圓(현재의 화폐 가치로 300억 원) 가량의 자금이 있습니다. 여기 이창업 대표가 살림을 잘 살아준 덕분입니다. 이익배당금으로 생각하시고 다시 원 없이 사업을 시작하십시오."

이 말을 듣는 순간 이병철은 너무도 감격한 나머지 말문을 잇지 못한 채 잠시 고개만 끄덕이다가 그만 눈시울을 적시고 말았다.

그는 창업 초기부터 전문경영인들에게 일을 맡기면서 인감도장까지 넘겨주고 서류상의 보고도 받지 않았다. 삼성물산공사를 설립하여 서울로 올라갈 때에도 그런 식으로 대구의 사업체를 모두 그들에게 일임했기 때문에 도대체 얼마나 이익을 보고 손해를 봤는지 전혀 알 수 없었고 아예 잊고 지냈던 것이다.

그런데 현상유지도 아니고 자신도 모르는 사이에 이익배당금을 비축해 두었다니 처음엔 반신반의할 수밖에 없었다. 게다가 전란으로 인심이 흉흉해진 상황에서 경영에 많은 어려움이 뒤따랐을 텐데도 불구하고 뜻밖에 이익배당이라니 그는 새삼 '익자삼우益者三友'라는 옛말을 떠올렸다.

정직한 사람을 벗으로 하고, 미더운 사람을 벗으로 하고, 견문 많은 사람을 벗으로 함이 인생에 이익이 된다는 뜻이다. 이들 진정한 경영의 동지들과는 달리 그는 먼 훗날 '손자삼우損者三友'를 만나 막대한 재산을 날리고 배신감에 사로잡히기도 했지만…….

1·4 후퇴 이후 전황은 그야말로 한 치 앞을 내다볼 수 없을 만큼 긴박하게 돌아가고 있었다. 유엔군과 국군은 전 전선에 걸쳐 치열한 접전을 벌이면서 퇴각작전으로 후퇴를 거듭하던 끝에 북위 37도선까지 밀려나고 말았다.

1951년 1월 초순 유엔군사령부는 37도선의 수원~원주 선線에서 최후의 방위선을 구축하고 강력한 전투부대를 집결시켰다. 그러나 중공군은 기다렸다는 듯이 자그마치 5개 군단을 투입해 역반격에 나서 유엔군 2개 사단을 단숨에 섬멸해 버렸다. 한국군이 대부분이며 일부 프랑스군과 필리핀 및 룩셈부르크군도 포함된 유엔군 혼성부대였다. 이 같은 전황이 전해지자 낙동강까지 밀리며 백척간두에 섰던 6개월여 전의 전쟁 초기 상황을 떠올리며 수많은 피란민들로 들끓던 대구시내가 들썩이기 시작했다.

대구도 결코 안전하지 못하다는 생각에 이른 이병철은 대구의 전문경영진이 건네준 3억 원의 자금을 들고 다시 임시수도로 정해진 부산으로 옮겨 삼성물산을 재건키로 결심한다. 그동안 전문경영인들이 잘해 왔는데 명색이 오너란 자가 대구에 계속 눌러앉아 있으면 오히려 사업에 방해가 되고 짐이 될 수밖에 없다는 판단에서였다.

그는 지체없이 부산으로 내려가 우선 도심지의 연안부두가 가까운 대교동에 100여 평 규모의 사무실 건물을 마련하고 인근 부평동에도 일본식으로 지어진 30평 남짓한 가옥을 한 채 사들여 가족들의 이사준비부터 서둘렀다. 무엇보다 가족들의 안위가 걱정되었기 때문이다.

뿔뿔이 흩어졌던 가족들이 모처럼 한군데 모여 오순도순 사람사는 냄새를 풍기는데 살아도 한구덩이에서 같이 살고 죽어도 한구덩이에서 같이 죽어야지 또다시 이산의 아픔을 겪게 할 수는 없었다. 그는 서울 혜화동의 방공호 유폐생활을 통해 그 만큼 가족의 소중함을 깨닫게 되었던 것이다. 그래서 그는 부산에서 삼성물산을 재건하기 전에 먼저 가족들부터 안전하게 옮겨야겠다고 생각했다. 그 당시 슬하에는 이미 3남 5녀 등 팔남매가 있었다. 다산시대이긴 했으나 대가족이 아닐 수 없다.

그런데 아니나 다를까, 이사 준비를 위해 대구로 올라오자마자 학교에서 돌아온 장남 맹희가 느닷없이 부모님 앞에 무릎을 꿇고 결연한 표정으로 긴한 말씀을 올리겠다는 거였다. 그는 벌써 중학교 6학년으로 졸업을 앞두고 있었고 나이도 만 20세. 이미 성년을 맞고 있었다.

"아부지, 어무이! 저는 군에 입대해야 될 거 같습니다."

맹희가 평소의 활달하던 모습과는 달리 결연한 표정으로 운을 뗄 때는 순간 이병철 내외는 무슨 날벼락을 맞은 듯 소스라치며 멍하니 벌어진 입을 미처 닫지 못했다.

"아부지는 평소 인의예지신仁義禮智信의 오상伍常 중에 신信을 중히 여기지 않았습니꺼. 전학련(전국학생연합) 간부를 맡고 있는 저의 입장에서는 전란에 휩쓸린 나라를 구하겠다고 학도병으로 입대하는 친구들을 빤히 쳐다보면서 신과 의義를 저버릴 수 없어서 군에 입대하기로 결심했심더."

"안 된다. 이 놈아! 내가 니를 우예 키웠는데……."

가까스로 정신을 가다듬고 귀를 기울이던 어머니 박두을 여사는 말끝을 채 잇기도 전에 그 자리에서 까무러치고 말았다. 가족들이 몰려들고 집안이 발칵 뒤집힌 가운데 이병철은 "명색이 집안의 장손이란 놈이 부모 말을 거역하다이, 니는 내 자식이 아이다." 이 말 한마디를 남기고 벌떡 일어나 밖으로 나가 버렸다. 그것이 자식의 제의에 거부감을 나타낸 아버지 이병철의 첫 반응이었다.

맹희는 해방공간에서부터 수업을 팽개치고 각목을 휘두르며 좌익학생들을 상대로 건들거리던 이른바 우익운동권 학생이었다. 그래서 그는 걸핏하면 아버지에게 손을 내밀고 어머니의 쌈짓돈을 뜯어내는 것도 모자라 사무실 금고에 손을 대고 심지어 창고에 들어가 국수상자까지 빼돌려 운동자금으로 쓰기도 했다.

이병철은 한때 그런 아들을 말없이 지켜보며 대견해 했다. 혼돈의 시국상황에 비춰 아들의 행동이 정의롭다고 생각했기 때문이었다. 그런 면에서 본다면 둘째 아들 창희는 고집이 좀 센 편이었지만 미션 계통의 학교에 다녀서 그런지 정서적으로는 비교적 내성적이었고 재학시절 별다른 말썽없이 부모 속을 썩이지 않았다. 하지만 맹희는 불같은 성격에다 남에게 지기 싫어했고 앞에 나서기를 좋아했다.

그 당시 대구시내 학생운동의 중심세력은 대부분 연대하여 혈서로 서명하고 학도병으로 출전하게 된다. 그러나 맹희는 명색이 전학련 간부직을 맡고 있으면서도 이 대열에서 이탈해 결국 군대를 기피하고 만다. 적장자는 가통과 가업을 이어가야 하는 엄중한 유가적 가풍 때문이었다. 누대에 걸친 고루한 사고방식이었지만 적장자의 존재가 그 만큼 무거웠다.

하지만 이러한 가문의 내력을 아는 친구들은 별반 없었다. 그 당시 학도병으로 집단입대한 친구들 중 더러 4년제로 신설된 정규 육군사관학교(11기)로 진학했었다. 훗날 12·12 쿠데타로 5공共의 주도세력이 된 전두환·노태우 전 대통령과 정호용·김복동 장군 등이다. 그러나 대부분의 친구들은 학도병으로 포항전투와 영덕지구 장사전투에 투입되었다가 조국의 수호신으로 산화하고 말았다.

맹희는 이러한 소식을 접할 때마다 가슴이 미어지듯 아파 왔다. 그래서 뒤늦게나마 친구들의 뒤를 따라 군 입대를 결심하게 되었던 것이다. 하지만 부모님의 반응은 바늘에 손톱도 들어가지 않았다. 그러던 중 자연 가훈의 덕목인 부자유친父子有親에도 점차 금이 가기 시작했다.

흔들리는 가통家統

|||||

이맹희는 아버지의 영을 끝내 피해갈 수 없었다. 아버지는 일방적
으로 이삿짐을 꾸렸고 창희를 시켜 형 맹희의 교과서며 참고서 등
각종 서적도 이삿짐 보따리에 넣었다. 아무 말 말고 따라오라는 무언
의 영이자 불문율이기도 했다. 평소에도 그랬지만 아버지는 자식들
에게도 반드시 필요한 한두 마디 외에는 말을 삼갔다.

아버지는 원래 가통이 그랬지만 전형적인 보수주의자로 명문학교
에 다니는 장남 맹희가 좌·우익 갈등이 극단적으로 치닫던 해방공
간에서부터 "우익보강, 좌익척결!"이라는 슬로건을 내걸고 학생운동
에 뛰어들 때까지만 해도 대견해 했다. 그래서 한때 그런 아들이 태
산처럼 크게 보였고 기대도 컸던 게 사실이었다. 그러나 전쟁이 터지
고 서울에 갇혀 갖은 고초를 겪고 보니 무엇보다 장남 맹희의 안위
를 걱정하지 않을 수 없었다.

물론 백척간두에 선 조국을 지키기 위해 아들을 군에 보내는 것이
당연한 국민의 도리이긴 했으나 젊은 혈기만 믿고 부화뇌동하여 자

진입대하겠다는 자식을 우선 안전한 곳으로 피신시켜 놓고 봐야 했
다. 내가 먼저 살고 내 가족이 살아야 조국을 살릴 수 있다는 너무도
자의적이고 안이한 판단이었다.

하여 그는 서둘러 부산으로 이사한 다음 가정이 점차 안정을 되찾
자 삼성물산 재건사업에 나선다. 새로 설립한 회사 명칭은 삼성물산
공사가 아닌 [삼성물산주식회사]! 삼성물산공사는 이미 6·25 전란
으로 허공에 뜬 까마귀밥처럼 오유烏有로 사라져 버렸으므로 완전 제
로 상태에서 새로 출범한다는 뜻에서 회사명도 고유명사 [삼성]에
주식회사를 새롭게 붙인 것이다.

그 무렵 서울에서 삼성물산공사를 설립할 당시의 김생기 상무 등
경영진을 모두 불러들이고 경남 함안으로 낙향했던 조홍제도 부사
장으로 경영에 참여하게 된다. 1951년 1월 10일.

이맹희는 아버지의 영에 못 이겨 본의 아니게 군대를 기피하고 부
산으로 이사온 후 진로 문제를 두고 벙어리 냉가슴 앓듯 며칠을 고
민하다가 마침내 꿍심을 품고 마산에서 피란살이를 하고 있는 누이
인희 집을 찾아간다. 일본으로 건너가 대학에 진학하고 싶었기 때문
이다.

그것도 국가시책인 농업 근대화를 위해 일본에 건너가 선진과학
영농과 농업경영학을 전공하고 싶었다. 이는 어쩌면 스스로도 평
소 부농의 후예답게 어릴 때부터 농업근대화에 관심을 기울여 왔던
터라 적장자로서 '농자천하지대본農者天下之大本'이라는 누대에 걸친
2,000석石지기 가문의 유훈을 받드는 일이기도 했다. 그래야만 금이
간 부자유친의 관계와 신뢰를 회복할 수 있을 것 같았다.

186

게다가 전쟁터에서 살아남은 친구들을 만나도 나름 변명의 여지가 있지 않겠는가. 후일 그가 용인자연농원(현 삼성에버랜드)을 개발하는데 주도적 역할을 맡은 것도 도쿄농대에서 전공한 농업경영학을 현실에 접목시키는 중요한 계기가 된다.

그러나 그 당시 한일 간 국교정상화도 이루어지지 않은 데다 전란 중이라 일본으로 건너갈 합법적인 방법은 모두 막혀 있었다. 밀항! 밀항하는 수밖에 달리 길이 보이지 않았다. 부잣집 도련님이라 돈걱정은 할 필요가 없었으나 밀항선을 구하는 방법이 문제였다. 들리는 소문으로는 부산보다 감시가 덜한 마산이 밀항의 최적지로 꼽히고 있었다. 그래서 마산은 밀항꾼들 사이에 일본식 이름인 '우마야마껭 馬山港'으로 통했다.

그는 밀항을 결심하고 우선 갑자기 자취를 감춘 사실을 어머니에게 비밀에 부친 죄밑이 되어 인희 누이에게만은 속내를 털어놨다. 그리고 수소문 끝에 일면식도 없는 브로커의 소개로 밀항선 선주를 만나 3만 원圓(현재의 화폐가치로 300만 원)을 건네고 밀항선에 오른다. 그러나 애초 단 4명만 태운다던 자그마한 통통배에 이미 20여 명이 타고 있었다.

캄캄한 밤에 앉지도 서지도 못하고 짐짝처럼 실려 극심한 배멀미에 시달리며 한 네댓 시간 항해하던 끝에 도착한 곳은 일본 본토가 아닌 쓰시마對馬島의 이즈하라 항구 으슥한 숲속. 브로커와 밀항선 선주가 공모한 사기행각이었다. 하지만 따지고 보면 쓰시마도 일본 땅이 아닌가. 애초 일본 어디라는 목적지도 정하지 않았고 무조건 일본까지 태워다 주는 조건으로 밀항선에 올랐다는 것이 잘못이라면 잘못이랄까.

그 당시 부산에서는 고관대작들이나 부유층이 여차하면 일본으로 달아나기 위해 밀항선을 대기시켜 놓고 있다는 소문이 나돌았고 이른바 우마야마껭에서는 이 틈을 노려 군대를 기피한 젊은이들을 밀항시키는 브로커들이 날뛰고 있었다. 때문에 더러는 거액을 주고 한밤 중에 밀항선을 탔고 캄캄한 바다를 헤매다가 으슥한 곳에 내려보니 일본이 아니라 애초 출발했던 우마야마껭으로 되돌아 왔다는 웃지 못할 에피소드도 많았다.

그러나 맹희가 탔던 밀항선이 쓰시마에 내려준 것만 해도 우마야마껭이 아니어서 천만다행이었다. 게다가 쓰시마에서도 일부 주민들과 짜고 일본 본토까지 밀항시켜주는 전문 브로커가 있었다. 그의 품속에는 다행히도 부산 국제시장의 암달러상에서 바꾼 일화日貨 1만 엔이 들어 있었다. 이 중 3000 엔을 주고 도쿄로 건너갔던 것이다.

그 당시 일본에서는 한국에서 몰려오는 밀항자들을 일일이 단속해 쓰시마에서 가장 가까운 나가사키현長崎縣의 오무라만大村灣에 대규모의 수용소를 설치하고 밀항자들을 집단수용했다. 그러나 맹희는 이 같은 단속을 피해 무사히 도쿄만에 도착할 수 있었다. 깔끔한 가다마이(양복) 차림으로 평범한 여행객처럼 고급 료칸旅館에 투숙했다.

그리고 즉각 마산의 인희 누이에게 무사히 도착했다는 소식을 국제전화로 전했다. 그것도 국제전화를 지급으로 신청해놓고 지겹도록 기다리다가 두 시간여 만에 이루어진 통화였다. 당시 일본에서도 통신시설이 그 만큼 열악했다. 그러고 나서 한 이틀이 지났나, 혹여 밀항단속에 걸리지 않을까 전전긍긍하고 있는데 웬 낯선 일본인 중년 신사가 찾아온 것이다.

얼핏 보아 아버지 뻘 되는 사람인 데다 반색을 하며 손을 내미는 것으로 미루어 단속원은 아닌 것 같았다. 그는 아버지가 보내서 온 사람이라고 자기 소개부터 하며 맹희를 안심시켰다. 일제 강점기 식산은행 마산지점장을 지냈다던 히라타 상平田氏이었다. 그는 그 당시 도쿄에서 명망높은 변호사로 활동하고 있었다.

비로소 안심한 맹희는 히라타의 주선으로 숙소를 옮겼다. 그곳이 바로 아버지 이병철의 소실(현지처) 구라타倉田 여인의 자택이었던 것이다. 이후 그는 히라타의 보증으로 별로 어렵지 않게 도쿄농과대학에 입학했다. 그리고 학비일체며 넉넉한 용돈까지 히라타가 챙겨 주었다. 그 무렵 아버지 이병철은 일본 경제계에서도 이름이 널리 알려져 있었던 것이다.

그러나 그가 처음 만나 인사를 나눈 하숙집 주인 구라타는 나이가 자신보다 한 대여섯 살 쯤 위로 보이는 젊은 여자인데 이미 젖먹이 아들을 하나 두고 있었다. 찬찬히 살펴보니 웬지 낯이 익었다. 핏줄이 켕긴 탓인가. 어쩌면 아버지 이병철을 꼭 빼닮았다. 이름이 야스테루泰輝라고 했다.

아이의 나이를 짐작해 보건대 아마도 아버지가 경제시찰단의 일원으로 일본을 방문했을 시점에 잉태한 것으로 보였다. 하지만 맹희의 기억과는 달리 야스테루는 1953년 5월 8일 생으로 이병철의 호적상에 4남으로 등재되어 있다. 아마도 내당의 눈치를 살피느라 본가의 호적에는 뒤늦게 등재한 것 같았다. 어쨌든 맹희는 구라타 상을 아버지가 일본에 숨겨둔 현지처로 짐작만 할 뿐 그 문제에 달리 개입할 수 없었고 아예 개입할 생각도 하지 않았다.

구라타는 애초부터 자신이 아버지의 여자임을 은근히 과시하면서 "작은어머니!"라고 불러주기를 기대하는 것 같았으나 맹희는 원래 타고난 성격 자체에 화기火氣가 많은 데다 붙임성이 없어 그냥 "구라타 상!"으로 호칭하는 고집을 꺾지 않았다.

게다가 고국에서 아무것도 모르고 그 큰살림을 도맡아 꾸리고 슬하의 8 남매를 거두며 아버지를 내조하는 것으로 부덕婦德을 다하고 있는 어머니를 생각할 때마다 분노가 솟구치고 가슴이 미어지듯 아파 왔다. 그러니 일본에서 둘의 관계는 자연 하숙집 주인과 하숙생의 극히 사무적이고 냉랭한 선에 머물러 있을 수밖에 없었다. 이 관계가 훗날 아버지에게 알려져 체벌까지 받고 세월이 흘러서는 한 일본인 여자를 두고 사련에 빠진 부자간의 갈등으로 엉뚱한 추측과 오해에 휘말리기도 했다.

한 해가 지나고 그 이듬해에는 역시 군대를 기피한 동생 창희도 일본 유학길에 오른다. 이번에는 아버지의 뜻이라고 했다. 아버지가 관계 요로에 손을 썼는지 어땠는지 알 수 없으나 전란 중에도 명색이 정부의 해외 유학생 제1호로 선발되어 떳떳하게 현해탄을 건넜다. 아버지는 전화戰火의 소용돌이 속에서 국가관보다 자식들의 안위를 먼저 생각해 수단과 방법을 가리지 않고 두 아들을 안전한 일본으로 유학을 보낸 것이다.

천재일우라 했던가. 그 무렵 부산에서 새로 설립한 삼성물산의 사업이 날로 번창하여 불과 1년 만에 3억 원圓의 출자금이 자그마치 20배나 불어나 60억 원에 달했다고 했다. 실로 대단한 성취가 아닐 수 없었다. 일본에 도착한 창희가 맹희한테 전한 얘기다.

창희는 아버지의 권유에 따라 와세다대학 경영학부에 입학했다.

와세다대학은 일제 강점기 때 아버지가 유학한 일본의 명문대학이었다. 맹희는 창희의 숙식문제도 역시 구라타에게 맡겨졌다는 얘기를 전해 듣고 화가 나 견딜 수 없었다. 저간의 사정을 전혀 모르는 창희는 구라타를 아버지와 절친한 일본인 친구 히라타로부터 소개받은 하숙집 주인 정도로 생각하고 있었다.

그래서 맹희는 창희를 만난 김에 그동안 구라타와의 불편한 관계도 청산할 겸 하숙집을 옮기기로 작정했으나 그것도 결코 쉬운 일이 아니었다. 창희가 한국을 떠날 때 다른 데 가지 말고 아버지가 정해준 대로 형이 하숙하고 있는 구라타 상 집에 머물도록 신신당부했다는 거였다. 그런데도 무리하게 하숙집을 옮긴다면 나중에 무슨 화를 자초할지도 몰랐다.

감히 아버지의 영을 거역할 수 없었기 때문이다. 형제는 어릴 때부터 엄부의 영이라면 비록 자신의 생각과 다르더라도 거역은커녕 이의 한 번 제기하지 않고 고분고분하면서 성장해 왔다. 그러다가 맹희는 군입대 문제로 갈등을 겪으면서 마음고생도 많았다. 아서라. 아버지의 영을 또 다시 거역할 수 없지 않은가.

어쩌면 아버지는 구라타에게 두 아들을 맡겨 안정된 생활을 도모하면서 간접적으로나마 일본의 소실에 대한 자식들의 이해를 구하고 싶었는지도 몰랐다. 그렇게 두 아들을 일본으로 유학 보내고 비로소 안정을 되찾은 이병철은 사업에 전력투구하게 되지만 엉뚱하게도 조용하던 가정에 풍파를 일으키고 만다. 가부장답지 않은 처신이었다.

"그때 두 형제분이 하숙하고 있던 집주인이 아버지의 소실이라는 사실을 알고 나서 집안 살림에만 매달려 있는 어머니 생각에 갈등이 깊어졌다고 하더군요. 그러다가 구라타 상과 감정충돌까지 일으키고 그 사실이 결국 국내의 내당 마님에게 알려져 한바탕 소동이 벌어졌다는 얘기도 전해 들었습니다만……."

"허허, 개똥이 니도 마이 알고 있네. 그렇지만 큰일 날 소리제. 글쎄, 그런 거는 내가 직접 안 봐서 잘 모르겠지만 두 형제분이 구라타 상 모르게 계란 몇 개 삶아 문(먹은) 걸 가지고 문제가 생겨 분란이 일어나고 그 전후 사정이 우리 내당 마님한테 알려졌다 쿠더마. 마님은 그때 그 기막힌 얘기를 전해 듣고 치를 떨믄서 당장 국제전화를 넣었다 아이가.

그라고 나서 맹희 도련님한테 야단을 쳤다 쿠더마. 야, 이 놈아! 니가 뭣이 부족해서 애비 첩상이한테 얹혀 살믄서 구박까지 받고 지내노? 어여 동생 데리고 하숙집을 옮기거래이. 이 못난 놈아! 쿠고 막, 고함을 지르고 온 몸을 부르르 떨었다 쿠더만. 내는 그날 밤, 목간물을 데워놓고 대기하다가 퇴근한 어르신을 보고 따지는 내당 마님의 고성을 엿듣고 알게 된기라.

그때 내가 엿들은 말은 내당 마님 목소리 뿐이었다니까. 사대부의 풍습상 남정네가 아무리 열 계집을 거느려도 무치無恥(수치심이 없다는 뜻)라 쿠지만 그것도 어느 정도 문제지 우예 정실 자식의 숙식 문제를 첩상이한테 맽기노 말이다. 세상에 그런 법도는 없능기라. 지나가는 소가 들어도 웃겠다, 쿠시믄서 내당 마님이 동경에 전화를 넣어 맹희 서방님한테 당장 하숙을 옮기라꼬 불호령을 내린기라. 그렇지만 어르신은 아무 대꾸도 없이 유카다浴衣를 갈아입고 목간통으로 들어가시더라 쿠이."

애초 사달이 난 연유는 대저 이러했다.

맹희는 한동안 혼자 쓸쓸하게 지내다가 창희가 오자 틈만 나면 둘이서 도쿄 시내를 싸돌아다니며 노는 데 정신이 팔려 있었다. 돈은 풍족했다. 먹고 싶은 대로 사 먹고 즐기고 싶은 대로 즐겼다. 아버지가 매월 정기적으로 보내주는 학비와 용돈 외에도 어머니가 아버지 몰래 창희 편에 넉넉한 돈을 보내 줬기 때문이다. 하지만 집으로 돌아오면 언제나 배가 고팠다. 한창 먹성이 좋은 나이여서 그런지도 몰랐다.

하루는 하교길에 창희를 만나 친구들과 어울려 영화관에서 한 두어 시간을 보내고 집으로 돌아와 보니 아무도 없었다. 아마도 구라타 상이 가정부를 데리고 시장에 간 모양이었다. 한창 배가 고프던 차에 주방을 둘러보니 10개 들이 계란 한 판이 눈에 띄었다. 그걸 한꺼번에 삶아 게걸스럽게 먹어치웠다고 했다.

그리고 다다미방에 드러누워 늘어지게 한숨 자고 일어나려는 데 주방에서 여자의 앙칼진 목소리가 들려 왔다. 구라타 상이 내뱉은 말이었다.

"형제가 먹성도 좋지. 이러다간 한국의 오토상(아버지)이 보내주는 한 달 생활비가 일주일도 못 넘길 것 같다. 살림 거덜나기 전에 무슨 방도를 생각해 봐야지."

이 말에 맹희는 발끈하고 일어나자마자 미닫이문을 확, 열어제쳤다. 그러잖아도 그녀의 얼굴을 대할 때마다 증오심을 떨쳐버리지 못하던 차에 그는 불같은 성격을 드러내며 버럭, 고함부터 질렀다.

"구라타 상! 방금 뭐랬어? 아버지 돈으로 살아가는 주제에 내가 계란 몇 개 삶아먹었다고 이런 식으로 모욕을 주다니, 당신! 내 아버지의 소실 맞아?"

내친 김에 숫제 반말짓거리로 막말을 해대고 말았다. 그러고 나서 형제는 한동안 그 집에서 밥도 안 먹고 잠만 자고 일어나기 바쁘게 밖으로만 나돌았다고 했다. 이 얘기가 창희를 통해 한국의 어머니에게 전해졌고 일본에까지 소실을 둔 아버지의 외도가 들통나고 말았다고 했다.

그러나 조강지처는 불하당^{不下堂}이라 했던가. 어머니 박두을 여사는 결코 내조의 품위를 잃지 않았다. 여성 본능의 투기를 과감히 떨쳐버리고 우선 일본에서 태어났다는 핏줄부터 챙기려 했기 때문이다.

"일이 이래 되었으니 우야겠노. 이씨네 핏줄은 내 손으로 거둬야 되겠제."

비탄에 잠기면서도 긴 한숨을 삼키며 이렇게 넌두렸다고 했다.

부도옹不倒翁

IIIII

이병철은 그로부터 얼마 지나지 않아 새로운 사업을 추진하기 위해 일본을 방문한다. 제당업! 부산에서 삼성물산주식회사를 설립한 지 2년여 만이었다. 삼성물산은 꾸준히 번창하고 있었으나 점차 무역업에 한계를 느끼고 있던 중이었다.

그가 제당업을 새로운 사업으로 모색하게 된 것은 전량 수입에 의존하는 설탕의 수요가 기하급수적으로 늘어나고 있었기 때문이다. 수입대체산업으로 제조업에 투자해 경제부흥에 기여해야겠다는 각오도 제당업을 첫 손가락으로 꼽은 이유 중의 하나였다. 그 당시 국내 설탕값은 세계시장 가격의 3배 이상 뛰고 있어 수입대체 품목으로서도 안성맞춤이었다. '사업보국事業報國'이라는 삼성의 슬로건은 이때부터 시작된 것이다.

그러나 사업추진의 주체가 되어야 할 삼성물산 경영진의 시각은 부정적이었다. 휴전교섭의 향방에 따른 전시상황을 예측할 수 없는 데다 악성 인플레 속에서 막대한 자금조달이 문제였다. 게다가 제당업 자체가 먼저 부지를 확보하고 공장을 건설한 다음 각종 제조시설을 갖춰야 하는 장기투자사업이 아닌가.

투자자본의 회수기간을 예측할 수 없는 데다 어렵사리 생산시설을 갖추고 운영이 제대로 된다고 하더라도 상품의 질이 선진국의 제품보다 뒤떨어질 경우 판로도 걱정하지 않을 수 없었다. 그래서 인·허가 문제를 두고 정부 쪽에서도 시기상조라며 부정적인 견해를 나타내고 있었다. 하지만 그의 결심은 요지부동이었다.

그가 서둘러 일본으로 건너간 것은 이러한 국내의 부정적인 시각을 불식시키고 제당업을 일으키기 위해서는 일본 경제계의 도움이 절실히 필요했기 때문이다. 우선 일본의 유수한 플랜트 수출기업 미츠이三井물산에 제당공장 건설 플랜트를, 타나카田中기계에 생산설비 플랜트와 견적을 의뢰하고 그동안 끈끈한 관계를 유지해온 재계 인사들을 통해 차관교섭도 병행했다. 그러고 나서 다소 홀가분한 기분으로 소실 구라타가 기다리고 있는 집으로 발걸음을 돌렸던 것이다.

그러나 "베갯머리 공사가 가정에 풍파를 일으킨다"는 옛말이 있다. 잠자리에서 무슨 말이 오갔는지 알 수 없으나 아버지 이병철은 그 이튿날 아침 인사차 내실에 들른 맹희·창희 두 형제에게 평소의 절제된 모습과는 달리 버럭 화를 내며 미리 준비해둔 버들(버드나무) 회초리부터 들었다. 그리고 딱, 한마디 내뱉었다.

"종아리 걷어 올리거래이!"

두 형제는 차마 엄부의 영을 거역할 수 없어 순순히 종아리를 걷어 올렸다. 생전 처음 겪어보는 일이었다. 그것도 아버지의 소실 구라타가 빤히 쳐다보고 있는 데서 회초리를 들고 다 큰 자식들의 종아리를 때리다니… 두 형제는 도무지 그런 아버지를 이해할 수 없었다.

어릴 때 가끔씩 말썽을 부리다가 어머니의 회초리를 맞은 기억은 있지만 아버지는 단 한 번도 자식들에게 매를 든 적이 없었다. 왜 그 랬을까? 그들이 맞은 매는 다섯 대씩이었다. 5의 숫자… 음양오행陰陽伍行의 심오한 이치! 세상 일체만물은 모름지기 하늘과 땅, 즉 음양의 이기二氣에 의해 생장소멸하고 천지의 변이變異·재복財福·길흉吉凶이 얽힌다는 뜻이었다.

오행상생伍行相生·오행상극伍行相剋의 깊은 뜻이 담긴 아버지의 훈육을 행동으로 보여주었으나 두 형제는 왜 하필이면 아버지가 회초리를 다섯 대씩 때렸는지에 대해 전혀 의미를 두지 않았다. 그저 조국이 아닌 이국에서 오랜만에 만난 자식들을 따뜻한 눈길로 봐주지는 못할망정 보자마자 매부터 들었다는 점이 야속하게만 느껴졌을 따름이었다.

그러나 아버지는 아버지대로 장성한 자식들이 같은 남자의 입장에서 수신제가에 흠집이 될 만한 아버지의 입장을 전혀 고려하지 않은 채 일시적인 감정으로 분란만 일으켰다는 점에서 괘씸하게 생각했는지도 몰랐다. 어쨌든 이 문제는 도쿄에서 일어난 해프닝으로 끝났지만 향후 엉뚱한 소문과 함께 부자지간에 씻을 수 없는 불신의 앙금으로 남게 된다.

미츠이물산과 타나카기계의 종합적인 플랜트 기획과 견적이 3개월 만에 나왔다. 핵심 생산설비인 원심분리기遠心分離機 4기基와 결정관結晶罐 1기基의 플랜트 가격은 15만 달러, 플랜트 도입에 따른 제반 경비 3만 달러 등 모두 18만 달러(현 시세로 1800만 달러). 그러나 당시 한국의 외환 보유고에 비춰 볼 때 엄청 큰 금액이 아닐 수 없었다.

일본 측에서 상업차관 알선을 제의해 왔으나 국내 외환관리법상 불가능했다. 애초 정부에서도 난색을 표했지만 결국 외환배정을 받을 수 있었고 운영자금으로 신청한 국내 시중은행의 융자 2000만 원圓도 선뜻 해결이 되었다. 서둘러 귀국한 이병철은 삼성물산 사무실에서 실무 팀을 구성하고 회사 설립 준비작업에 들어가 불과 한 달 만에 마스터플랜을 마련했다. 회사명은 [제일제당공업주식회사]!

그가 대구에서 삼성상회를 설립하기 전 묵었던 '제일관'의 옥호를 보고 마음 속에 새겨 왔던 '제일주의'의 첫 걸음이었다. 하지만 그는 속내를 내비치지 않았다. 다만 알기 쉽고 부르기 쉽다는 뜻과 함께 "광복 이후 우리나라에 최초로 건설된 현대적 대규모 생산시설이라는 점에서 경제부흥의 제일주자走者가 되자"는 큰 뜻을 회사명에 담았다고 했다.

대구에서 삼성상회와 조선양조장, 동인양조장을 정리하고 부산으로 내려온 이창업과 이미 삼성물산 상무로 근무 중이던 김생기도 제일제당 경영진으로 합류했다. 부산시 전포동에 1500평 부지를 마련하고 제일제당 생산공장 건설은 일사천리로 진행되었다. 착공에 들어간 지 6개월 만에 완공되었기 때문이다.

연건평 800 평에 하루 생산량 25톤 규모. 그가 불철주야 건설현장에서 독려한 결과 예정보다 공기를 2개월 앞당긴 것이다. 시제품으로 순백의 정제당精製糖인 '백설표' 설탕 6,300킬로그램을 생산해 시판에 들어갔다. 휴전 직후인 1953년 11월 5일. 제일제당이 이 날을 창립기념일로 정한 연유다.

그 당시 우리나라의 설탕수입량은 연간 2만 4,000~2만 5,000톤.

톤당 수입가격이 35달러였으니 외화 낭비가 100만 달러에 달했다고 했다. 그러나 첫 시판은 예상보다 저조했다. 품질면에서 외국산에 조금도 뒤지지 않은 순도 99.9%에 색도色度 또한 똑 같았으며 시판 가격은 외국산에 비해 3분의 1 정도인 한 근(600그램)에 100원圓에 불과했다.

그런데도 소비자들의 관심을 끌지 못한 것은 비싸더라도 외국산을 선호하고 외국산의 입맛에 길들여져 국산품이라면 무조건 싸구려로 외면하는 불신풍조 때문이었다. 하지만 시간이 흐르면서 국산 '백설표' 설탕이 외국산과 조금도 손색이 없다는 입소문이 나면서 불티나게 팔려나가기 시작했고 마침내 증산을 거듭했으나 도저히 수요를 따라갈 수 없었다. 가동에 들어간 지 2년 만에 생산시설을 하루 25톤에서 50톤으로 두 배나 늘렸는데도 수요를 충족시키지 못했다.

정부에서도 설탕의 수입대체 효과가 눈에 띄게 나타나고 상업자본이 산업자본으로 탈바꿈하자 제일제당에 원당 도입을 위한 외환 배정을 대폭 늘려주는 등 정책적으로 적극 지원하고 나섰다. 100% 수입에 의존했던 설탕은 제일제당의 가동 이듬해에 51%로 절반이 줄어들고 2년 만에 27%, 3년 만에 완전히 국산화에 성공한다.

날이면 날마다 대리점을 통해 들어오는 판매대금은 고스란히 현금으로 쌓이기 시작했다. 돈방석이 따로 없었다. 문자 그대로 노다지를 캐내듯 공전의 호황이 아닐 수 없었다. 이병철은 유별나게 새로운 사업을 일으킬 때마다 돈방석에 앉게 마련이었다.

그러자 국내 굴지의 기업들이 너도나도 제당업에 뛰어들어 7개 업체가 난립하게 되었고 연간 생산량이 수요량 5만 톤의 3배나 되는 15만 톤에 달해 투매현상까지 일어났다. 이른바 제당전국시대라 해도 과언이 아니었다. 그러나 시장 점유율은 선발기업인 제일제당이 70% 이상 차지하고 있었다.

여기에다 제분공장을 설립해 제분업까지 겸하게 되었다. 훗날 설탕·밀가루 등 기본제품 외에 조미료·식용유·육가공제품 등 30여 종의 기간식품과 가공식품, 배합사료, 유기질비료까지 생산하는 종합식품 메이커로 발전하게 된 토대를 마련한 것이다.

제일제당 설립으로 일약 거부의 반열에 오른 이병철은 그것으로 만족하지 않았다. 제당업에 뛰어든 지 채 1년도 안 돼 숨고를 사이도 없이 또 다른 사업을 일으킨다. 모직업毛織業!

그 당시 우리나라의 화섬과 모직은 일제강점기에 일본인들이 사용하다가 남기고 간 구식기계를 돌리는 형태의 수공업 영역에서 벗어나지 못했다. 특히 모직물은 질이 형편없이 떨어져 양복지로 사용할 수 없게 되자 밀수입된 마카오 복지가 터무니없이 비싼 가격에 암거래로 유통되고 있는 실정이었다. 이른바 '마카오 신사'가 유행을 타던 시절, 누구나 쉽게 양복을 맞춰 입을 수 있는 수입 대체산업으로 모직업이 제당업 못지 않게 중요했다.

그러나 경영진에서는 제일제당 설립 때처럼 역시 회의적인 반응을 나타냈다. 자본과 기술, 시장면에서 어느 모로 보나 위험부담이 크기 때문이었다. 게다가 국내 경제계에서도 삼성의 이런 움직임에 대해 냉랭했다. "400여 년의 전통을 가진 모방의 본고장 영국 런던 텍스와 경쟁하겠다는 발상부터가 어리석다"는 반응이었다. 심지어 "이병철이 요행히 제당업으로 돈방석에 앉더니 세상만사 눈에 보이는 게 없이 너무 손쉽게 생각한다"는 혹평도 뒤따랐다.

경제계의 여론을 의식한 경영진에서는 굳이 섬유를 택할 바에는 면방이 안전하다는 의견을 이병철에게 제시했다. 하지만 그는 주위의 반대가 심할수록 고집을 꺾지 않고 밀어붙이는 성격이었다. 다만 경영진의 의견대로 삼성이 최신시설의 면방공장을 건설할 경우 일제 강점기부터 수공업 형태를 벗어나지 못하고 있는 기존 영세업체들의 타격이 이만저만이 아닐 것이라는 판단에 따라 면방이 아닌 모방을 주업종으로 선택했던 것이다.

1954년 9월 15일. 제일모직공업주식회사를 설립하게 된 연유다. 그의 창조와 혁신을 위한 도전정신은 마치 귀신에 홀린 듯 무엇이든 거칠 것 없이 무한탐구와 무한정진으로 '제일주의'를 지향하려는 의욕이 넘쳐나고 있었다.

주위의 반대를 무릅쓰고 제일모직을 설립한 이병철은 우선 생산시설의 건설문제를 고민하지 않을 수 없었다. 일종의 기우에서 벗어나지 못하고 있는 경영진에서는 만일의 경우를 생각해서라도 가능한 한이면 안전성을 고려해 신설 공장 규모를 작게 정하자는 의견까지 제시했다. 기존의 중소기업 형태를 말하는 것이다.

그러나 그의 생각은 달랐다. 우리나라 최초의 모직공장인 만큼 국제경쟁면에서도 손색이 없는 최신·최고 시설의 대규모 공장을 건설하지 않으면 안 된다는 것이 소신이었다. 그래야만 생산원가를 낮출 수 있고 품질 좋은 제품을 보다 싸게 공급할 수 있기 때문이라고 했다. 부산에 설립한 제일제당에 이어 제일모직은 삼성의 창업지인 대구에서 다시 터를 잡았다.

비록 영세성을 벗어나진 못했지만 대구는 일제 강점기부터 섬유도시로 발전해온 데다 큰장(서문시장)에 전국에서도 유명한 섬유류

도매상이 밀집해 있었다. 게다가 금호강 본류를 끼고 시가지를 가로질러 흐르는 신천新川에 파이프를 연결하여 맑은 강물을 공업용수로 사용할 여건도 충분했다. 그래서 신천 인근 침산동의 논밭 7만여 평을 공장부지로 확보했다. 그 당시로서는 엄청난 규모였다.

이렇게 결정하고 보니 당장 선진기술 도입이 절실해졌다. 그는 제일제당 설립 당시 일본 미츠이와 타나카에 플랜트를 발주했듯이 이번에도 일본으로 직접 건너가 플랜트 발주처부터 찾아볼 생각이었으나 정부의 허가과정에서 뜻밖에도 일제 플랜트 대신 정부가 주선하던 독일제 플랜트를 도입하라는 조건이 붙었다.

특히 이 조건에는 정부가 제일모직에 앞서 소모방적梳毛紡績의 수입 대체산업을 위해 이미 발주해놓은 독일 스핀바우사社의 방적기 5,000추錘를 인수하라는 거였다. 수입 대체산업이 정부 직영으로 실현되기 어렵다는 판단 때문이었다. 어쩌면 전화위복이 될지도 몰랐다.

그러나 정부의 제의를 받아들여 스핀바우사의 공장 설계를 받아본 결과 입지와 기상, 수질조건 등 적어도 24개 항목이 우리 실정에 맞지 않았다. 고심 끝에 스핀바우사의 기본 설계를 우리 실정에 맞게 수정하여 메인시설은 독일제로 하되 각종 부속기계는 영국·프랑스·이탈리아 등 선진국 최고의 제품을 골라 별도로 도입키로 최종 결론을 내렸다.

왜냐하면 선진제국에서는 제사製絲·염색·가공·직포織布 등 각 공정별로 전문화, 분업화 되어 있으나 제일모직은 제사·염색 분야가 전문화 되지 않은 국내 산업구조상 이들 분야별 공정을 하나로 묶어 일관공정으로 생산체제를 갖춰야 했기 때문이다.

정부가 담보하는 미국의 대외원조FOA자금 100만 달러를 들여 애초 정부발주량 5,000추에 추가로 5,000추를 더 늘려 도합 1만 추의 기계설비를 스판바우사에 발주하고 최초의 대독對獨 민간 L/C(신용장)도 개설했다. 이 같은 절차를 거쳐 플랜트 설비는 독일 기술진에 의해 건설되었고 나머지 토목공사는 전적으로 국내 기술진을 동원했다. 그 당시로서는 정부당국도 국내 기술진에 의한 모직공장 건설이 불가능하다고 판단할 때였으나 삼성은 이미 제일제당을 건설한 노하우가 축적되어 있었다.

"맨 처음 착공한 2층 규모의 제일모직 사무실 건물이 완공되자 어르신은 아예 대구에 붙박혀 제일제당 건설 때처럼 밤낮없이 공사현장을 지휘감독하고 숙식도 현장에서 해결했다 아이가. 그때 완공한 제일모직 종합사무실은 1층을 모두 현장사무소로 쓰고 2층은 사장 집무실과 숙소를 만들었능기라.

그렇지만 말이 숙소지 와, 요새 얘기하는 특급호텔의 스위트 룸 정도 된다꼬나 할까, 아주 어마어마하고 호화롭게 꾸미는 거 있제. 그때 어르신은 건설 팀에 일본 데이고쿠帝國 호텔 스위트 룸을 본딴 설계도를 건네믄서 그대로 시공하라꼬 쿠시더마.

부산에서 제일제당 지을 때는 워낙 부지가 작아서 사무실도 협소하고 해서 보일라실 옆에 간이목간통을 만들었지만 제일모직 대구공장은 그게 아이라 아예 사장 숙소에다 일본제 못지 않은 히노키 목간통을 하나 만들어야 한다꼬 그 일을 전적으로 내한테 맡기더라 아이가. 그래서 안 있나. 그동안 내가 보고 경험한 노하우… 그것도 노하우라꼬 캐야 되나? 뭐, 그런 경험으로 이 떡배가 도편수가 되어

부도옹 203

일을 착수한기라.

우선 일본에서 직수입해온 두꺼운 편백나무 판자를 예전 삼성상회 인근에 있던 목형木型공장에 찾아가 로쿠로轆轤 틀로 일일이 규격에 맞게 깎고 다듬어서 내부를 단디(단단히) 조립해서 문자 그대로 그럴싸한 히노키 목간통을 만들었다 아이가.

그라고 나서 목간통의 방수용 둘레죽竹은 저 멀리 담양까지 가서 생왕대를 구해다가 껍질을 벗겨 편백 로쿠로의 틈새를 일일이 막아 번듯하게 만들어 놓고 보이 진짜 왜놈들 히노키 저리 가라 쿠더마. 공장에 스팀 설비가 잘 돼 있어 가지고 목욕물을 별도로 데울 필요도 없이 손끝으로 수온만 잘 맞추면 만사 오케이인기라.

그 후 어르신은 서울에 살믄서도 대구에 내려갔다 쿠모 아예 호텔 투숙은 외면하고 제일모직 숙소에서만 묵었다 아이가. 히노키 목간통 때문이제. 암만, 그 히노키 목간통이 아직도 제일모직 어디 보관돼 있을끼라."

떡배 아재는 아득한 옛날을 회상하며 그렁그렁한 눈빛을 제일모직 대구공장이 있는 북녘으로 보냈다. 그는 훗날 이병철 회장이 대구에 갈 때마다 그림자 수행을 하며 히노키 목욕과 침식을 함께 했다는 것이었다.

그렇게 사무실과 숙소를 먼저 완공하고 이어 1년을 예정했던 소모梳毛공장이 6개월 만에 완공된 데 이어 이듬해인 1956년 초까지 방모紡毛·직포織布·염색·가공공장이 차례로 완공되었다. 여기에다 애초 1,000여 명(이후 3,000명 증원)으로 예정한 종업원들의 기숙사며 조경시설까지 갖추다 보니 시설용지가 절대적으로 부족해 부지를 점차 20여만 평으로 확장했으나 연이은 공장 증설과 함께 이 부지마저 협소한 느낌이 들 정도였다.

이렇게 국내는 물론 세계적인 최대 규모의 공장시설을 완공하고 플랜트 발주처인 독일을 비롯 영국·프랑스·이탈리아 등지에 보냈던 원모原毛염색·가공·방직·기계 등 각 분야에 걸쳐 6개월 동안 기술을 익힌 연수생들도 모두 돌아와 가동준비를 서두르고 있었다. 제일모직을 설립한 지 1년 8개월 만인 1956년 5월 2일 마침내 역사적인 시운전에 들어갔다. 이름하여 [골덴텍스]!

이후 골덴텍스는 양산에 들어간 지 5년 만인 1961년 7월 소모사梳毛絲 3,000파운드를 홍콩으로 처녀수출한 데 이어 정부로부터 종합무역상사 제1호로 지정받은 삼성물산을 통해 수출시장을 꾸준히 개척했다. 그 결과 1980년대 초엔 100번수番手 월드베스트를 개발해 낸 것이다. 이를 모직물 원조국元祖國의 자리를 굳건히 지켜온 영국으로 역수출할 만큼 품질의 우수성이 입증되었다.

그러자 한때 글로벌 수출시장에서는 "한국의 골덴텍스가 월드베스트로 성장해 유니언 잭 고지에 태극기를 꽂았다"는 말이 나돌기도 했다. 그 당시 국제수출시장의 평판은 한국 제일모직의 '100번수 월드베스트' 양복지가 최고급 모직으로 알려진 비큐나 울wool이나 캐시미어, 개버딘 울에 비견할 만큼 우수한 제품으로 알려졌기 때문이다.

엇갈리는 명암明暗

|||||

6·25 전쟁 3년 동안의 상흔이 도처에 폐허로 남아 있는 가운데 휴전이 성립되고 전란 중 맹위를 떨치던 악성 인플레가 서서히 수습되어 가던 1956~57년. 삼성물산과 제일제당, 제일모직 등 삼성의 주력기업이 마치 황금알을 낳는 거위처럼 날로 번창하면서 주체할 수 없을 정도로 돈이 쌓여가고 삼성은 이미 선단船團식 경영으로 그룹 형태를 갖춰가고 있었다.

그 무렵 이승만 대통령은 전후 복구와 경제부흥책의 하나로 자본시장을 활성화하기 위해 정부에 귀속되어 있던 금융권과 공기업 주식의 공매불하를 단행한다. 이른바 민영화다. 이때 이병철은 공개입찰에 참여해 한일은행의 전신인 흥업은행과 조흥은행, 상업은행 등 정부 시중은행의 주식 절반 이상을 사들여 대주주로 우뚝 선다.

삼성의 중흥기 얘기가 여기까지 이어지자 떡배 아재는 신바람이 나 입에 침이 마르는 줄도 몰랐다.

"와아, 정부 소유 시중은행이 모두 우리 손에 들어오자 대한민국 전체가 눈 알로(아래)로 보이는 거 있제. 그때 국민들 사이에 우리 어르신 함자가 돈짜, 병짜, 철짜, 즉 '돈병철'로 바뀌었다 아이가. 돈 놓고 돈 묵는다는 얘기도 그때 유행한기라. 아, 세상 돈이 전부 우리 돈이더라니까. 하하."

그런 떡배 아재를 못 마땅한 표정으로 쳐다보던 계동이가 말했다.

"아, 그게 어떻게 아재 돈입니까. 상전 돈이지요."

"말인 즉슨 그렇다는 게지. 상전 돈이믄 어떻고 종놈 돈이믄 어떻노? 그게 그거 아이가."

"가만히 보니 아재가 너무 나간다니까요. 면천免賤도 못하고 평생 종살이하면서 월급 한 푼 제대로 못 받고……."

"아, 시끄럽다 마, 내 얘기부터 들어보라 쿠이. 어디 시중은행만 우리 손에 들어왔나. 그때 당시 정부가 투자한 호남비료, 한국타이어, 삼척시멘트 주식도 50% 이상 사들여 경영권을 장악하믄서 명실상부한 한국 제일의 재벌로 부상했다 아이가. 그라이께네 당연히 세상이 눈 알로 보이는기라. 어르신이 그때 마, 그걸로 만족해야 되는 데 비료! 그 놈의 비료 때문에 나중에 큰욕 봤구마는……."

이병철은 호남비료를 인수해놓고 보니 도무지 성에 차지 않았다. 그 당시 비료는 식량 자급자족과 직결된 국가적 필수품목이었다. 때문에 그 무렵 정부가 미국의 전후복구ICA자금으로 건설을 추진했던 충주비료공장은 거의 완공단계에 있었고 나주비료공장은 독일에 플랜트를 발주한 상태였다. 그러나 호남비료와 이들 두 공장이 모두 가동되더라도 연간 생산량은 6만 톤에 불과했다.

이에 비해 비료수요는 해마다 늘어나 60년대에는 수요량이 연간 30만 톤을 돌파할 것으로 예상되고 있었다. 거의 수입에만 의존하던 당시 상황으론 전체 원조자금 2억5,000만 달러 중 비료 도입에만 1억 달러를 충당하고 있는 실정이었다. 게다가 도입 시기를 놓쳐 식량 증산에 차질을 빚는 일도 비일비재했다.

이병철은 호남비료의 대주주가 되면서 마침내 또 한 차례 도약의 발판을 마련할 꿈에 부풀어 오르기 시작한다. 국제규모의 비료공장 건설. 적어도 연산 35만 톤 규모는 되어야 국제경쟁력을 갖출 수 있다고 판단한 그는 기초자료를 수집한 결과 1차로 5000만 달러의 자금을 확보해야 엄두라도 내볼 것 같았다. 요즘의 외환시세로 5,000만 달러는 별 것 아니지만 그 당시로서는 국가경제를 좌우할 만큼 엄청난 자금이었다. 일개 기업이 감당하기엔 여간 힘겨운 일이 아닐 수 없었다.

그러나 그는 포기하지 않았다. 해외로 나가 선진국의 개발원조자금을 장기저리로 구할 수 있을 길이 열릴지도 몰랐다. 이태 전(58년 5월) 정부가 착공한 나주비료공장의 플랜트를 독일에 발주했다는 사실에 주목하고 헤르츠 주한 독일대사를 만나 국제규모의 비료공장 건설계획에 대한 의견을 타진했다. 그 결과 헤르츠 대사의 소개로 독일 에르하르트 경제상을 만날 약속까지 받아냈다.

그 당시 일본의 외환보유고는 10억 달러 정도였으나 독일은 2차 세계대전의 같은 패전국이면서도 80억 달러 이상 보유하고 있었다. 지체없이 독일로 날아간 그는 150년의 역사를 이어온 알프레드 쿠르프 재벌을 소개받고 민간 베이스의 상업차관에 대한 약속을 받아냈다. 그것도 정부의 지불보증이 아닌 시중은행의 지불보증으로 충분하다는 거였다. 국내 시중은행의 대주주는 이병철. 바로 자기 자신이 아닌가.

이어 이탈리아로 날아간 그는 비료·화학·발전소·광산 등 100여 개 계열기업을 거느린 몬테카티니 재벌을 찾았다. 몬테카티니는 일제 강점기에 북한의 흥남비료공장 건설 플랜트를 수출한 관록을 자랑하며 차관교섭에 적극적으로 나서 주었고 마침내 독일의 크루프 재벌처럼 상업차관을 약속했다. 그렇게 어렵다던 민간 베이스의 차관 교섭이 한 군데도 아닌 두 군데서 성공한 것이다.

그러나 모처럼 민간차관의 약속을 얻어 건설의 실마리가 풀리던 국제규모의 비료공장 계획은 그만 수포로 돌아가고 만다. 4·19 학생의거! 사운을 건 비료공장만 건설할 수 있다면 더 이상 바랄 게 없다며 귀국길에 올랐던 그는 한국에 도착하기 직전 4·19 의거 소식을 접하고 좌절감에 빠지고 만다. 모든 것을 운명으로 돌릴 수밖에 없었다. 더욱이 그가 4·19 의거를 주도한 학생들의 일방적인 주장에 의해 부정축재자로 몰리고 있는 상황이었다.

이병철은 느닷없이 부정축재자로 매도당하자 일시 경영에서 손을 떼고 1·4 후퇴 당시 빈털터리로 대구로 내려왔던 일을 상기시키며 집안에만 틀어박혔다. 그러고 보니 오히려 한동안 소홀했던 가정사로 눈 돌릴 마음의 여유가 생겼다.

그는 4·19 의거가 일어나기 3년 전인 1957년 일본에 유학 중이던 장남 맹희를 국내로 불러들였다. 맹희가 대학원 석사과정을 마칠 무렵이었다. 일찌감치 점 찍어둔 규수와 혼례를 치르기 위해서라고 했다. 애초 아무 영문도 모르고 귀국한 맹희는 뜻밖의 일에 다소 난감했으나 감히 아버지의 영을 거역할 수 없었다.

그러나 동생 창희는 달랐다. 그 무렵 그는 일본 유학생활에서 알게 된 여인과 한창 열애 중이었다. 상대는 일본 귀족의 후예인 나카네 히로미中根裕美라는 규수. 창희가 부르는 애칭은 에이코英子다. 그녀의 할아버지는 일본 황실의 공작公爵이었고 아버지는 자작子爵이었으나 태평양전쟁 패전 후 일본의 경제파탄으로 국록을 받지 못해 창희와 처음 만났을 때엔 가정형편이 매우 어려웠다고 했다.

그 때문인지 몰라도 이병철은 처음부터 둘째 아들 창희의 결혼을 극구 반대했다. 그런저런 사연도 있었지만 원래 집안 어른들의 주선으로 중매결혼을 선호하는 가풍 탓이기도 했다. 하지만 아버지 이병철의 속뜻은 다른 데 있었다.

그는 이미 국내의 조강지처를 제쳐놓고 일본 도쿄에 구라타라는 젊은 소실과 슬하에 남매까지 두고 있는 처지였다. 그 일로 인해 본가인 박두을 여사의 속앓이가 이만저만이 아니었다. 사실상 일본인 여자와의 관계는 자신만으로 족하다는 것이 그의 속내였다. 그런데 뜻밖에도 둘째 아들마저 일본인 여자와 열애 중이라니 당황하지 않을 수 없었다.

게다가 자신처럼 숨겨놓은 여자도 아니고 명색이 고루한 삼성가의 며느리로 맞아들여야 할 국제결혼인데 그 당시의 시대상황으로서도 도저히 용납될 수 없는 일이기도 했다. 하지만 창희는 끝까지 자신의 고집을 꺾지 않았다.

"내당 마님은 처음 그 소식을 듣고 기가 차서 멍하니 허공만 쳐다보다가 긴 한숨을 푹, 내쉬면서 한다는 말이 부전자전이라 카디마는 옛말이 하나도 그른 게 없능기라. '그 애비에 그 자식이라꼬 즈그 아부지가 일본에서 첩상이를 데리고 있으이 자식인들 무슨 짓을 몬 하겠노. 아이고 마, 남세스러워서 말도 안 나온다 카이.' 이렇게 탄식하믄서 한숨만 푹푹, 내쉬더라꼬."

이후 어머니 박두을 여사는 한동안 말문을 닫고 지냈다고 했다. 아버지 이병철 역시 "니는 내 자식이 아이다. 두 번 다시 내 앞에 나타나지 말거래이." 하고 창희 문제에 대해서는 아예 입도 벙긋하지 않았다는 것이다.

그러나 자식 이기는 부모가 없다고 하지 않던가. 6년을 버티며 집요하게 결혼 승낙을 요구하던 창희는 결국 부모님을 비롯한 가족들의 축복도 받지 못한 채 아버지가 일본 출장 때마다 자주 투숙하던 도쿄의 데이고쿠帝國호텔에서 나카네 히로미를 아내로 맞아 조촐한 결혼식을 올렸다.

이 때문에 삼성가의 분위기도 냉랭해져 한동안 부자간이 천륜을 어기는 절연상태에까지 갔고 형제들간에도 창희의 국제결혼설에 대해서는 금기사항으로 아예 입에 올리지도 못했다.

그런 와중에 장남 맹희는 신혼의 단꿈에서 채 깨어나기도 전에 부인 손복남과 함께 도쿄농대의 전공과는 달리 공업경영학을 전공하기 위해 다시 미국 유학길에 오른다. 장남에게 해외 견문도 넓히고 경영학을 전공해 돌아오면 삼성의 오너 경영에 큰 힘이 되리라는 아버지 이병철의 속깊은 판단 때문이었다.

하여 맹희는 미국 미시간주립대학의 대학원 박사과정을 거쳐 어렵사리 공업경영학 박사학위를 취득하게 된다. 그는 박사학위를 따자마자 또 다시 아버지의 부름을 받고 서둘러 귀국한다. 엄부의 깊은 뜻을 헤아릴 수 없었으나 무조건 그 영에 따라야 했던 것이다. 고국을 떠난 지 4년 만인 1961년 초봄. 4·19 학생의거 1주년을 맞은 당시 국내 정세는 극도의 혼란에 빠져들고 있었다. 학생·시민할 것 없이 이익집단을 이루어 데모와 농성으로 해가 뜨고 해가 지는 등 매우 불안한 상황이 계속되고 있었다.

때문에 맹희는 아버지가 그런 연유로 자신의 귀국을 재촉했던 것으로 지레 짐작했다. 그러나 아버지는 서둘러 귀국한 아들에게 느닷없이 한일은행의 말단 직원으로 들어가 창구업무부터 보라고 했다. 그 당시로서는 보기 드물게 미국에서 어렵사리 박사학위까지 취득하고 돌아왔는데도 은행 말단 창구직이라니 도무지 이해가 되지 않았다. 그래도 그는 장차 삼성의 오너 경영인이 된다는 원대한 꿈을 키우며 묵묵히 창구를 지켰다.

하지만 그로부터 얼마 지나지 않아 군사쿠데타가 일어난다. 이른바 5·16 군사혁명! 이병철에겐 4·19 학생의거에 이어 이번에도 부정축재자의 멍에가 덧씌워졌다. 인간만사 새옹지마塞翁之馬라지만 부도옹不倒翁 이병철이 겪어야 할 환난患難은 도무지 끝이 보이지 않았다.

그러나 군사정부에 협조하여 경제개발에 앞장서겠다는 조건으로 풀려나 전국경제인협회(현 전국경제인연합회)를 조직해 견인차 역할을 자임한다. 어쩌면 국가재건최고회의 박정희 의장의 특별한 배려 때문인지도 몰랐다.

그는 일본 출장길에서 5·16 소식을 전해 듣고 군사혁명정부에 의해 부정축재자 제1호로 낙인 찍혀 수배령이 내리자 "전 재산을 국가에 헌납하겠다"며 귀국했다. 그러나 냉혹한 카리스마의 존재로 알려진 박정희는 뜻밖에도 그와 독대한 자리에서 화기和氣가 넘치는 친절미를 베풀었다.

박정희는 주로 피폐해진 국가경제를 살리기 위한 의견을 듣기 위해 얘기를 이끌어나가다 분위기가 무르익자 여담으로 자신의 친형고^故 박상희를 떠올리기까지 했다.

"내가 전해 듣기로는 그 양반이 독립운동할 때 금전적으로 이 사장의 도움을 많이 받았다고 합디다. 원래 순수한 뜻에서 독립운동에 투신했으나 급진적인 사회주의에 물들어 비참하게 생을 마쳤지요. 그 때문에 나도 곤욕을 치렀지만……."

그러나 박정희의 그런 배려는 오래 가지 않았다.

이후 군사정부는 시정방침을 '일면 건설, 일면 국방'에 두고 특히 경제개발에 주력하기로 결정한다. '제1차 경제개발 5개년계획'. 그무렵 이병철 회장은 정부 정책에 적극 호응하면서 무엇보다 국가경제를 일으키기 위해서는 우선 대규모의 산업기반시설이 필요하다고 판단했다.

그래서 그는 전력과 공업용수, 육지와 해상의 물류 수송능력, 노동력 확보 등이 용이한 지역에 공업단지를 조성하는 일이 시급하다는 결론을 내린다. 대한민국 최초의 산업단지를 조성하는 국가적 사업. 일본통인 그의 아이디어는 전후 일본의 눈부신 경제발전에 기여한 인프라를 모델로 삼았다. 부정축재 제1호에서 경제개발 1호로 운명이 180도 바뀌게 된다. 군사정부가 경제개발사업을 민간주도형으로 추진하며 전적으로 경제인들에게 맡기고 정부차원의 지원을 대폭 강화했기 때문이다.

이병철은 국가경제 재건사업을 주도하면서 삼성의 기업경영에 일일이 신경 쓸 겨를이 없었다. 마침내 장남 맹희에게도 삼성의 오너경영에 참여할 기회가 찾아온 것이다. 삼성은 이미 거대한 기업집단으로 성장했으나 아직도 정부의 눈치를 살피며 그룹 회장제를 실시하기 전이었다.

맹희는 애초 제일제당과 제일모직 등 일부 주력계열사의 경영을 맡고 있다가 마침내 삼성의 17개 계열사 부사장직(현재의 그룹 부회장직)을 맡아 본격적으로 경영일선에 뛰어든다. 이병철이 계열사 사장단 회의 때마다 "삼성의 전반적인 경영을 맹희한테 맡기겠다"며 "아직 나이가 어리지만 여러분의 경륜으로 많이 도와주기 바란다"고 자신의 후계구도를 강조했기 때문이다.

전문경영인들도 맹희를 명색이 미국 유학파에다 경영학 박사학위까지 취득한 인재로 자타가 공인하고 있었다. 그 당시 그의 나이 32세. 게다가 이병철 은 정치적 격변에 시달려 오는 과정에서 권력과의 갈등, 재산헌납 등 맺힌 한이 너무 많아 더 이상 오너 경영을 고집할 수도 없었다. 하여 제2선으로 물러나길 원했던 것이다. 그런 아버지로부터 경영권을 이어받은 맹희는 당연한 순리로 생각했다.

그는 흔들리고 있는 경영권을 바로 세우고 그야말로 '제일주의'를 지향하는 일류기업으로 성장시키고 싶다는 야심과 욕망에 사로잡혀 있었다. 그러나 그것이 마음과 뜻대로 되지 않았다. 경영전면에 나서면서 과욕에 집착한 나머지 나이가 지긋한 창업공신들이나 경륜이 많은 임원들에게 쓴소리를 내뱉는 일도 잦아졌다. 그런 불만이 외부의 곡해에 의해 아버지에게 알려지고 경영일선에서 물러나 후견인 역할을 자임하던 아버지와도 갈등이 시작된다.

이병철은 기업을 일으킨 이후 정치권과 항상 거리를 두어 왔으나 군사정부의 경제개발 5개년 계획에 적극 참여하면서 서서히 정경유착의 늪에 빠져들었다. 어쩌면 피할 수 없는 운명인지도 몰랐다. 어쨌든 4·19 혁명 이후 당할 만큼 당하고 난 뒤 처음으로 군권세력과 손을 잡고 보니 모든 일이 군대식으로 명령 일하에 순조롭게 진행되어 갔다.

1963년 마침내 울산공단 조성사업이 마무리되고 각 기업들은 정부의 투자명령에 따라 고유업종을 결정한다. 삼성은 군사정부의 주체세력과 의기가 투합해 오랜 숙원사업이던 비료공장 건설을 신청했고 치열한 경합을 거치긴 했으나 별 어려움 없이 투자명령을 받게된다. 이름하여 한국비료(이하 한비)!

따지고 보면 비료공장 건설은 이미 이승만 정권 말기 정부차원에서 삼성보다 먼저 구상해온 국책사업이었으나 미국의 원조불^弗 확보가 어려워 삼성이 뛰어들게 되었다. 그 당시 이병철은 유럽으로 건너가 독일의 크루프, 이탈리아의 몬테카티니 재벌과의 순수한 민간차관 교섭을 성사시켰으나 불행하게도 4·19 의거와 5·16 군사쿠데타 등 두 차례의 정변을 맞아 좌절되고 말았던 것이다.

그러던 것이 5년여 만에 새로 시작하게 되었으니 이병철로서는 감회가 남다를 수밖에 없었다. 그 당시만 해도 농촌 인구가 절대적인 상황에서 농민들을 위해 값싼 비료를 공급할 대규모의 비료공장 건설이 시급한 국책사업이었다. 하지만 군사정부가 민정 이양에 따른 정치일정에 쫓기면서 삼성이 신청한 비료공장 건설은 우여곡절을 겪으며 연기를 거듭하다가 1964년 제3공화국이 출범하면서 박정희 대통령의 재가가 떨어진 것이다.

박 대통령으로서도 4년 후의 재선에 대비해 농민들의 지지를 의식하지 않을 수 없었다. 때문에 비료공장 건설을 재가하면서 이병철 회장에게 "67년 대통령선거 전에 반드시 완공할 것"을 전제조건으로 달았다. 이에 이 회장도 건설자금의 일부인 10억 원의 은행융자 알선과 인·허가업무의 신속한 처리를 건의했다.

하지만 중대한 국책사업임에도 불구하고 은행융자는커녕 인·허가도 지지부진한 상태에서 또 한 해를 허송하고 65년 9월에 가서야 가까스로 착공에 들어갈 수 있었다. 그러나 그 비료공장 건설로 인해 또다시 엄청난 회오리 바람에 휩쓸릴 줄이야. 부정부패를 일소한다는 슬로건을 내건 정부가 군정시절부터 앞장서 손을 내밀고 정치자금에다 떡고물까지 챙기려 들었기 때문이다.

영광과 좌절

||||

그 무렵 제일모직 사장에서 한비 사장으로 자리를 옮긴 성상영은 이병철 회장을 대신해 정·관계 로비를 책임지고 뛰어다녔다. 가신그룹 중의 한 사람인 그는 이 회장이 제일모직을 설립할 당시 영입되어 주로 수출입 인·허가 문제를 전담하는 대對정부 마당발로 활동해 왔다. 사실상 이병철을 대신한 삼성의 로비스트였다.

그는 특히 정·관계에 이른바 사바사바(로비)를 잘하는 것으로 널리 알려진 인물이기도 했다. 그래서 이 회장은 그가 요구하는 대로 정부의 권력실세들과 고위공직자들에게 알게 모르게 많은 로비자금을 마련해 줬으나 깨진 독에 물붓기 식일뿐 뚜렷한 성과도 없이 차일피일 세월만 죽였다.

결국 정부의 조치를 기다리다 지친 이병철은 직접 일본으로 건너가 일본 굴지의 재벌인 미츠이三井물산과 차관교섭을 벌인다. 이미 5년 전 독일의 크루프, 이탈리아의 몬테카티니 재벌과 맺은 민간차관은 시일이 너무 흘러 없었던 일이 되고 말았기 때문이다. 달리 방법을 모색할 수 없었던 그는 제일제당 건설 당시 프로젝트를 발주했던 미츠이를 다시 찾게 된 것이다.

그 결과 연리 5.5%에 2년 거치, 8년 균등상환 조건으로 그 당시의 화폐가치로는 어마어마한 4,390만 달러의 외자를 유치해 울산공단 35만 평 부지에 연산 33만 톤 규모의 비료공장을 건설하게 된다. 단일 비료공장으로는 세계 최대 규모였다. 이때 비로소 삼성이 세계적인 기업으로 우뚝 서는 발판을 마련한 것이다.

그러나 이후 그는 울산 쪽에 고개도 돌리기 싫어지게 된다. '울산'이라는 말만 들어도 박정희 대통령의 얼굴이 떠오르고 이후락 비서실장과 김형욱 중앙정보부장의 음흉스런 목소리가 귓청을 찢는 것 같은 환청에 소름이 돋고 치가 떨렸다. 국책사업으로 한비를 건설해 놓고 제대로 가동도 해보지 못한 채 고스란히 정부에 헌납하지 않을 수 없었기 때문이다. 이른바 '사카린OTSA 밀수사건'!

정부를 믿고 벌인 일이었으나 독배는 고스란히 이병철과 삼성이 마셔야 했다. 게다가 거대한 토네이도처럼 휘몰아치는 후폭풍을 피할 길이 없었다. 그 이면에는 정치자금이라는 검은 돈이 처음부터 발목을 잡고 있었고 기업이 정권의 돈주머니 역할을 하려다가 '오티사 밀수사건'으로 비화되고 말았던 것이다. 운명의 장난치고 너무도 가혹했다.

애초 차관을 제공한 일본 미츠이 측에서 기계설비 등 플랜트를 수출하는 조건으로 삼성에 100만 달러의 리베이트를 제시한 것이 발단이었다. 따지고 보면 이 리베이트는 사업관행상 사례금으로 미츠이 측에서 삼성 측에 건네는 단순한 커미션의 일종이었다. 때문에 국제적인 차관거래 관행상 미츠나 삼성에서 입만 다물고 있으면 아

218

무도 알 수 없는 비자금인 셈이었다.

요즘 같으면 푼돈에 불과하지만 외환보유고가 바닥난 그 당시의 국가재정 상황에서 100만 달러라면 정부에서도 욕심낼 만한 거액이 아닐 수 없었다. 그러나 이병철의 속셈은 달랐다. 한비 건설과정에서 대일對日차관 외에 예상 외로 많은 자금이 쓰였고 삼성의 계열기업 전체가 자금난에 봉착했으나 정부에서 지원해 주기로 했던 10억 원의 은행 융자가 자꾸 지연되고 있었다. 그것도 정치자금 때문이었다.

그는 이를 타개할 목적으로 박정희 대통령을 만나 "미츠이 측에서 음성적인 사례비조로 100만 달러의 리베이트를 제공키로 했다"고 보고한 것이다. 이밖에도 그는 한비 준공 이후 울산공단에 우후죽순처럼 들어서게 될 각종 공장의 플랜트를 직접 맡아 추진하고 싶은 야망도 가지고 있었다.

그 당시 기계류나 건설장비 등 선진국의 플랜트를 들여오지 않고 국내 기술진만으로 공장을 건설하기 어려웠다. 하지만 삼성은 이미 제일제당과 제일모직의 기계설비 중 일부를 국내 기술로 해결했고 한비 건설과정에서도 노하우를 축적해두고 있었다. 한비 건설에 투입된 기계류만도 줄잡아 총 30여만 종種으로 중량은 18만 톤에 달했다.

그러나 문제는 100만 달러의 리베이트를 어떻게 들여오느냐에 달려 있었다. 그 당시로서는 한일국교 정상화가 이루어지기 전이었으므로 정부차원에서도 거액의 외화를 국내에 반입하기가 쉽지 않았다. 게다가 리베이트는 합법적인 자금이 아닌 불법적인 비자금이 아닌가.

돈 냄새를 맡고 후끈 달아오른 청와대의 이후락 비서실장은 경제기획원 장기영 부총리와 국회 김성곤 재경위원장까지 다 동원해 이 검은 돈을 국내에 들여오는 대책마련에 들어갔다. 이 리베이트를 일본 정부 모르게 일단 미쓰이 도쿄 본사에서 뉴욕지사로 보내 다시 서울의 삼성 본사로 반입하는 이른바 돈세탁을 모색해 봤으나 별 뾰족한 방법이 떠오르지 않았다.

정권 핵심부에서 고심 끝에 "현금 반입이 어려우면 차라리 법적으로 문제가 없는 수입물량을 국내로 들여와 시중에 내다 팔면 될 거 아니냐"며 새로운 아이디어를 내놨다. 이런 방식으로 국내에서 고가의 수입물량을 처분하면 현금 100만 달러를 원화로 교환하는 것보다 4배나 많은 400만 달러 이상의 엄청난 이익을 챙길 수 있다는 계산도 나왔다.

여기에다 각종 수입품의 가격이 천정부지로 치솟을 때였으니까 시중시세로는 무려 200억 원에 달했다. 그 당시 국내 경제규모를 감안한다면 피부에 와 닿는 감각으로는 엄청난 거액이 아닐 수 없다. 하여 이 검은 돈 가운데 3분의 1은 정치자금으로, 또 다른 3분의 1은 삼성의 부족한 한비 건설자금으로, 나머지 3분의 1은 준공 이후 한비 운영자금으로 사용하는 방안까지 마련했다.

누이 좋고, 매부 좋고, 도랑 치고, 가재 잡고… 한마디로 리베이트라는 미쓰이의 검은 돈을 판돈으로 걸고 정부와 삼성이 짜고 치는 고스톱과 별반 다름이 없었다. 전형적인 '정경유착'이었다. 이른바 한비의 '사카린 밀수사건'은 이렇게 싹이 텄다.

정부의 묵인 하에 이루어진 삼성 밀수 팀은 일본시장에 밝은 이일섭 상무와 손영희 과장이 실무를 맡았고 이병철 회장의 둘째 아들 창희 이사가 사실상의 팀장을 맡았다. 그리고 맹희 부사장은 정부 측과 유기적으로 연락을 취하며 밀수 전체를 진두지휘하는 이른바 콘트롤타워 역할을 했다.

정부에서 은밀히 눈감아 주기로 약조한 이상 삼성에서 필요한 건설자재며 기계류를 마구잡이로 들여와도 누구 하나 간섭할 사람이 없었다. 사실 삼성에서는 건설기자재 외에 각종 기계류에 더 눈독을 들이고 있었다. 기업 측면에서 볼 때 그것이 앞으로 엄청난 이익을 창출할 수 있기 때문이다.

그 당시 울산항에는 중앙정보부를 비롯한 세관·경찰·해운항만청·국세청 등 정부 권력기관의 분소가 각각 설치돼 있었다. 이들 기관은 한비 건설은 물론 울산공단에 입주하는 기업들의 공장 건설을 적극적으로 지원하는 임무를 띠고 있었다. 특히 중앙정보부나 세관·항만청에서는 상부의 엄격한 지시로 한비의 수입품목에 대해서는 아예 눈을 감고 있었다. 이를 두고 무소불위라 했던가. 가재는 게편이라는 데 아무 것도 걸릴 게 없었다.

하여 건설장비와 기계류는 말할 것도 없고 심지어 양변기와 냉장고·에어컨·고급전화기·스테인리스판 등 암시장에서 불티나게 팔리는 품목들을 무더기로 들여 왔다. 그러나 외국의 차관까지 끌어들여 삼성의 사운을 걸고 건설한 한비는 준공 직전 치욕적인 덫에 걸리고 만다. 공교롭게도 이들 밀수품목 가운데 특정기업을 통하지 않고서는 시중에 내다 팔 수 없는 금수품목인 사카린saccharin의 원료 오티사 OTSA가 들어 있었기 때문이다.

권력 핵심부의 '정치자금' 마련이라는 명분으로 돈이 되는 것이라면 앞뒤 가리지 않고 무엇이든지 닥치는 대로 들여온 것이 크나큰 실수였다. 그 당시 설탕값이 워낙 비싸다 보니 제과·제빵업체에서는 설탕 대신 시중에 나도는 사카린을 구입해 과자나 빵의 단맛을 내곤 했다. 그래서 사카린은 주요한 공산품이었고 일반시민들도 즐겨 쓰는 생활필수품이었다.

그러나 깜쪽같이 비밀에 부쳤던 밀수사건이 그 당시 삼성의 계열사인 중앙일보와 라이벌 관계에 있던 언론사에 의해 집권 공화당 소식통을 인용한 '삼성의 사카린 밀수'로 포장돼 폭로되고 만다. 한마디로 날벼락이 아닐 수 없었다. 정부와 짜고 친 고스톱판을 왜 하필이면 여당에서 스스로 깨버렸을까. 문제의 핵심은 역시 정치자금이었고 권력투쟁에 있었다. 정치권에서도 들고 일어나 국회에서 연일 이 밀수사건을 거론하는 등 일대 소동이 벌어지는 바람에 삼성은 A급 태풍에 할퀸 듯 안팎곱사등이 되어버린 것이다.

그 무렵 청와대와 중앙정보부에서는 은밀히 삼선개헌을 추진하고 있었고 개헌을 반대해온 집권 공화당 지도부는 박 대통령으로부터 완전히 소외당해 있었다. 게다가 공화당 지도부는 이후락 비서실장과 김형욱 중앙정보부장 등 친위세력과도 사이가 나빠 암암리에 권력투쟁까지 벌이고 있는 상황이었다.

박 대통령의 정치자금과 한비 밀수를 촉매로 이후락·김형욱 등과 손잡고 있던 이병철은 여당 지도부의 터무니없는 정치자금 요구를 거절하다가 예기치 않은 함정에 빠지고 만 것이다. 그들의 칼날이 기습적으로 삼성의 폐부를 찔렀기 때문이다. 무서운 권력집단이 아닐 수 없었다. 여기에다 신문·방송 등 매스컴에서도 덩달아 여론재판으로 몰아가자 시중에서는 "한국 제일의 재벌이 비료공장 건설을 핑계로 사카린까지 밀수해 밀수왕국이 되었다"는 비난여론이 하늘을 찔렀다.

삼성의 오티사 사건이 터진 이후 재무부 관세국의 소관업무라는 이유로 줄곧 뒷전에서 거리를 두고 있던 검찰이 마침내 칼을 뽑아들었다. 검찰의 칼날이 번득이자 이병철은 박 대통령에게 일말의 배신감을 느꼈다. 애초 한비 건설 플랜트 수출업체인 미츠이물산이 제공한 리베이트 100만 달러의 처리문제를 두고 밀수를 제안하는 등 여건을 만들어 준 것은 이후락 비서실장, 김형욱 중앙정보부장 등 정권 실세들이었기 때문이다.

더욱이 그들은 삼선개헌과 대통령의 정치자금을 마련하기 위한 목적으로 삼성을 앞세워 막무가내로 밀수를 조장하지 않았던가. 박 대통령도 이런 상황을 알고 사전 승인까지 했다는데 막상 일이 터지자 "내 몰라라"며 등을 돌리고 말았다.

"정치하는 사람들, 믿으면 안 된다. 너무 약고 의리가 없능기라."

혼잣말처럼 넋두리면서도 단호하게 내뱉은 이병철의 독백이었다.

그는 정치권과 연결되어 무슨 일을 추진한다는 것이 얼마나 위험하고 허망한가를 뒤늦게 깨달았다. 어쨌든 청와대의 정권실세들이 돌아선 이상 아무런 대책도 세울 수가 없었다. 그 시점에 삼성으로서는 경영권 전체가 흔들리고 사면초가에 내몰리고 있었다.

심지어 궁지에 몰린 정부에서는 삼성을 국사범으로 몰아 도마뱀 꼬리 자르기 식으로 나왔다. 그러니 삼성으로서는 일방적으로 몰매를 맞을 수밖에 없었다. 게다가 정치권에서도 연일 정부와 삼성을 싸잡아 성토하고 있었다. 더 이상 버틸 재간이 없었다. 검찰은 이창희·이일섭·손영희 등 관련자 세 명을 구속기소하는 선에서 수사를 마무리 지었다. 성상영 한비 사장도 당연히 응분의 책임에서 벗어날 수 없었으나 그는 처음부터 수사대상에서 빠져 있었다. 그것이 이상했다.

"천리 둑도 개미구멍 하나로 무너진다"고 했던가. 수족같은 직원들과 아들까지 감옥에 보낸 이병철의 심정은 한마디로 참담했다. 이 판국에 마무리 단계에 든 한비 건설공사를 강행한다는 것도 무리였다. 그러던 차에 정부에서 느닷없이 한비의 국가헌납을 강요해온 것이다.

이런 최악의 상황에서 더 이상 견디기 힘들었던 이 회장은 지체없이 자신이 소유하고 있던 한비 주식 51%를 국가에 헌납하기로 결심한다. 그는 같은 해 10월 22일 이를 공식발표하면서 정부가 한비를 인수하여 마무리 공사를 완공해 주도록 요청했다. 그리고 극약처방으로 자신은 경제계에서 은퇴하겠다고 선언한 것이다. 그것이야 말로 최악의 상황에서 벗어나는 최선의 방법이라고 판단했기 때문이다.

그 당시 그의 나이 57세. 한창 기업을 일으키고 성장시키는 데 열정을 쏟을 만큼 연부역강한 시점이었다. 하지만 그는 세월의 한계를 느꼈다. 세상 인심이 야박해질 대로 야박해진 데다 평소 우호적이던 권력실세들도 아예 발길을 끊고 칼부터 들이대고 있었다. 게다가 통제경제시대의 전형이랄까, 기업경영에 절대적인 영향력을 행사하고 있던 정·관계에서도 각종 규제와 압력으로 사사건건 위협을 가해 왔다.

목이 옥죄어 들수록 권력의 힘이 얼마나 무서운가를 새삼 절감했다. 삼성의 사운을 걸고 건설한 한비 헌납과 경제계 은퇴. 이병철 회장은 양날의 칼과 같은 극약처방으로 위기를 돌파하려고 결심했다.

하지만 이마저 뜻대로 되지 않았다. 엉뚱한 데서 묘하게 일이 꼬여들고 있었기 때문이었다.

이병철이 한비의 완공과 함께 쓰라린 심정으로 국가헌납에 대한 법적인 절차를 밟으려 하자 그동안 시치미를 떼고 있던 청와대의 이후락 비서실장이 느닷없이 메시지를 보내온 것이다. 그는 당시 박 대통령의 절대적인 신임을 받고 있었고 사실상 제2인자로 막강한 권력을 행사하고 있었다. 그러기에 그의 말 한마디가 바로 대통령의 말이었고 그의 뜻이 대통령의 뜻이라는 소문이 무성하던 시절이었다.

"삼성에서 한비를 국가에 헌납하는 것보다 이병철 회장만 경영에서 손을 떼고 성상영 사장을 비롯한 기존의 전문경영진에 맡겨 계속 운영하는 게 어떻겠는가?"

이후락의 제의는 간단히 말해 한비를 헌납하지 말고 전문경영인(CEO)인 성상영에게 맡기라는 것이었다. 물론 이후에 발생하는 모든 문제는 정부가 전적으로 책임진다는 단서조항이 붙어 있었다.

"아하! 그러고 보이께네 그게 바로 익자삼우益者三友가 아닌 손자삼우損者三友였구만. 아첨하는 자를 벗으로 하고, 성실치 못한 자를 벗으로 하고, 말만 앞세우고 실實이 없는 자를 벗으로 한다는… 그런 걸 내가 까맣게 모르고 지냈다 아이가. 성상영 일당! 그 자들이 내를 배신했다 쿠는 거……."

딥 스로트deep throat(내부고발자)! 이병철은 오티사 밀수사건이 터졌을 때 진작부터 장남 맹희 부총수를 통해 성상영과 전직 비서실장 등 가신그룹을 자처하던 3인의 행동거지가 수상하다는 보고를 몇 차례 받았으나 아예 무시했던 것이 현실로 드러나자 장탄식이 절로 나왔다.

성상영이 그동안 오너를 대신해 회사 비자금과 공금을 제 멋대로 주무르면서 정치자금을 뿌리고 뇌물을 갖다 바치며 마당발로 뛰어 왔다. 그것이 결국은 삼성의 기업활동을 위한 것이 아니라 자신의 부귀영달을 누리기 위한 것이었다는 사실에 분노가 치밀어 올랐다. 그러나 이미 때를 놓치고 만 것 아닌가.

설령 미리 손을 썼더라도 이미 배신하고 돌아선 그들을 다시 받아들이기도 어려웠을 것이다. 왜냐하면 그들은 이후락과 김형욱 등 권력 최고실세들과 밀접한 관계를 구축하고 삼성 타도에 앞장서고 있었기 때문이다.

이병철은 성상영 일당의 배신행위에 치를 떨었다. 그는 지체없이 "이미 국민을 상대로 국가헌납을 공식발표한 이상 돌이킬 수 없는 일"이라며 단호한 태도로 이후락의 제의를 거부했다. 거기에다 성상영을 즉각 한비 사장직에서 해임해 버렸다. 그는 그 무렵까지만 해도 그런 인사권을 행사할 수 있는 자리를 지키고 있었다. 성상영은 삼성을 떠나면서 마지막 독대한 자리에서 구차한 변명으로 일관했다.

"삼성에 대한 국민감정이 극에 달해 어차피 공중분해될 위기에 처해 있는 만큼 이것만은 막아야겠다는 안타까운 심정에서 일단 제가 한비를 맡아 운영하다가 사후수습이 잘 되면 원상복구하려 했던 것인 데……."

그러나 이병철은 그 말을 코웃음으로 받아 넘겼다. 삼성의 사운이 걸린 그 중대한 문제를 사전에 오너한테 의논 한마디 없이 권력실세들과 짜고 혼자서 처리한 일이 아닌가. 정말 가당찮은 말장난에 불과했다.

이런 자를 철석같이 믿고 회사의 중대한 경영을 맡겼다니… 참담한 심정을 가눌 수 없었다. 그는 자신을 배신하고 돌아선 성상영의 마지막 인사도 받아주지 않았다. 그런 일이 있은 후 성상영은 두고두고 이병철과 삼성을 괴롭혔다.

그 무렵 성상영은 일종의 과대망상에 빠져 있었다. 이병철과 삼성의 시대는 끝나고 나는 새도 떨어뜨린다는 권력의 실세를 업고 있는 이상 자신의 시대가 열릴 것으로 기대하고 있었던 것이다. 그래서 그는 삼성을 거대기업으로 키운 자신의 공로를 인정해서라도 한비뿐만 아니라 삼성재산의 절반은 양도해야 할 것이라고 공공연히 떠벌리고 다녔다.

그러나 이병철은 코대답도 하지 않았다. 성상영이 자신의 퇴직금을 부풀리기 위한 수작으로 판단했기 때문이었다. 성상영이 평소의 매너로 봐서 충분히 그러고도 남을 작자라고 생각했기 때문이다.

승부수

|||||

"진짜 천리 둑도 개미구멍 하나로 무너진다고 그때 일을 생각하면 지금도 치가 떨린다니까요. 그 당시의 일은 지금도 생생하지만 맹희 부총수께서 진즉에 성상영 일당의 수상쩍은 행동을 감지하고 선대 회장 어르신께 여러 차례 보고드렸던 거지요. 근데 어르신이 도무지 믿어줘야 말이지. 그래서 맹희 부총수가 그 개미구멍을 혼자 막아보겠다며 코에 단내가 나도록 뛰어다녔지만 아무 소용이 없더라고요. 그러고는 결국 천리 둑이 터지고 만 거지요."

계동은 그 당시 맹희 부총수의 수행비서로 지근거리에서 지켜본 한비 사건의 기억을 떠올리며 입에 거품을 물고 목소리를 높였다.

"참, 개똥이 니는 그때 중앙일보에 안 있었나?"

"아, 소속은 중앙일보지만 줄곧 삼성비서실에 파견나가 있었다니까요. 맹희 부총수의 수행비서로⋯. 그 당시 선대 회장 어르신 집무실과 맹희 부총수의 집무실이 모두 중앙일보에 있었고 거기서 용인 자연농원(현 에버랜드) 개발을 총괄했거든요."

"그래 참, 그라고 보이께네 생각나네. 개똥이 니, 맨 처음 우예 가지고 맹희 부총수의 비서로 발탁되었노?"

"아, 그거 여태 몰랐습니까?"

"그때 당시 니가 맹희 서방님 모시고 종종 장충동 본가에 들렀을 때 그냥 중앙일보에 근무한다는 말만 들었제. 그래서 중교리 종놈 출신이 중앙일보 부사장으로 있는 맹희 서방님의 수발을 드는 정도로만 알고 있었제."

"아이고, 떡배 아재! 참, 답답하시네. 그러니까 아재는 평생 때밀이 종살이만 해온 거 아닙니까."

"에끼. 이 사람!"

"저도 아무려면 중교리 종새끼 출신이라지만 명색이 성대(성균관대학) 나온 엘리트라니까요."

"그래, 내가 뭐라 쿠나. 개똥이 니가 성대 나온 거는 내가 잘 안다 아이가. 그것도 다 어르신 덕분이제."

"그러니까 그때가 한비 사건이 터지기 한 해 전이었나. 성대 졸업식 날이었지 아마…. 성대 재단이사장인 선대 어르신은 한비 건설 때문에 울산에 자주 내려가시고 맹희 부총수가 이사장 직무대리 자격으로 졸업식에 참석했더라고요. 단상에 앉아 있는 상전을 보고 인사를 해야 하나 말아야 하나 고민하던 중 마침 졸업식이 끝나고 기념사진 촬영 직전에 단상에서 내려오던 맹희 부총수와 마주친 거지요. 맨처음 당황하기도 하고 엉겁결에 가운을 입고 학사모를 쓴 채 그대로 절을 굽벅 했더니만 니가 누고? 그러시더라고요. 그래서 중교리 장상배 아들 계동이라고 밝혔더니만 아이고 니가 개똥이가? 그러시는 데 옆에 있던 사람들이 모두 웃음을 터뜨리고 그러는 중에도 저는 창피한 줄도 모르고 예. 개똥이 맞습니다라고 큰소리로 외쳤다니까요."

"하하. 그래서…?"

"그래서라니오? 아, 맹희 부총수가 개똥이 너, 어릴 때 봤는데 벌써 대학 졸업이가, 이러시고는 언제 내 방에 한 번 들리거라. 내 방은 중앙일보사에 있다. 거기 부사장실로 찾아오면 된다라고 이 말 한마디 남기고는 재단 관계자들과 자리를 뜨시더라니까. 그래서 언제, 기약없이 기다릴 거 있나 싶어서 그 이튿날 당장 찾아갔었지요. 그랬더니만 제 의견은 단 한마디도 안 물어보고 인사부장을 불러 자기 비서로 발령하라고 지시하시더라구요. 뭣이 일이 일사천리로 풀린다 했더니 인사발령장을 받아보니까 소속은 중앙일보인데 삼성비서실 파견으로 돼 있더라고요."

"그라이께네 그게 소위 특채 아이가. 상전 덕을 단디(단단히) 본 거네. 그때 대학 나와도 취직할라 쿠모 하늘의 별따기만큼 어려웠다 쿠던데……."

"그런 셈이었지요. 그렇지만 나중에 끝이 안 좋았다니까요."

"끝이 안 좋았다이, 그게 뭔데?"

"아, 맹희 부총수도 부총수지만 저도 역시 신세 조졌다 아닙니까."

"신세 조지다이…?"

"아, 가만히 들어보시라니까 그러시네. 아, 아재도 잘 아시다시피 대통大統 문제 아닙니까."

그 무렵 울산에서는 한비 건설공사가 한창이었고 서울에선 맹희 부총수가 중앙일보에 부동산개발 팀을 만들어 놓고 용인자연농원 (현 에버랜드) 개발을 진두지휘하고 있었다.

그러나 해가 바뀌고 한비 건설공사가 완공단계에 들 무렵 울산에서 천리 둑이 무너지는 천둥소리가 울려온 것이다. 사운을 걸고 10년에 걸친 숙원사업을 이루려던 이병철 회장의 꿈은 산산조각이 나고 말았다. 하지만 이 회장은 결코 절망하지 않았다. 미련없이 한비를 국가에 헌납키로 결심하고 비로소 한숨을 돌리며 장남 맹희를 부르는 거였다.

"맹희야! 인자(이제) 니는 내가 없어도 우리 삼성을 100배 이상 키울 자신 있제?"

그동안 심사숙고해 오던 이 회장이 마침내 삼성의 경영대권을 장남 맹희에게 완전히 넘기고 자신은 뒤로 물러나야겠다고 결심하는 순간이었다. 하지만 맹희는 느닷없는 아버지의 질문에 어리둥절할 수밖에 없었다. 그래서 얼른 대답을 못하고 머뭇거리고 있을 때 이 회장이 다시 목청을 가다듬으며 말문을 이었다.

"아, 아부지가 없어도 니 혼자 삼성을 잘 운영해서 세계의 삼성으로 키울 자신이 있나, 이 말이다."

그제서야 맹희는 얼떨결에 정신을 가다듬었다.

"예, 아부지! 열심히 하겠심더."

비록 짧은 기간이었지만 맹희는 그동안 격동의 소용돌이 속에서 아버지와 영욕을 함께 해왔고 앞으로도 그럴 것이다. 그것은 엄연한 현실이기도 했다. 누가 뭐래도 맹희는 삼성가 적통을 이을 적장자가 아닌가.

성상영이 퇴진한 이상 앞으로 삼성의 대외업무도 모두 맹희의 몫으로 돌아갔다. 비록 아버지는 정권과 불편한 관계였지만 맹희는 그런 일을 충분히 해낼 능력이 있었고 주위에 지연·학연으로 얽힌 정·

관계 인사들도 많았다. 그것이 그에게는 큰 힘이 될 것이라고 믿고 있었다.

이 회장은 아들 맹희한테 경영대권을 물려주면서 한마디 충고하는 것도 잊지 않았다.

"맹희야! 정치하는 사람들 믿지 말거래이. 불가근불가원이다. 무슨 말인 지 잘 알겠제?"

"예, 아부지! 명심하겠심더."

"내는 이번에 한비사건으로 큰 경험을 했다 아이가. 니는 앞으로 절대 그런 유혹에 빠져서는 안 된다."

"예, 잘 알겠심더."

기업을 일으키고 성장시켜 오는 과정에서 이병철 회장이 철저하게 지켜온 것이 있다면 정치권과 가까이도, 멀리도 하지 않은 불가근불가원不可近不可遠의 원칙이었다. 그러면서도 믿는 도끼에 발등 찍힌다는 격으로 불가피하게 정치권력과 손을 잡았다가 낭패를 보고 단단히 덴 일이 한두 번이 아니었다. 그런 과거사를 뼈저리게 느끼며 이 회장은 회한에 젖어 있는 것이다. 경제계 은퇴성명을 발표하기 직전이었다.

이병철 회장은 그로부터 며칠이 지나 삼성사장단회의에서 일전에 선언한 재계 은퇴를 재확인하고 앞으로 자신을 대신하여 삼성을 이끌어갈 총수로 장남 맹희 부총수를 결정한다.

"내는 당분간 삼성의 일을 모두 맹희 부사장한테 맡기고 경영일선에서 떠나 있을라 쿱니더. 맹희 부사장이 아직 젊고 경륜도 짧은 편이지만 여러분들이 옆에서 잘 좀 도와 주이소. 내도 출근은 계속하겠지만 예전처럼 일을 챙기는 것은 모두 맹희 부사장이 맡아서 할 겁니더. 실질적인 경영문제는 매사 맹희 부사장과 의논해 주시기 바랍니다."

당시 그 자리에는 쟁쟁한 창업공신과 원로 경영진들이 모두 참석했었다. 삼성 최초의 2세 경영체제는 그렇게 출범했다. 창업 30년 만이었다. 그러나 이맹희를 정점으로 한 2세 오너 경영은 그리 오래 가지 못했다. 맹희 부총수의 독선적인 경영에 반기를 든 가신그룹의 무서운 음모가 진행되고 있었기 때문이다.

한국 제일의 재벌가 이병철 회장이 경제계를 은퇴하고 2세 경영체제에 돌입하자 세간에서는 있는 말, 없는 말 다 보태 별의별 희한한 이야기가 다 나돌고 한동안 시중의 화제거리가 되기도 했다. 특히 재계에서는 아버지의 후광을 업고 삼성이라는 거대기업의 독자경영에 나선 이맹희 부총수의 등장을 충격적으로 받아들였다.

그 당시만 하더라도 국내 굴지의 1세 기업인들이 노후까지 경영일선에서 물러나는 일이 드물었기 때문이다. 게다가 보수적인 경영인들이 섣불리 2세들에게 경영권을 물려준다는 것 자체가 금기시 되어 왔다. 고루한 그들은 젊은 2세들을 단순히 철부지하다고 치부했다.

당시 맹희 부사장의 나이 37세. 그런 경영여건에서 물론 시대적 상황에 몰린 탓도 있었지만 이병철 회장이 한창 뛸 나이에 은퇴를 선언하고 '2세 경영'이라는 획기적인 카드로 30대의 새파란 아들에게 경영권을 넘겨준 것이다. 실로 재계의 큰 충격이 아닐 수 없었다. 게다가 재계에서는 맹희 부총수에 대해 자연 관심어린 이목을 집중시키기 시작했다.

그 중 한 사람, 맹희 부총수의 일거일동에 지대한 관심을 보이고 있는 사람이 있었으니 그가 바로 성상영이었다. 그는 어쩌면 자신을 가로막고 있던 거대한 산(이병철)이 지는 해 너머로 사라진 데 대해 일단 안도하면서도 삼성의 젊은 총수를 지켜보면서 칼날을 갈고 있었다. 그가 노리는 것은 삼성이라는 거대기업의 공중분해.

그래서 그는 이병철 회장으로부터 받은 퇴직금 3억 원(현재의 환율로 300억 원 이상)을 종잣돈으로 대성모방과 대한화섬을 설립한다. 대성모방은 삼성의 제일모직을 경쟁대상으로 삼는데 목적이 있었고 대한화섬은 삼성이 일본 도레이와 합작으로 건설 중인 제일합섬을 견제하면서 국내 모방과 화섬업계의 주도권을 장악하고 싶었던 것이다. 그는 충분히 그럴 힘이 있다고 자신했다. 왜냐하면 그의 배후에는 국가권력의 상층부에 이후락과 김형욱이 버티고 있었기 때문이다.

그러나 벼락같이 이루어 놓은 그의 기업은 오래 가지 못했다. 창업한 지 10년도 되지 않아 경영난에 시달리다가 섬유전문회사인 태광그룹에 인수합병되고 만다. 삼성의 젊은 총수 이맹희를 경영 경험이 일천한 풋내기로 보고 감히 삼성 타도의 칼날을 뽑은 것이 잘못이었다.

이맹희 총수는 아버지를 대신해 삼성의 경영권을 장악하자마자 처음부터 두려움 없이 어렵고 더러운 일부터 스스로 챙기기 시작했다. 우선 한비 헌납에 따른 뒷수습에 전념하면서 삼성의 조직을 추스르고 명실상부한 거대기업으로 성장시키기 위해 원도 한도 없이 뛰고 싶었다.

하지만 과유불급過猶不及이라고 했다. 성상영에 대한 복수심에 불타 있던 그는 엉뚱한 과오를 범하고 만다. 삼성에서 성成씨 성姓을 가진 임직원들의 씨를 말리는 작업이었다. 조직을 개편하는 과정에서

성상영이 제일모직 사장으로 있을 당시 특채 형식으로 친인척들을 많이 채용한 사실이 드러났기 때문이다.

한창 입에 거품을 물고 있던 계동이 차분한 말투로 돌아서며 이렇게 말문을 이어갔다.

"떡배 아재! 과유불급이라는 말 무슨 뜻인지 잘 알지요?"

"한마디로 정도가 지나치는 말 아이가."

"와아, 우리 아재 역시 박식하시네요."

"개똥이 니, 서당글밖에 몬 배운 낼로(나를) 보고 과유불급이라는 사자성어나 묻고, 내를 놀리는 기가?"

"아이고, 아닙니다. 제가 감히 아재를 놀리다니요. 아재 앞에서 제가 문자 께나 쓸라니까 그저 미안해서 그러는 거라고요. 그러니까 제가 얘기하는 도중에 혹 문자께나 쓰더라도 이해해 주십사하는 뜻에서 드리는 말씀이니까 오해는 마십시오."

"오이야, 알았다. 내 앞에서 문자 실컷 써 봐라."

"왜, 저어 조자룡이 헌칼 쓴다는 말이 있지 않습니까?"

"하모. 삼국지에 나오는 얘기 아이가. 조자룡이 헌칼이 아이라 헌 창 쓴다는 말……."

"예, 맞습니다. 헌칼이나 헌창이나… 어쨌든 제가 그 당시 맹희 총수의 영을 받고 조자룡이 헌칼 쓰듯이 삼성에 몸담고 있던 성成씨네들 씨를 말리는 데 앞장선 거 아닙니까. 처음엔 멋 모르고 망나니처럼 마구 칼자루를 휘둘렀지만 그게 잘못 된 거라. 그렇지만 그 당시 어느 영이라고 거부하겠습니까."

당시 국민소득이 100달러 이하로 절대다수 국민이 헐벗고 굶주리

는 국가경제적 상황에서 하루 삼시세끼에 기숙사까지 제공해 주는
제일모직 여공의 입사 경쟁율은 평균 30대 1을 넘어설 정도로 치열
했다. 이런 이유로 입사시험을 거치지 않고 간부들에게 줄을 대려는
입사 희망자들이 많았고 특히 그 중에서도 성씨네 사람들이 마치 모
종을 부어놓은 것 같았다.

보릿고개가 태산보다 높게 보이던 시절 모두 성상영 사장의 고향
씨족들 중 대구로 올라온 20세 전후의 여공들이 대부분이었다. 어렵
게 살던 친인척들이 입이라도 하나 덜어야겠다며 국내 최고의 후생
복지시설을 갖춘 제일모직 대구공장에 취업을 호소했고 이들을 오
는 족족 공채절차도 없이 견습공으로 다 받아들였던 것이다. 그 당시
제일모직 대구공장의 여공은 자그마치 3000여명. 이 가운데 창녕
성씨의 여공만도 족히 300여 명에 달했다.

이맹희 부총수는 제일모직 대구공장의 조직 점검에 나섰던 장계
동 비서로부터 이 같은 보고를 받자 삼성비서실 인사담당 임원에게
"제일모직뿐만 아니라 삼성 계열사에 근무 중인 성씨 성을 가진 임
직원들의 씨를 말려 버리라"는 불호령을 내렸다. 한마디로 서릿발
같은 숙청작업이었다. 하여 죄없는 여공들까지 무더기로 쫓겨나는
수난을 당했던 것이다.

동병상련이랄까, 이 때문에 한동안 제일모직을 비롯한 삼성 계열
사 임직원들 사이에는 "해도 너무한다"는 비난여론이 들끓었고 결국
이 사실이 이병철 회장에게도 알려져 맹희 부총수가 아버지의 불신
을 받는 단초가 되기도 했다. 명색이 기업의 총수가 아무리 말단 조
직이더라도 그런 감정으로 마치 무 자르듯 관리하는 것이 아니기 때
문이었다.

그러나 감정의 응어리를 그런 식으로 푸는 것도 어쩌면 맹희 부총수의 타고난 사주팔자 탓인지도 몰랐다. 그의 성품에는 남다른 화기火氣가 많았다. 일할 때에는 앞뒤 가리지 않고 고집스레 일에만 매달리고 자존심이 강해 남의 말을 잘 듣지 않는 데다 성격이 불칼 같았다. 도무지 포용력이라곤 찾아보기 어려웠다.

강할 때 약하고 약할 때 강한 것이 아랫사람을 거느리는 카리스마이자 리더십이라고 했다. 그러나 그에게는 남달리 강하고 급하고 공격적인 카리스마만 존재할 뿐이었다. 그런 성품이 오너 경영인으로서 크나큰 약점이었으나 그는 그것을 미처 깨닫지 못하고 젊은 의욕만 용솟음치고 있었다.

어쨌든 이맹희는 본격적인 오너 경영에 나서면서 부가가치가 높은 새로운 사업을 일으키는데 심혈을 기울였다. 그 결과 미국 코닝글라스와 합작을 통해 삼성코닝을 설립하고 일본의 조미료기업 아지노모토와도 합작으로 국산 조미료 미풍을 개발하는 등 사업영역을 넓혀 나갔다. 아무 것도 거리낌 없이 소신껏 판단하고 그대로 밀어붙였다. 그런 추진력과 결단력은 어쩌면 오너 경영의 강점인지도 몰랐다.

삼성은 원래 이병철 회장이 20대 중반 입신할 무렵부터 동업으로 시작했고 이후에도 새로운 사업을 시도할 때마다 합작이나 동업을 선호했다. 만약 실패했을 경우 재기를 염두에 두고 위험부담을 줄이기 위한 창업주 이병철 회장의 합리적인 기업관이기도 했다. 하여 맹희 부총수가 외자를 유치하는 과정에서도 주로 합작형태나 기술제휴를 선호했고 그런 면에서는 아버지의 긍정적인 신뢰를 받기도 했다.

게다가 그는 공장을 신축할 때 공기를 단축하기 위해 아예 작업복을 입고 건설현장의 텐트 속에서 먹고 자며 임직원들을 스파르타식으로 몰아붙였다. 심지어 결혼하는 직원들의 휴가기간마저 평균 5일에서 2일로 단축하고 부모가 사경을 헤매고 있는 직원을 임종도 못하게 붙들어 두고 그저 죽어라고 매몰차게 일만 시켰다. 그러지 않고서는 빚더미에 앉은 삼성이 다시 일어설 수 없다고 판단했기 때문이다. 너무 가혹했지만 그렇게 한 1년을 버티고 보니까 확신이 생겼다.

경영일선에서 물러난 이병철 회장은 매일 출근하면서도 일단 맹희 부총수에게 경영권을 넘긴 이상 현업에 대해 일체 간섭하지 않았고 자신의 시간을 가지면서 새로운 사업을 구상하기 시작했다.

모반謀反

|||||

이병철 회장은 속좁은 자식의 경영능력을 못마땅해 하면서도 시간의 여유가 많아져 뭔가 신사업에 대한 아이디어가 떠오를 때면 으레 오너 경영에 여념이 없는 맹희 부총수를 불러 기탄없는 의견을 나누기도 했다. 그 무렵 이 회장은 무엇보다 전자와 중화학공업에 관심이 높았다.

그러나 맹희 부총수는 전자산업에 진출한다는 의견은 아버지와 같았으나 중화학분야보다 자동차산업을 먼저 일으키자고 건의했다. 이미 정치권력의 힘을 업고 새나라자동차를 양산하고 있는 신진자동차가 있었지만 그보다도 불쑥 커버린 정주영 회장의 현대자동차가 미국 포드사와 합작으로 양산체제에 돌입하는 등 한 발 앞서가고 있는 상황이었다.

그는 익히 미국 미시간에서 경험했던 대로 자동차산업이야말로 전자를 비롯해서 모든 공학분야에 걸쳐 충분한 시너지 효과와 함께 첨단기술을 축적할 수 있고 이를 토대로 중화학공업을 일으켜도 늦지 않다고 판단했다. 하지만 아버지 이병철 회장의 구상은 달랐다. 그는 맹희가 건의한 자동차산업을 뒤로 제쳐두고 전자산업의 기초를 닦아놓은 다음에 자동차산업과 중화학분야로 진출할 것을 결심하고 먼저 전자산업부터 서둘렀다.

이병철 회장이 전자산업을 선택한 결정적인 이유는 부가가치 창출에 있었다. 그 당시의 환율로 따져 전자산업의 경우 생산제품 1g당 부가가치가 17 원인데 비해 자동차는 3원 정도에 불과하다는 조사결과가 나왔기 때문이었다. 어차피 사업이란 이익창출이 목적 아닌가. 전자산업은 무엇보다 부가가치가 높았다. 과연 이병철다운 기획력은 그 만큼 담대하고 치밀했다.

"기업은 자선단체가 아니다. 이익을 올리지 않은 기업은 망한다."

그것이 '이윤추구'라는 사시社是를 내건 이병철 회장의 지론이었다.

이윤추구로 내내 흑자를 유지하면서 그 이익으로 종업원들에게 충분한 급료를 지급하는 것이 기업경영의 원칙이라고 했다. 그리고 국가에 세금을 납부하고 주주들에게 이익 배당과 함께 재투자를 한다는 것이 불변의 경영철학이기도 했다.

그래서 그는 자신이 미래를 내다보고 그동안 구상해온 중화학공업도 정부차원에서 적극 권유가 있었으나 아직은 시기상조라고 판단했다. 중화학공업은 폭이 넓고 뿌리가 깊은 사회경제적 여건이 뒤따라야만 성립될 수 있다는 것이 그의 견해였다. 그런데 당시 국내 사정은 두 차례의 오일 쇼크가 불어닥쳐 정치·사회·경제 전반이 크게 흔들리고 있었다.

이 때문에 중화학공업의 기반인 방대한 자금조달 능력과 최첨단을 지향하는 고도의 기술 확보, 각종 전문 인력의 지속적인 공급이 어려운 환경에 놓여 있었다. 게다가 양질의 원자재에 대한 안전공급, 전문화되고 계열화된 관련 협력업체의 생산시스템 확립, 내외시장 개척 등 중화학공업이 갖춰야 할 절대적인 요건도 극히 열악했다. 자칫 무리하게 밀고 나가다간 적자누적으로 기업 부실화를 가져오고 그 부담은 결국 국민들에게 돌아가게 마련이었다.

그러나 그 무렵 국내 중견기업들은 앞다투어 중화학분야에 진출하고 있었다. 열악한 사회경제적 여건을 무시한 채 무조건 정부방침에 따라 중화학분야에 뛰어들었던 것이다. 그 결과 일부 중견기업들은 허다한 유휴시설만 남기고 상대적으로 생산성이 낮아 경쟁력이 떨어지고 덤핑을 하지 않는 한 수주 자체가 어려워 부실경영으로 부도위기에 몰릴 수밖에 없었다.

삼성은 이미 무역에서 출발한 이후 크게 제당·모직·비료에 진출했고 앞으로 전자·석유화학·조선·정밀기계·항공산업·반도체·컴퓨터·유전공학 등으로 산업고도화의 과정을 착실히 밟아갈 계획이었다.

그런 원대한 구상에 따라 신사업을 일으킨다면 전자산업을 우선하는 것이 순리라고 이병철 회장은 판단했다. 그 당시, 그러니까 1960년대 후반 일본의 전자산업은 이미 선진 미국과 유럽을 추격하며 한창 개화기를 맞고 있었고 대만에서도 막 전자산업을 일으키는 시점에 와 있었다. 우리나라에도 이미 럭키·금성(LG전자의 전신)이 선두주자로 나서고 있었으나 주로 일본의 부품을 들여와 조립하는 초보적인 단계에 머물러 있었다. 무엇보다 기술혁신과 대량생산에 의한 전자제품의 대중화가 시급했다.

"우리라고 전자산업을 못할 일이 없능기라. 삼성이 하면 다르다 쿠이."

이렇게 판단한 이병철 회장의 결심은 요지부동이었다.

"삼성이 하면 다르다"는 이 회장의 이 말 한마디가 이후 삼성전자가 크게 성공하면서 그룹 전체의 이미지 광고 카피로 널리 애용하는 계기가 되기도 했다. 사업성을 면밀히 검토해 본 결과 전자산업이야말로 기술·노동력·부가가치·내수와 수출전망 등 어느 모로 보나 우리나라의 경제상황에 꼭 알맞은 산업이라는 결론이 났다.

하여 이 회장은 삼성이 전자산업에 진출하여 국내에서 전자제품의 대중화를 촉진시키고 이어 수출전략상품으로 육성하는 선도적인 역할을 맡아야 한다고 결심하기에 이른다. 우선 내수용 전자산업부터 시작하여 기업의 기반을 다진 다음 반도체, 컴퓨터 등 산업용 분야로 발전시킬 계획이었다.

일본의 경우 1950년대 한국의 6·25 전쟁 특수를 업고 본격적으로 전자산업에 뛰어들어 불과 10여년 만에 구미 선진국과 어깨를 겨루게 되지 않았는가. 기술만 도입하면 반드시 성공할 수 있다고 확신했다.

그에게는 일제 강점기에는 말할 것도 없지만 한일국교 정상화 이전에도 일본을 제집 드나들듯 하면서 그동안 허물없이 교분을 쌓아온 일본 경제인들의 인맥이 있었다. 이를 잘 활용하면 이미 세계적인 기업군으로 선진기술을 확보하고 있는 일본 전자업계와의 기술제휴도 어렵지 않게 이루어질 것으로 판단했다.

물론 도요타나 닛산·혼다·미츠비시 등 유수한 일본 자동차 메이

커의 최고경영진(CEO)들과도 친분이 있었지만 NEC(일본전기)와 산요 등 전자업계의 경영인들과는 서로 흉금을 터놓고 지내는 사이였다. 그래서 그는 자동차를 먼저 시작하자는 맹희 부총수의 건의를 뿌리치고 전자를 선택했던 것이다. 특히 NEC의 고바야시 사장은 이 회장을 만날 때마다 "이제 한국에서도 전자산업을 일으켜야 한다"고 강력하게 권유하는 바람에 이 회장의 마음이 매우 설레고 있던 중이었다.

1960년대 후반은 삼성이 한비 밀수사건의 비운을 딛고 다시 일어서던 시점이었고 국가산업 발전의 측면에서도 전자산업에 뛰어들 중요한 시기였다. 이병철 회장은 비록 경영일선에서 물러나 있긴 했지만 전자산업만은 자신이 주도적으로 일으키고 싶었다.

그가 삼성전자를 설립할 무렵 아들 맹희는 30대 후반에서 40대 초반에 이르는 인생의 황금기를 맞고 있었다. 그런 맹희는 날이면 날마다 철야근무를 마다 않고 삼성을 제2의 도약 단계로 끌어올리기 위해 강력한 리더십으로 인생의 황금기를 불살랐다.

1960년대 후반 박정희 대통령의 장기집권을 위한 3선 개헌이 서서히 무르익어가면서 천박한 정치권의 영향력은 여전했고 경제적 환경 또한 메마른 풍토 속에서 이전투구 식 경쟁상태를 벗어나지 못하고 있었다.

그러나 이맹희 부총수는 이런 열악한 정치·경제적 여건에서도 오로지 선대로부터 물려받은 능력과 지식, 그리고 젊음과 오기로 버티며 오너 경영에 열정을 쏟았다. 그 당시 삼성은 17개 계열사를 거느린 국내 제일의 기업선단을 형성하고 있었다.

시쳇말로 오버했다든가, 의욕이 너무 앞섰다든가, 그러는 사이 그의 리더십에 대해 독선적인 카리스마라는 주위의 비판이 끊이지 않았다. 어쩌면 그것이 경영일선에서 물러나 주의 깊게 지켜보고 있던 아버지 이병철 회장에게 실망을 안겨 주었고 부자간에 점차 틈이 벌어지는 계기가 되었는지도 몰랐다.

이병철 회장은 간간이 듣던 대로 맹희 부총수가 주위의 충고나 건의를 아예 묵살한 채 모든 일을 자신의 생각과 판단대로 고집을 부리며 일방적으로 처리하고 있다는 것이 못 마땅했다. 게다가 더러 아버지의 충고나 지시조차 받아들이려 하지 않아 괘씸한 생각도 들었다.

그러나 맹희는 일본과 미국에서 10여 년의 유학생활을 거치면서 공부에만 매달려 온 것이 아니라 나름 선진국의 경제상황과 이른바 일류기업들의 경영실태를 면밀하게 관찰해 왔다. 그것을 그는 자신의 새로운 경영철학과 접목시키려 했다.

그래서 그는 임직원들에게 시도 때도 없이 일만 시키며 자신의 경영방식 대로 따라줄 것을 강요했던 것이다. 그것은 아버지의 냉철한 경영방식과는 또 다른 인간미가 없는 냉혹한 광기의 경영스타일인지도 몰랐다.

그는 오너 경영에 나서면서부터 무엇보다 정치권력의 실세들과 가까워 지려고 의식적으로 노력했다. 정경유착이다. 그럴 수밖에 없는 것이 뿌리째 흔들리는 삼성을 다시 일으켜 세워야 할 책임이 막중한 그의 입장에서 권력의 그늘에 들어가지 않고서는 아무 일도 할 수 없었기 때문이다.

아버지는 정치권력과의 '불가근불가원' 원칙을 가르쳐 주었지만 시대가 그것을 용납하지 않았다. 다행히도 실권자 중의 한 사람인 윤필용 장군과는 학창시절부터 인연을 맺어온 선후배 사이로 막역한 관계여서 그나마 큰 바람은 피해 갈 수 있었다. 윤 장군은 그 당시 방첩부대장에서 수도경비사령관으로 자리를 옮겨 새로운 권력의 주변으로 접근하고 있었다.

게다가 박종규 청와대 경호실장과도 줄곧 사격연맹 관계로 무난하게 지내 왔고 수도경비사령부 소속으로 청와대의 경호를 책임지고 있는 제30경비대대장(일명 5·16부대장) 전두환 중령과는 어릴 때부터 죽마고우였다. 때문에 둘은 수시로 만나 회포를 풀고 때론 맹희가 전 중령을 통해 권력상층부와 연결돼 교류를 가지기도 했다.

이러한 연유로 한비 밀수사건 이후 권력실세들과 틈이 벌어졌던 후유증도 1970년대 들어 점차 아물어가기 시작했다. 그렇다고 이후락·김형욱 등 박정희 대통령의 측근 실세들이나 그들과 라이벌 관계에 있는 JP의 정치권과 관계 개선이 이루어 진 것은 아니었다. 다만 박종규나 윤필용 등 평소 원만하게 지내온 사람들이 자연스럽게 이심전심으로 삼성의 바람막이가 되어 주고 있을 따름이었다.

여기에다 정부에서도 국가경제력이 커지면서 해외로 뻗어나가는 국내 제일의 대기업집단 삼성이 그리 만만하고 호락호락하지 않다는 사실을 점차 인식하게 된다. 사실 그 무렵 국내에서는 기업이 정권의 간섭을 받지 않고 자율적으로 경영에만 전념해온 일이 거의 없었다. 각종 법률과 행정규제로 기업을 감시하고 경영을 간섭하는 것이 정권의 속성이었고 정치권력의 관행이자 횡포이기도 했다.

그러기에 국가경제와 수출전략의 견인차 역할을 담당하고 있는 대기업을 정부차원에서 지원하기는커녕 오히려 규제하기 위해 반시장적 정책만 쏟아내기 일쑤였다. 정부가 앞장서 대기업 간의 건전한 경쟁을 제한하고 그 영향은 결국 중소기업에까지 미쳤다. 이에 반발한 기업이 자칫 정권의 돈주머니 역할을 거부하고 옆길로 새다간 세무조사다, 사직당국의 수사다 하며 마구 쏟아지는 폭탄 세례를 피하지 못해 수십 년간 피땀 흘려 일으켜 놓은 기업이 하루 아침에 공중분해되기 십상이었다.

비단 삼성뿐만 아니라 권력에 밉보였다가 경영권을 박탈당하거나 하루 아침에 문닫는 기업들도 비일비재했다. 이른바 괘씸죄다. 은행 대출은 물론 사채시장에서도 자금을 융통하기 힘들어 결국 문을 닫지 않고서는 버티기 어려웠던 것이다.

그러던 중 1972년 유신정국이 시작되면서 장기집권의 토대를 마련한 박정희 정권은 대통령 긴급조치라는 비책으로 정치권의 바람을 잠재우는 대신 개발경제에 전력을 쏟게 된다. 기업인들에 대해서도 여러 가지 유화적인 정책을 내놓고 한결 부드러운 정경유착이 움트기 시작했다.

마침내 재야에 머무르고 있던 이병철에게도 재기의 기회가 다가오고 있었다. 그는 유별나게 소유욕이 강했다. 그래서 그는 장차 황금알을 낳는 거위가 될지도 모를 전자산업 육성을 위해 친정체제로 컴백할 결심을 굳히게 된다.

그 무렵 맹희 부총수는 경영일선으로 복귀하려는 아버지의 속깊은 뜻을 전혀 헤아리지 못한 채 일본의 NEC와 산요 간에 맺은 기술제휴가 마뜩찮아 좀 더 나은 선진기술을 도입하기 위해 유럽으로 출장을 떠난다.

그러나 그가 유럽으로 날아간 진짜 속셈은 진작부터 자동차산업에 대한 미련을 버리지 못했기 때문이다. 독일의 벤츠 승용차 부품을 만드는 보쉬사社와 합작문제를 타진해 보는 것이 가장 큰 목적이었다. 그런 와중에 삼성에서 쿠데타가 발생하고 만 것이다. 쿠데타의 주모자는 동생 창희. 아버지 이병철 회장은 엄청난 충격에 빠지지 않을 수 없었다.

한비 밀수사건으로 징역 5년의 실형을 선고받은 창희는 6개월 정도 복역하고 병보석으로 풀려나왔으나 오너 경영은 형인 맹희가 도맡아 하고 있었고 자신은 경영진에서 완전히 배제되어 있었다. 그는 한비 밀수사건의 책임을 혼자 뒤집어 쓰고 그렇게 고생했는데 자신에게 맡겨진 것이 아무 것도 없다는데 절망했다.

게다가 향후 5년 간 법률상의 제재조항에 묶여 공식적인 기업활동마저 제약을 받게 되자 점차 불만이 쌓여갔다. 창희가 내부적으로는 제일모직과 제일제당의 이사직을 맡아 틈틈이 아버지를 보필해 왔으나 아버지는 옥살이까지 하고 나온 둘째 아들을 별로 인정해 주지 않았다.

그러던 중 형 맹희가 해외출장을 떠나자 아버지가 혈육인 자신을 제쳐놓고 가신들에게만 경영의 전면에 나서겠다는 뜻을 공식적으로 밝히자 그만 충격에 빠지고 만다. 아버지의 냉대에 점차 소외감을 느낀 창희는 자신의 입지가 더욱 좁아질 것 같아 불안하고 초조하기까지 했다.

그는 아버지가 아직 정부의 권력실세들과 빚어진 갈등도 해소되지 않았는데 다시 경영일선에 나선다면 삼성을 위해서도 결코 좋은 일이 아니라고 나름 판단했다.

'어떻게 해서라도 아버지의 경영복귀를 막아야 한다. 그렇지 않으면 삼성은 앞으로 3년 이내에 쓰러지고 만다. 우리가 새롭게 삼성을 이끌어나가야 국가권력의 눈총에서 벗어날 수 있다.'

이렇게 판단한 그는 황당한 집념에 사로잡히기 시작한다. 물론 그를 추종하는 일부 임원들의 부추김에 쉽게 부화뇌동한 탓도 있었지만 그 이면에는 독선적인 형 맹희까지도 오너 경영에서 물러나게 하고 자신이 전면에 나서야 한다는 집념이 도사리고 있었다.

하여 그는 자신을 따르던 임원들과 묘책을 강구하던 중 아버지를 배신하고 천륜을 끊는 엄청난 모반을 일으키고 만다. 청와대 투서사건! 그는 투서를 통해 아버지 이병철 회장에게 탈세와 외환도피 등 6가지 혐의를 씌워 엄정한 조사를 요청한 것이다. 이 투서가 하필이면 청와대 경호실을 무상출입하는 전두환 중령을 통해 박종규 경호실장에게 전달된다. 전 중령은 형 맹희와 어릴 때부터 친구였고 박 실장은 사격연맹 관계로 막역한 사이가 아닌가.

이러한 맹희의 인간관계를 아버지 이병철 회장도 잘 알고 있었다. 결국 이 문제는 박종규 경호실장이 나서서 유야무야 해결되긴 했으나 이 회장은 또 다시 재산헌납이라는 수난에 부닥치게 된다. 이후락 비서실장이 전후사정을 훤히 꿰고 있었기 때문이다.

박정희 대통령의 이름 석자와 직함을 팔아먹는데 이력이 난 이후락은 저절로 굴러들어온 떡을 그대로 놓칠 리 만무했다. 그는 한 번 약점을 잡으면 그 약점을 철저히 이용해 병 주고 약도 준 다음 사리사욕을 꾀하는 걸출한 재주꾼이었다.

이후락은 이를 빌미로 박 대통령을 부추긴 다음 이 회장에게 사학재단 대구대학을 5·16 장학재단에 넘기라고 요구한다. 그 당시 단과 대학이던 대구대학은 삼성이 재단을 소유하고 있었다. 이후락이 대구대학의 헌납을 요구한 것은 박 대통령의 은퇴 이후를 대비하기 위해서라고 했다. 혁명주체세력이 설립한 5·16 장학재단 산하에 종합대학을 하나 만들어야겠다는 계획을 마련해 놓고 있던 중 창희의 투서사건으로 삼성이 걸려든 것이다.

지금 상식으로는 말도 안 되는 소리지만 서슬퍼런 무소불위의 최고 권력층에서 내놓으라는데 그대로 헌납할 수밖에 달리 거부할 방법이 없었다. 게다가 그 무렵 이후락은 신축 중이던 대구의 청구대학이 부실공사로 말썽이 되자 이를 빌미로 청구대학마저 차지해 이 두 대학을 합쳐 명실상부한 사립종합대학인 영남대학을 설립하게 된다.

영욕의 세월

⑪⑪

한비 밀수사건을 통해 투서나 배신행위가 얼마나 무참한가를 뼈저리게 경험한 이병철 회장은 또다시 대구대학마저 헌납하게 되자 창희의 투서사건을 도저히 묵과할 수 없었다.

더욱이 천륜을 저버리고 부모의 가슴에 비수를 꽂은 자식의 배신행위가 아닌가. 이 회장은 일이 어렵사리 수습되자 둘째 아들 창희를 불러놓고 이렇게 말했다. 자식에게 강조한 마지막 당부였다.

"창희, 니는 내 눈에 흙이 들어가기 전에 절대로 내 앞에서 얼씬거리지도 말거래이."

이 회장은 단지 이 말 한마디로 창희를 가문에서 퇴출시켜 버렸다. 자신의 눈에 안 보이도록 멀리 떠나라는 뜻이었다. 창희는 한사코 거부하며 아버지와 맞섰으나 결국 미국으로 떠나 장기체류할 수밖에 없었다.

그러나 일은 그것으로 끝나지 않았다. 맹희는 독일 출장 중에 동생 창희의 모반 소식을 전해 듣고 부랴부랴 귀국해 보니 아버지의 화살이 자신을 겨냥하고 있었다.

"맹희, 니는 이 문제를 우예 생각하노?"

이병철 회장은 그런 엄청난 충격을 받고도 평소처럼 겉으로는 조금도 흐트러짐이 없었다. 하지만 가늘게 떨리는 아버지의 목소리는 어딘지 모르게 분노가 서려 있었다.

"아부지! 이건 도저히 용납할 수 없는 일입니더. 창희가 아부지한테 감히 어떻게 그런 짓을 할 수 있습니꺼."

맹희가 단호한 태도로 이렇게 답하자 이 회장은 입술을 지긋이 깨물며 거듭 되물었다.

"맹희 니, 진짜 그래 생각하나?"

"예, 아부지! 진심입니다."

그러나 이 회장은 창희의 모반에 맹희가 깊이 개입된 것으로 판단하고 있었다. 왜냐하면 처음 창희의 투서를 건네받은 사람이 바로 맹희의 친구인 전두환 중령이었고 일을 처리한 사람도 평소 친분이 두터운 박종규 경호실장이었기 때문이다.

게다가 그 무렵에는 맹희가 삼성의 오너 경영인으로서 청와대를 자주 출입하며 권력실세들과 얼굴을 익히고 어느 정도 관계개선도 이루어지고 있는 시점이었다. 그러니 오해를 살만도 했다. 맹희를 뚫어지게 바라보는 아버지의 눈빛이 그랬다.

창희의 모반에 공모하거나 비록 가담하지 않았더라도 평소 우애가 깊은 형제간이라 사전에 알고 묵인은 하지 않았겠느냐는 것이 아버지의 판단인 듯 했다. 달리 변명의 여지가 없었다. 아버지가 겨누고 있는 화살이 결국 맹희의 가슴에 꽂히고 말았으니까.

이후 이병철 회장은 평소와 다름없이 생활했으나 그동안 맹희에게 총수의 자리를 물려주며 전적으로 맡겼던 경영전반의 일을 하나 하나 직접 챙기기 시작했다.

이 회장은 그동안 맹희를 통해 지시하던 계열사의 경영문제도 담당 사장들을 불러 직접 지시하고 어떤 경우 맹희를 앞에 앉혀 놓고도 보란 듯이 측근들과 밀담을 나누기도 했다. 맹희는 아버지가 의식적으로 자신에게 물을 먹이고 있다는 느낌을 받았다. 하지만 그는 설마한들 아버지가 혈육인 자신을 버리지 않을 것으로 믿고 있었다.

그러나 맹희는 시간이 흐르면서 동생 창희의 모반행위가 아버지의 가슴 속에 깊은 상처를 남겼고 그 때문에 아버지는 장남인 자신에게도 예전처럼 신뢰하지 않고 있다는 사실을 점차 깨닫게 된다. 게다가 아버지는 오너 경영을 맡고 있는 맹희를 전에 없이 냉랭하게 대하기 일쑤였다.

그는 그런 아버지의 거동으로 보아 이미 미국으로 떠나 속죄의 길을 걷고 있는 창희를 괘씸하게 생각할 때마다 맺힌 응어리를 눈앞에 보이는 자신에게 풀고 있다는 사실도 눈치 챌 수 있었다. 그는 자신을 향해 쏟아내는 아버지의 한풀이를 그 전에는 미처 깨닫지 못했던 것이다.

어쩌면 아버지가 경영일선으로 복귀하는 명분을 쌓기 위해 장남인 자신을 속죄양으로 삼고 있는지도 몰랐다. 아버지의 자식에 대한 감정이 그런 방향으로 흐를수록 운신의 폭도 자연 좁아질 수밖에 없었다. 이른바 가신그룹인 비서실장을 비롯한 원로경영진들의 움직임도 심상치 않았다. 긴가민가하여 바늘방석에 앉은 기분으로 소외감을 느끼며 묵묵히 고개 숙이고 지낼 수밖에 달리 아버지에게 접근할 방법이 없었다.

정치권력이나 경제권력이나 이른바 절대권력의 속성은 그렇게도 냉혹하고 무자비했다. 아니나 다를까, 그렇게 세월을 죽이고 있는데 1973년 여름 어느 날 아버지 이병철 회장이 느닷없이 소가 닭 보듯 해오던 맹희 부총수를 집무실로 불렀다.

"니, 미국에서 무슨 공부를 했노?"

마주 앉자마자 불쑥 내뱉는 아버지의 느닷없는 질문에 맹희는 적이 당황했다. 평소 에둘러 말하던 것과는 달리 직설적으로 말문을 열었기 때문이다. 게다가 이 회장은 언제나 이름부터 앞세우며 자식들을 불렀으나 이번에는 이름마저 생략하고 대뜸 "니" 하고 말했다. 표정이 밝기는커녕 벌겋게 달아올라 있었다. 필시 또 무슨 곡해가 생긴 모양이었다.

"아부지! 저, 경영학 박사학위 안 받았습니까."

맹희는 엉겁결에 당황한 표정을 감추지 못한 채 이렇게 답했다.

아버지 이병철 회장은 잠시 뜸을 들인 뒤 긴 한숨과 함께 다시 말문을 이었다.

"미국에 가서 경영학 박사를 땄다 쿠는 니가 깡통공장 하다가 망해묵었다 쿠던 데 그게 사실이가?"

"예, 전에 아버지께 다 말씀 드리지 않았습니꺼. 구룡포에 깡통공장을 세워 홍콩에 수출한다고 말입니더."

"그라고 또, 독일에서 사탕 만드는 기계까지 들여왔다 쿠던 데…?"

"아, 그건 미처 말씀드리지 못 했지만 우리 회사 경영에 맞지 않아 과자공장에 처분했습니더."

"한심한 놈! 쯔쯧… 니가 그릇이 그거밖에 안 되나? 기업가한테는 이익이 나더라도 하지 말아야 할 일이 있고 손해가 나더라도 해야 할 일이 있능기라. 니는 미국에서 무슨 공부를 했길래 그런 것도 구분을 몬하노."

사람에게는 누구나 저마다의 그릇이 있고 주어진 여건에 따라 고만고만한 차이가 나게 마련이라고 평소 설파하던 그의 기량론器量論이다. 따지고 보면 조그만 그릇에 불과한 맹희가 분수도 모르고 너무 큰 그릇에 집착해 문어발식으로 욕심만 키워 왔다는 얘기다.

그러나 맹희 부총수는 삼성의 전 사운을 걸고 건설한 한비를 고스란히 정부에 헌납하고 아버지마저 경영일선에서 물러난 1967년의 상황을 되새겼다. 그때의 심정으로는 빚더미에 올라앉은 삼성을 재건하기 위해서는 찬밥, 더운 밥을 가릴 여유가 없었다. 돈이 되는 것이라면 무엇이든 수단과 방법을 가리지 않고 뛰어들어야 했다.

그 당시 삼성물산에서 고등어·꽁치 등 생선통조림을 많이 소비하는 홍콩의 바이어들과 접촉한 결과 10만 캔의 물량을 수입하겠다는 제의가 들어왔다. 하여 서둘러 포항의 구룡포에 중소규모의 통조림공장을 하나 설립했던 것이다.

그러나 뜻밖에도 홍콩의 수입선이 파산하는 바람에 제대로 가동도 하지 못한 채 거래선을 찾아 헤매던 중 3 차례나 통조림공장을 사고 파는 우여곡절을 겪어야 했다. 이 과정에서 금전적 손실은 말할 것도 없지만 경영상의 문제까지 초래하고 말았다. 애초부터 성급하게 뛰어든 맹희 부총수의 실책이었다.

알사탕 제조기 수입 역시 60년대 중반부터 제일제당에서 생산하는 설탕의 국내 소비량이 한계에 부닥칠 것이라는 예측에서 대체산업으로 미국의 참스와 같은 고급 알사탕을 만들어 팔자는 아이디어가 떠올랐다. 그렇지만 거대기업 삼성이 내수침체가 예상되는 설탕 대신 이익을 남길 목적으로 수출용도 아닌 알사탕을 대량으로 생산해 국내에 소비한다는 것은 명백한 중소기업의 고유업종 침해가 아닐 수 없었다.

그 당시 영세성을 벗어나지 못하고 있는 중소제과업계를 충격에 빠뜨리고 비난받아 마땅했으나 삼성은 쉬쉬하며 극비에 일을 진행시켰다. 독일에서 2만 달러를 주고 알사탕 자동제조기 한 대를 들여와 막상 가동해 보니 국내에서 1년 간 소비할 수 있는 물량이 불과 3일 만에 쏟아져 나온 것이다. 그렇다고 공장을 계속 가동할 수도 없고 더 생산해 봐야 팔 곳도, 소비시킬 방법도 없었다. 애초 시장조사도 제대로 하지 않고 생산설비부터 서두른 것이 잘못이었다.

게다가 내수가 침체될 될 것으로 예상했던 설탕 소비량은 꾸준히 증가세를 나타내고 있었고 뒤늦게 판단착오를 깨달은 맹희는 가동하자마자 엄청난 물량을 쏟아내는 알사탕 제조를 포기하지 않을 수 없었다. 애써 들여온 자동제조기를 해태제과에 떠넘기다시피 반값에 처분하고 말았다.

한마디로 최고경영자로서 경영의 기본도 모르고 오기 하나만 믿고 주먹구구식으로 덤빈 실패작이었다. 때로는 한 번 실패하고 만회하기 위해 오기로라도 새로운 사업을 성공시키겠다는 용기가 필요하겠지만 그럴 경우 두 번 다시 실패하지 않을 완벽한 조치가 반드시 선행되었어야 했다.

오너 경영에 물불을 가리지 않았던 맹희 부총수에게 두고두고 가슴을 짓눌러온 이 같은 실패담이 뒤늦게 아버지 이병철 회장의 도마 위에 오르다니 입이 열 개라도 할 말이 없었다. 이제 부자간에 결별의 수순만 남아 있었다. 결국 그는 고개 숙인 채 물러나고 말았다. 다소 불만이 있더라도 감히 아버지에게 이의를 제기할 수 없었다.

둘째 창희는 더러 아버지에게 대놓고 반항하기도 했지만 맹희는 단 한 번도 아버지의 영을 거역하지 않았다. 호랑이 같은 아버지의 존재와 권위가 그처럼 두려웠기 때문이다. 이후 경영일선으로 복귀한 아버지는 끝내 그를 찾지 않았다. 지난 7년여 간 삼성의 기업군을 이끌어 왔던 맹희 부총수는 점차 잊혀진 인물이 되어가고 있었다.

창희의 모반에 이어 맹희조차 경영일선에서 물러났다는 소식을 뒤늦게 접한 삼성본가 내당 박두을 여사는 탄식으로 나날을 보내고 있었다. 그러다가 가끔씩 비서실에서 들려오는 우울한 얘기를 전해 듣고는 혼잣말처럼 넋두리기 일쑤였다.

"쯔쯧… 자식 이기는 부모 없다 카던 데 영감쟁이, 저카다가(저러다가) 나중에 죽고 나서 자식들한테 제삿밥이나 제대로 얻어 묵을랑가 몰라."

떡배 아재가 전한 얘기다. 지근거리에서 왕 할매의 거동만 지켜보던 그는 그럴 때마다 가슴이 철렁 내려앉고 벌렁거려 견딜 수 없었다고 했다.

"그동안 육이오(6·25), 사일구(4·19), 오일육(5·16) 난리통에 재산 다 날리고 세금폭탄까지 맞고도 눈 한 번 깜짝하지 않던 왕 할매가 자식들 문제만큼은 그리 가슴 아파하시더라꼬. 그런 왕 할매 모습을 볼 때마다 바늘방석에 앉은 기분으로 영 민망해서…."

과거의 회상에 잠긴 떡배 아재는 말끝을 채 맺지 못하고 긴 한숨을 토해내며 고개를 절레절레 흔들었다.

"아, 부자간에 얽힌 상전의 일인 데 아재가 민망할 게 뭐가 있습니까?"

"이런 인정머리 하고는… 아, 아무리 반상의 구별이 있다 캐도 한 솥밥을 묵는 처지에 걱정이라도 같이 하는 게 인간의 도리 아이가. 그나저나 개똥이, 니는 그 후 우예 됐노?"

"아, 어떻게 되다니오. 상전이 낙동강 오리알이 되는 마당에 저도 덩달아 낙동강 오리알이 될 수밖에… 맹희 부총수가 떠나면서 이러시더라고요. 당분간 바람이나 쐬고 마음을 정리해서 돌아올 테니까 개똥이 니는 중앙일보에 복귀해서 때를 기다리고 있거라, 하고 말입니다. 그래서 신문기자 시켜주는 줄 알고 중앙일보에 갔더니만 명색이 성대 출신을 편집국이 아니라 판매국으로 발령 내더라니까요. 판매에 판짜도 몰랐는데…….."

"……?"

"어디 그 뿐인 줄 압니까. 그 당시 홍진기 회장이 건희 회장(당시 이사)의 장인 어른인 데다 판매담당 이사가 고등학교 은사 아닙니까. 하루 아침에 맹희 부총수가 물러났다니까 다들 앓던 이가 쏙 빠진 것처럼 속시원하게 생각하고 있더라니까. 그러니 맹희 부총수의 직속 꼬붕인 저는 자연 미운 오리새끼가 될 수밖에… 그렇지만 어떡합니까. 목구멍이 포도청이라고 왕따 당하면서도 두 눈 질끈 감고 죽었다고 복창하면서 근무했던 거라니까요."

"그래가지고 우예 국장까지 승진했노?"

"아, 국장은 무슨… 판매부장하면서 내내 승진에 밀리다가 5공이 들어서고 언론통폐합이 되자 구조조정에 걸려 퇴직할 때 국장 대우를 달아주더라니까."

"아, 5공 초라 쿠믄 상배 행님이 별세할 때 아이가?"

"예, 제가 퇴직하고 고향에 내려와 아버지 일을 돕고 있었는데 평소와 달리 영, 기운을 못 쓰고 내내 누워 지내시더라고요. 이상하다 싶어 마산 삼성병원에 모시고 가서 종합진단을 받아보니 아, 글쎄 간암 말기 판정이 나더라 아닙니까. 그리고 얼마 안 있다가 별세하셨지요."

"그래, 맞다. 내가 행님 장례식 때 내려왔다가 발인만 보고 서울 일이 바빠 바로 올라가니라꼬 개똥이 니하고도 긴 얘기를 몬 나누고 헤어졌제."

"아, 아재는 언제나 가족보다 상전 모시는 일이 최우선 아닙니까."

"그럭쿠이 내가 할 말은 없다만 상배 행님은 한창 살 나이였는데……"

"아마도 용배 숙부 때문에 이리저리 끌려다니며 매타작을 당하고 감옥살이까지 한 게 화근이 된 거 같아요. 그나마도 환갑, 진갑을 다 넘기고 졸*하셨으니 한은 덜 맺힙니다만 아재는 지금 백수를 누리고 안 계십니까."

"그라이께네 내가 속부끄럽제. 쓸데 없는 나이… 우리 큰행님보다 너무 오래 산다 쿠이."

이병철 회장이 경영 복귀와 함께 다시 재계 정상의 자리에 오르자 항간에 떠도는 소문으로는 듣기 거북한 '돈병철'이란 별칭보다 '경제대통령'이라는 긍정적인 호칭이 자연스럽게 따라 붙었다.

그 무렵 유신헌법으로 영구집권의 토대를 마련한 박정희 대통령의 불도저식 개발행정을 빗댄 말인지도 몰랐다. 경제개발을 최우선 정책으로 밀고 나가는 박 대통령에게도 '종신대통령'이라는 별칭이 붙어 있었으니까.

어쨌든 재계에서는 이병철 회장의 컴백을 대체로 환영하는 분위기였다. 한국 경제에 미치는 그의 영향력이 그 만큼 크기 때문이었다. 그러나 이 회장은 재계의 정상으로 컴백한 이후 유명세를 톡톡히 치러야 했다. 그에게 붙은 '경제대통령'이라는 호칭은 어쩌면 현직 대통령을 능멸하는 역성혁명易姓革命이 될지도 몰랐다.

하지만 이 회장은 물론 재계에서도 그것이 그렇게도 큰 죄가 될 줄은 미처 모르고 웃음으로 넘겨버렸다. 아니, 어쩌면 그런 호칭으로 인해 역성혁명의 누명을 쓴다고 해도 어찌할 방법이 없었을 것이다. 항간에 떠도는 소문에 불과했으니까.

그러나 솔직히 말해 사카린 밀수사건 이후 필생의 숙원을 이루려던 한비를 정부에 헌납하고 재계에서 은퇴한 이후에도 그의 생활은 변함이 없었다. 한국 제일의 재벌에 걸맞게 당시 그가 즐겨 타고 다니던 승용차는 메르세데스 벤츠 600. 이 차량은 청와대에 박정희 대통령의 전용차량과 VIP용으로 두 대, 삼성의 이병철 회장과 한진그룹 조중훈 회장이 각각 한 대씩 소유하고 있을 때였으니까 국내에 벤츠 600이라곤 불과 4 대밖에 없던 시절이었다.

이 때문에 조중훈 회장은 벤츠를 들여다 놓고도 청와대의 눈치가 보이고 재계에서도 더러 시샘하는 소리가 들려 '의전용'이라며 차고 깊숙이 세워두었다. 조 회장은 가끔씩 차고에 들러 벤츠 600을 감상하는 것으로 낙을 삼다가 외국의 VIP들이 한국을 방문할 때에는 그 핑계로 한 번씩 타보는 것이 고작이었다. 하지만 삼성의 이병철 회장은 누가 뭐래도 비판여론에 연연하지 않고 아무 거리낌 없이 벤츠를 즐겨 타고 다녔다.

이 회장은 1949년 서울에서 삼성물산을 경영할 때에도 그 당시로는 보기 드물게 미 대사관을 통해 사들인 최신형 쉐보레 리무진을 타고 다녔다. 창업 때부터 하나도 제일, 둘도 제일, 무엇이든 제일, 최고만을 추구하는 이 회장 특유의 카리스마에서 비롯된 습성인지도 몰랐다. 당시에도 48년형 쉐보레는 국내에서 경무대에 이승만 대통령의 전용차량 한 대밖에 없었다고 했다.

그러나 엄혹했던 유신시절, 재계에서 은퇴한 삼성의 이병철 회장이 벤츠 600을 타고 다니며 호사스런 생활을 즐기고 있다는 시중 여론이 급기야 청와대로 흘러들어가 민심이반 행위라는 괘씸죄에 걸려들고 만다. 보고를 받은 박정희 대통령은 "어릴 때부터 고생을 모르고 호사스럽게 자라 사치를 즐기는 사람"이라고 한마디 내뱉고는 그냥 웃어넘겼다. 하지만 중앙정보부에서 이를 빌미로 삼성 비서실에 잇단 경고를 보낸다.

비서진은 감히 이병철 회장에게 직언을 하지 못하고 "외국 VIP들의 의전을 겸해 회장의 전용차로 쓰고 있다"는 궁색한 임기응변으로 버티곤 했다. 명색이 자유민주주의 국가에서 성공한 기업인이 자신의 전용차량도 마음대로 탈 수 없을 만큼 유신의 족쇄에 묶여 있던 시절이었다.

음모

|||||

"어르신의 운전기사 위대식 아재 안 있나. 그 양반 참, 생각할수록 희한한 사람이더라니까. 육이오(6·25) 때 빨갱이 고수 이순근이한테 빼앗긴 씨보리(쉐보레) 승용차에 한이 맺혀 가지고 그 후 어르신이 독일제 벤츠를 새로 사들일라 쿠이께네 한사코 반대하는 거 있제.

감히 어느 안전이라꼬 운전수 주제에 씨보리 아이믄 차 안 몰겠다꼬, 벤츠 모는 놈 따로 구해보라꼬 배짱 튕기더라 쿠이. 그 만큼 씨보리에 한이 맺혔던기라. 그러이 우야겠노. 당장 해고시키고 다른 운전수 구하는 거는 식은 죽 묵기지만 그래도 신의가 있다 아이가. 어르신이 인의예지신의 덕목 중에서도 평생 신을 존중해 왔는데 대식이 아재한테 결국 그 신信 때문에 지고 말았능기라. 그래서 니 마음대로 씨보리 한 대 찾아 봐라 쿠고 말이제.

그러다가 1970년대에 들어와서 경부고속도로가 뚫리께네 그때서야 대식이 아재가 고속도로를 달리는데는 역시 독일이 자랑하는 아우토반의 벤츠가 최고라 쿠믄서 어르신한테 벤츠 승용차로 바꾸

자고 건의하더라꼬. 거, 참 희한한 사람이제. 그래서 어르신이 타고 다니던 씨보리 리무진은 비서실 의전용으로 넘기고 독일에다 벤츠 600을 주문했던기라. 그때 당시 벤츠 600은 청와대 대통령 전용차 밖에 없을 때였제.

그라고 보이 참 이상한 생각이 들더라꼬. 삼성물산 초기에 씨보리를 사들일 때는 경무대 이승만 대통령 전용차하고 똑 같았는데 벤츠 600도 박정희 대통령 전용차하고 똑 같더란 말이제. 씨보리는 제대로 한 번 타보지도 몬하고 육이오가 터지는 바람에 뻘갱이한테 징발 당해 버리고 이번에는 또 무슨 화를 입을 지 알 수 없다 아이가. 그러다가 결국 큰 낭패를 당하고 말았제."

떡배 아재의 회고담이다.

이병철 회장은 맹희 부총수가 경영일선에서 물러나자 한동안 심란해 있다가 갑자기 삼성 창업지인 대구 나들이에 나선다. 1974년 4월 중순.

큰 아들과 둘째 아들을 유배 아닌 유배를 보내고 막내 아들만 바라보고 있자니 어쩐지 가슴이 허전하고 답답하기도 했을 것이다. 그래서 바람이나 쐬고 그룹의 모체가 된 주력계열사 제일모직 대구공장을 한 번 둘러볼 요량이었다. 하여 평소 중앙정보부의 눈총을 받아오던 벤츠 600을 타고 금의환향하듯 대구로 내려가게 된 것이다.

그 당시만 해도 계열사 사장들을 비롯한 주요 임원들과 수행비서진 등 이 회장의 벤츠를 따르는 차량행렬만도 보통 10여 대에 달해 고속도로상에서 장관을 연출하기도 했다. 그야말로 대통령의 차량행렬을 방불케 할 만큼 호사스런 '경제대통령'의 행차였다.

이병철 회장의 벤츠 600은 평균 시속 160km 이상으로 질주했다. 이 회장은 스피드를 즐기는 취향이었다. 이 때문에 배기량이 2000cc에 불과한 이탈리아제 피아트로 앞장서 에스코트하는 경호비서들이 애를 먹기 일쑤였다. 그러다가 경부고속도로 추풍령 고개에 이르러 숨가쁘게 에스코트하던 피아트가 그만 엔진 과열로 녹아버리고 말았다. 에스코트 차량이 추풍령 오르막길에서 갑자기 멈춰서고 난감한 처지에 빠졌으나 이 회장의 벤츠 600은 거침없이 그대로 질주해 버렸다.

마침내 이 회장의 벤츠 600이 서대구 톨게이트에 진입할 무렵 대기하고 있던 관할 동대구경찰서(현 북부경찰서) 사이드카 2대가 사이렌을 울리며 대구시내로 에스코트하기 시작했다.

이 회장이 대구에 내려올 때는 언제나 삼성의 전 임직원들이 초비상 사태에 돌입하기 마련이었다. 그날도 경호비서 팀의 피아트가 엔진과열로 녹아나자 제일모직 대구공장 총무 팀의 주선으로 사전에 경찰의 사이드카 2대가 이 회장 전용차량의 에스코트를 위해 대기하고 있었던 것이다. 그것은 경찰이 대구를 방문하는 요인(VIP) 안내라는 명분을 내세워 비공식적으로 시행해온 하나의 관례이기도 했다.

이병철 회장 일행이 경찰 사이드카의 에스코트를 받아가며 제일모직 대구공장에 당도하자 진입도로 양쪽 잔디밭에 질서정연하게 도열해 있던 대구지역 상공인 대표 50여 명이 뜨거운 박수로 영접했다. 대구 상공인들의 이 같은 영접행사는 대구에서 창업해 국내 최정상은 물론 세계적인 기업군을 일으킨 이병철 회장에 대한 예우차원에서 그동안 줄곧 있어 왔던 관행이었다.

이날은 특히 한비 밀수사건의 후유증으로 경영일선에서 물러났던 이병철 회장이 재계 정상으로 복귀한 뒤 처음으로 지방나들이에 나선 때문인지 더욱 감회가 깊었다. 그러기에 종전의 조촐한 행사에 비해 이번에는 김수학 경북지사까지 공무를 제쳐놓고 참석하자 영접 인파가 평소보다 크게 늘어났던 것이다.

이병철 회장의 제일모직 방문에 영접행사를 주관한 사람은 대구 지역 상공인을 대표한 박윤갑 대구상공회의소 회장. 그는 개인적인 인연으로 따져 이 회장이 창업 당시이던 삼성상회 시절부터 경리직원으로 채용해 침식을 함께 하며 친자식처럼 거둬 기업인으로 키운 창업공신과 다름없는 사람이다. 그런 그가 대구 상공업계를 대표하는 인물로 나타났으니 이 회장으로서도 감회가 남다를 수밖에 없었다.

그는 이 회장이 1948년 삼성물산을 설립해 서울로 올라가자 삼성상회를 그만 두고 독립해 본표 국수를 운영했으나 별로 재미를 못보던 차에 큰장(서문시장)에서 제법 큰 점포를 얻어 제일모직 대리점을 열어 재력을 키우기 시작했다.

그 당시 삼성에서는 박윤갑이 무엇이든 삼성과 연관된 사업을 원한다면 적극적으로 지원해 주었다. 그가 개업한 서문시장 대리점의 이름도 삼성나사羅絲였다. 여기에다 우연한 기회에 제일모직 대구공장 인근의 판지제조업체인 청구제지를 인수하게 된다. 이 회사의 상호 역시 삼성제지로 바꿨다.

그가 자신의 개인사업체에 '삼성'이라는 상호를 쓰는 데 대해 삼성 측에서 어느 누구도 이의를 제기하는 사람이 없었다. 이후 그는 삼성제지를 운영하면서 대구 굴지의 기업인으로 우뚝 서고 마침내 상공회의소 회장이 된다. 제일제당과 제일모직에 이어 설립된 삼성전자의 포장 박스 제작을 거의 독점하다시피 했기 때문이다.

그런 그가 이날 이병철 회장 환영행사를 주관하면서도 감히 옛날의 상전 앞에 나서지도 못하고 뒷전에 처져 맴돌고 있다가 제일모직 대구공장 회의실에서 상견례가 열릴 때 김수학 경북지사가 그에게 이병철 회장 옆 상석에 앉도록 자리를 권했다.

"아, 박윤갑 회장은 여기 이 회장님 옆에 앉아야지요. 그동안 준비하느라고 고생도 많았고 이 회장님과는 각별한 인연도 있는데……."

그러자 이병철 회장이 흐뭇한 표정으로 넌지시 박윤갑 회장을 바라보며 운을 떼는 거였다.

"윤갭이(윤갑이) 니도 회장이가?"

"아, 아입니다. 제가 감히 어르신 옆에……."

박 회장이 오금을 못 펴고 굽실거리자 이 회장은 가볍게 그의 등을 토닥거려 주었다.

"그래, 니도 회장이라 쿠모 내 옆에 앉아야 순서제. 니가 대구 상공인을 대표하는 사람 아이가? 어여 앉거라."

주종主從 간에 같은 반열에 오른 이런 일화가 한동안 대구경제계에 전설처럼 전해지기도 했다. 박윤갑 회장이 대구에서 홀로 남아 한창 잘 나갈 때에는 개인적으로 이 회장의 총애를 한 몸에 받기도 했다는 것이다.

삼성의 창업 초기 대구에서 얽힌 이런저런 이야기가 나돌고 있는 가운데 모처럼 대구를 찾은 이병철 회장은 대구지역 상공인들이 베푼 뜻밖의 환대에 감격했다. 재계의 정상으로 복귀해 창업지에서 그런 정성어린 환대를 받고 보니 새로운 감회에 젖어들지 않을 수 없었다.

"그때 어르신이 모처럼 대구에 가셨을 때 내도 내려갔다 아이가. 윤갭이 행님하고도 참 오랜만에 만났제. 거, 뭐라 쿠노. 제일모직의 어르신 숙소… 스위트 룸의 히노키 목간통을 점검하기 위해 내는 그 날 아침 일찍 열차편으로 내려갔다 아이가. 그날 공식행사가 끝나고 저녁에 어르신하고 윤갭이 행님이 제일모직 숙소에서 어르신을 독대할 때에도 내가 옆에 있었능기라.

그때 윤갭이 행님이 불쑥 꺼낸 말이 옛날 삼성그룹의 모체인 삼성상회 건물에 대한 얘기였제. 어르신! 제가 미처 말씀도 몬 올리고 일을 저질렀심더. 그 건물을 리모델링해 가지고 삼성박물관을 만들어 대구의 기념물 겸 관광자원으로 활용할까 해서 현재 대구시와 협의 중에 있심더. 쿠는기라. 그 소리를 듣고 어르신이 깜짝 놀래믄서 니, 아직도 그 건물 가지고 있나? 쿠시더마."

이병철 회장은 박윤갑의 얘기를 듣고 자못 놀라는 기색으로 고개를 끄덕이다가 이렇게 말했다.

"내는 그 건물을 니한테 넘길 때 그런 생각도 없이 니가 알아서 처분하라꼬 넘겨준 긴데… 아직까지 안 팔아묵고 가지고 있다이……."

"아이고 어르신! 그걸 제가 우예 마음대로 처분할 수 있습니꺼. 삼성상회라쿠믄 오늘날 삼성그룹의 모체라는 거를 세상천지가 다 아는 데 국가지정 보물은 몬 되더라도 대구시의 기념물은 되어야지요. 그래서 제가 최근에 우선 박물관으로 꾸며야겠다 싶어서 용역을 주었습니다. 그 용역 결과가 나오면 어르신께 보고 드리고 대구시 예산으로 공사를 추진할까 계획하고 있심더."

"뭐, 그럴 거까지야 있나. 내가 뒷돈을 댈 터이니 그래, 니 마음대로 추진해 보거래이."

"예, 고맙심더. 어르신!"

"고맙긴, 내가 니한테 고마워 해야제. 내가 올라가서 병해(소병해 비서실장)한테 지시해 둘 테이께네 용역 결과가 나오는 대로 언제든지 연락하거래이. 니 혼자 끙끙거리지 말고……."

이 회장은 지긋한 눈빛으로 박윤갑을 바라보며 고개를 끄덕였다.

부농의 소작인 후손으로 태어난 박윤갑이 신분의 벽을 깨고 사업을 일으킨 것만도 대단한 일인데 지역상공업계의 거두가 되어 시장, 도지사와 어깨를 겨루고 이제 와서 낡아빠진 삼성상회 건물에 박물관까지 세우겠다니 얼마나 대견한 일인가.

때문에 이 회장은 가끔씩 제일모직 대구공장을 둘러볼 기회가 있으면 으레 그를 불러다 로열박스 옆에 앉힐 만큼 신뢰했고 가끔씩 독대도 했다고 한다. 게다가 그가 문안인사라도 드리기 위해 한 번씩 서울로 올라가면 비서실장이 일부러 시간을 내 이 회장과 독대를 주선하기도 했다.

그러나 호사다마라고 했던가. 이날의 호사스런 행사가 입방아에 오르고 경찰 정보망을 통해 중앙정보부에까지 알려지고 말았다. 그동안 여론으로만 치부되던 '경제대통령'의 실상이 터무니없이 부풀려져 청와대에도 보고되었다.

"대한민국에 박정희 대통령 말고 또 한 사람의 대통령이 호사스런 지방 나들이를 했다."

이른바 '이병철 경제대통령'의 행차를 두고 한 말이다.

이 때문에 불똥이 경찰로 튀어 관할 경찰서장과 보안과장(현 교통과장)이 문책당하고 사이드카로 이 회장 일행을 에스코트한 애먼 교통경찰관 2명은 징계위원회에 회부되어 감봉 3개월 처분에 그것도 모자라 울릉도 해안초소로 쫓겨 갔다.

그리고 이병철 회장에게는 중앙정보부로부터 "숨을 죽이고 바짝 엎드려 있으라"는 협박에 가까운 엄중한 경고를 받았다. 이후 이 회장은 벤츠 600을 거들떠 보지도 않았다고 했다.

만시지탄의 감이 없지 않으나 요즘에야 벤츠 600뿐만 아니라 BMW며 렉서스 등 외제 고급승용차를 타고 다니는 사람이 쎄고 쌨다. 하지만 그 시대의 엄혹했던 상황은 오직 한 사람뿐인 대통령의 권위에 감히 도전한 죄값으로 단단히 곤욕을 치러야 했던 것이다.

"그렇지만 그건 대구상공회의소 박윤갑 회장이 잘 나갈 때의 얘기 아닙니까? 선대 회장 어르신의 흐트러짐이 없는 카리스마는 성공한 사람한테는 언제나 따뜻한 눈길을 보내지만 실패한 사람은 냉혹하기 그지없이 대했다 는 소문이 나돌던 데요. 그때 이후 10여 년이 지난 1980년대 중반, 박 회장이 사업에 실패했을 때 도움을 청하러 간 박 회장을 문전박대했다는 했다는 소문까지 나돌고······."

선대 이병철 회장에 대한 장계동의 부정적인 시각에 떡배 아재는 고개를 절레절레 내저었다.

"그거는 잘몬 알려진 얘긴기라. 다 소병해 비서실장의 장난이었제. 윤갭이 행님이 어르신을 찾아 서울로 올라갔다가 비서실에서 문전박대 당했다는 소리 말이다. 소병해는 원래부터 윤갭이 행님을 별로 탐탁지 않게 여겼다 아이가. 그때 제일모직 숙소에서 독대할 때에도 문고리를 지키고 있던 비서부장이라는 놈이 닐로(나를) 보고 뭐라 캤는지 아나. 이쿠더만.

안에서 어르신하고 윤갭이 행님이 무슨 얘기를 나눴는지 꼬치꼬치 캐묻고는 소 실장 지시니까 다른 사람한테 일체 말하지 말라꼬…
그 놈 이름도 모르지만 어르신을 밀착경호하믄서 일거수일투족, 말
한마디까지 다 소병해한테 일러바치는 놈 아이가. 새파랗게 나이도
어린 놈이 온갖 장난 다 치고… 에잇 나쁜 놈들! 다 지나간 일이지
만……

한낱 물거품에 불과한 과거사이긴 하지만 그때 일은 누구보다 내
가 잘 안다 아이가. 윤갭이 행님이 경영대권을 두고 이건희 부회장
을 옹립할라 쿠는 소위 원로가신들 앞에서 말 한마디 잘 몬 해가지
고 말려든 음모인기라. 따지고 보믄 말 잘 몬한 것도 아이지. 따끔하
게 말 참, 잘 한기라."

5공 정권이 들어서고 신군부의 기세가 등등하던 1980년대 초반.
박윤갑 회장은 느닷없는 이병철 회장의 부름을 받고 급히 상경해 태
평로 삼성본관으로 갔다.

박 회장은 아마도 지난번 대구에서 독대할 때 말씀드렸던 삼성박
물관 건립문제 때문이 아닌가 하는 지레짐작으로 한결 마음이 부풀
어 있었다. 마침 그 자리에는 홍진기 중앙일보 회장과 조우동 제일모
직 회장, 정상희 동방생명(현 삼성생명) 회장 등 이른바 삼성의 원로
가신그룹 겸 사돈간인 '빅 트리오'가 동석해 소병해 비서실장의 보고
를 받고 있었다. 이 회장의 손에는 타자지(A4 용지)가 한 장 들려 있
었다. 아니나 다를까, 분위기는 생각보다 긴장감이 감도는 것 같았
다.

"응, 윤갭이! 니 마침 잘 왔다. 이거 한 번 읽어 보거래이."

박 회장이 종이를 받아 소파에 앉으며 읽어 보니 가당찮은 내용
이 적혀 있었다. 이맹희가 '대전 유성온천장에서 애첩과 함께 호텔을

통째로 빌려 매일 밤 요란하게 파티를 즐기는 바람에 이웃 주민들이 소음공해에 시달리고 있다'는 내용이었다. 박 회장이 보기에는 전혀 터무니없는 얘기이자 일고의 가치도 없었다.

"어르신! 제가 보기에는 맹희 도련님을 음해하기 위해 누가 악의적으로 만든 투서 같심더. 얼토당토 않고 일고의 가치도 없습니더. 맹희 도련님이 아무 연고도 없는 대전에 올라갈 일도 없고 더욱이 미친 짓이 아니고서는 무슨 돈으로 이런 호화판 생활을 하겠십니꺼?"

그 순간 홍진기·조우동·정상희 회장의 표정이 갑자기 굳어졌고 소병해 실장은 당황한 빛을 감추지 못했다. 그런 모습을 똑똑히 확인한 순간 박 회장은 전율을 느꼈다고 했다. 알 수 없는 상당한 음모가 진행되고 있다는 사실을 직감할 수 있었다는 것이다.

아마도 그날 모임은 끝없이 날아오는 투서와 세상에 떠도는 맹희에 대한 루머를 이병철 회장이 직접 확인하는 자리였을 것이다. 박 회장을 부른 것도 좀 더 객관적인 사실을 확인하기 위한 것이었는지도 몰랐다. 그 무렵 일본에서 돌아와 대구에 머물던 맹희는 분명히 한일관광호텔에 투숙해 있었고 더구나 대전 근처에는 얼씬도 하지 않았다.

이 회장은 아무 말이 없었으나 가볍게 고개를 끄덕였다. 박 회장의 말에 전적으로 신뢰를 보내는 것 같았다. 사실 박 회장은 1970년대 중반부터 맹희가 오너 경영에서 손 떼고 일본을 거쳐 대구에 와 있을 때 이병철 회장의 직접 지시를 받고 맹희와 주변 동향에 대한 보고를 별도로 해오고 있었던 것이다.

당시 박 회장은 대구상공회의소 회장에다 대한상공회의소 부회장까지 맡고 있어 일주일에 한두 번씩은 서울로 올라가 일을 마치고는 주로 장충동 삼성본가에 들러 이 회장 내외에게 수시로 맹희의 근황을 보고하곤 했다. 그때마다 박 회장은 '가풍과 법도에 따라 적장자 상속은 반드시 이루어져야 한다'고 간곡히 주장했다고 한다.

이에 이 회장은 장남에 대한 연민의 정에 못 이겨 고통스러워했고, 박두을 여사는 장남 얘기만 나오면 눈물을 글썽이기 일쑤였다는 것이 박 회장의 회고담이다. 그러나 박 회장은 이후 엄청난 수난을 겪는다. 이 회장에게 불려가 홍진기·조우동·정상희 회장이 있는 자리에서 말 한 번 잘못한 죄(?) 때문이었다. 감히 이 회장 앞에서 겁도 없이 맹희를 적극 옹호하며 직언을 했다는 이유로 소병해 실장이 괘씸죄를 걸고 넘어진 것이다.

박 회장이 경영하는 삼성제지는 삼성그룹의 포장 박스나 판지를 납품하는 하청업체에 불과했다. 모든 사업물량을 비서실에서 관장하고 그룹 계열사에서 공급받았기 때문이다. 그런데 어느 날 갑자기 삼성의 주문량이 끊어지기 시작했고, 비서실의 감사 팀까지 내려와 회계장부 일체를 면밀히 검토하는 등 실사에 들어갔다. 특히 삼성 계열사 중 납품 물량 비중이 가장 큰 삼성전자는 납품중지를 요청했다. 노사협의회에서 사원복지를 위해 그동안 삼성제지가 납품해 오던 상품 포장박스 전량을 자체 생산키로 했다는 거였다.

게다가 박 회장의 장남 상현에 대한 뒷조사까지 이뤄지고 있었다. 상현은 그 당시 제일모직 대구공장 경리과 자금담당으로 재직하고 있었다. 제일모직의 운영자금이 경영난을 겪기 시작한 삼성제지로 흘러들어갈 우려 때문인지도 몰랐다. 삼성 비서실의 치밀한 음모가 착착 진행되어 가고 있었다.

박윤갑 회장은 결국 부도위기를 맞고 만다. 그는 1차 부도위기 때, 서울로 올라가 이병철 회장 면담을 요청했지만 비서실에서는 소 실장이 아닌 말단 비서가 나와 이 회장의 면담을 냉정하게 거절했던 것이다. 비서실의 일방적인 따돌림을 당하고 나서 그는 삼성의 창업공신이던 동서식품 김재명 회장을 찾아가 김 회장으로부터 10억 원의 자금 지원을 받아낼 수 있었다.

그는 김 회장이 지원한 자금으로 어음을 결제하고 한동안 재기를 노렸다. 하지만 무엇보다 삼성의 납품이 재개되지 않았고 차일피일 미뤄지면서 2차 부도의 위기를 맞게 된다. 여기에다 엎친 데 덮친 격으로 뜻밖에도 동서식품 김재명 회장이 지원한 10억 원의 강제회수에 나서면서 사면초가에 몰리고 만다. 삼성 비서실은 참으로 무서운 집단이었다.

명색이 대구상공회의소 회장이 운영하는 회사가 부도위기에 몰리자 대구 경제계의 분위기도 말이 아니었다. 그래서 대구경제계를 대표하는 동국물산의 백욱기 회장과 갑을방적의 박재갑 회장이 나서서 이병철 회장과의 면담을 요청했지만 역시 비서실로부터 거부당했다. 그 무렵 이병철 회장은 이건희 부회장을 옹립하려는 원로가신 그룹의 인人의 장막에 둘러싸여 있었다.

박윤갑 회장의 삼성제지는 결국 부도가 나고 대구경제가 휘청거릴 정도로 파장이 컸다. 일시에 파산한 그는 삼성에 대한 한을 삼키며 재기를 노렸지만 결국 다시 일어서지 못했다.

승자독식

||||

이병철은 1938년 삼성그룹의 모체인 '삼성상회'를 설립한 이후 반세기 동안 단 한 번도 2등을 생각해 본 일이 없었다. 이른바 '제일주의'다. 그에게는 오로지 '다이이치第一' 외에 2등이나 3등은 아무런 의미가 없었다. 단순한 승자독식의 논리이기도 하지만 살아남기 위해 부단히 경쟁하고 추격하는 기업의 생리가 바로 그런 경영철학에 있었다.

그는 1951년 피란지 부산에서 6·25 전쟁의 잿더미를 딛고 모기업인 삼성물산을 재건한 데 이어 53년에는 제일제당을 설립했다. 상업자본에서 산업자본으로 과감하게 변신했던 것이다. 이듬해인 1954년에는 대구에서 제일모직을 설립했다. 이후 정치적 변혁기를 맞아 숱한 수난을 겪었지만 1960년대 말 전자산업과 1970년대 중반의 중화학공업, 그리고 1980년대 첨단산업에 진출하기까지 삼성의 제일주의는 실패를 몰랐다.

그러나 영원한 1등은 없었다. 창업 이래 반세기에 걸쳐 줄곧 1등을 지켜온 삼성이 어느 날 갑자기 현대에 밀려나 2등으로 추락하고 만다. 현대가 1981년 결산에서 해외수출 주력업종으로 크게 성장한 건설·조선·자동차 등 이른바 '빅쓰리' 부문의 비약적인 발전에 힘입어 국내 최정상의 자리에 올랐기 때문이다.

한국 제일의 영원한 기업인으로 자처했던 이병철은 처음으로 뼈저린 회한을 삼키지 않을 수 없었다. 그는 일제 강점기 부농의 후손으로 성장한 덕분에 민족자본의 열세를 전혀 의식하지 못한 채 기업을 일으켜 성장만을 바라보며 달려왔다. 그 과정에서 기업경영의 냉혹한 현실도 전혀 겪어보지 않았다. 마치 경쟁자가 없는 마라톤 경주 같은 것이었다.

그는 진작에 미래를 내다보고 삼성물산을 설립해 눈을 해외로 돌렸지만 국내의 경제여건은 녹록치 않았다. 당장 눈앞의 이익에 집착해 내수기업에 힘을 쏟을 수밖에 없었고 때를 잘 만나 떼돈을 벌어들이다 보니 자연스럽게 제일주의라는 자만에 빠져들게 된 것이다. 요컨대 창조적인 도전을 외면했던 게 실수였던 셈이다.

8·15 광복 이후 6·25 전쟁과 4·19 혁명, 5·16 군사쿠데타, 10·26 사태, 12·12 군사쿠데타 등 잇단 역사의 격류에 휩쓸리면서 한때 연금상태에 놓이기도 했고 부정축재자로 몰려 재산을 몰수당하기도 했다. 그럴 때마다 삼성이 뿌리째 흔들릴 뻔했던 적도 한두 번이 아니었다. 그럼에도 그는 온갖 수난을 극복하면서 새로운 사업을 구상하고 기획하고 새로운 회사를 설립하고 일으키며 내내 '제일주의'를 지켜 왔다.

따지고 보면 그는 타고난 기업인이었다. 하여 그가 후발기업으로 일으킨 삼성전자를 10여 년간 수출전략산업으로 키워 왔고, 타의 추종을 불허할 만큼 하루가 다르게 최첨단산업으로 탈바꿈해 가고 있었다. 특히 반도체에 거는 기대가 너무도 컸었다. 무식한 군사정권의 권력실세들은 미래전략산업을 잘 몰라서 삼성전자를 홀대했지만 1974년부터 시작한 반도체산업은 황금알을 낳는 미래산업으로 성장할 것이라고 예상하고 있었던 것이다.

그러나 복병을 전혀 의식하지 못했다. 지피지기知彼知己면 백전백승百戰百勝이라고 했는데 삼성은 자신만 알고 남을 몰랐다. 이른바 '제일주의'의 오만함으로 안주하다가 '현대'라는 무서운 복병을 만나 수세에 몰리고 말았던 것이다. 적을 몰라도 너무 몰랐던 탓이었다. 그는 현대에 빼앗긴 1등 자리를 조만간에 되찾을 수 있을 것이라고 자위하면서도 뒤늦게 '知彼知己'라는 손자병법을 깨달았다.

1982년 7월17일 오후, 이병철 회장은 서울 태평로의 삼성 본관 옥상에서 헬기에 올랐다. 울산공단 방문을 위해서였다. 울산공단은 현대그룹 주력사업장이 밀집해 있는 이른바 '현대왕국'이었다.

어쩌면 '울산'이란 곳은 그에게 애증이 교차하는 지역이기도 했다. 5·16 군사정권이 국내 최초의 산업공단을 기획했을 때, 그가 부지 선정과 공단조성 사업을 주도했던 곳이지만, 훗날 뼈저린 회한과 저주가 서린 곳으로 변해버렸기 때문이다. 사카린 밀수사건의 여파로 사운을 걸고 건설한 한비를 정부에 헌납하고 만 게 아닌가. 이후 그는 20년 가까이 울산 쪽으로는 고개도 돌리지 않았다. 그런 그가 갑자기 울산을 방문한다니, 실로 놀라운 일이 아닐 수 없다.

그 무렵 삼성은 극심한 경영난을 겪고 있었다. 제5공화국의 엄혹한 통제경제에 휘둘린 탓이었다. 주력 계열사인 삼성전자는 창립 9

년 만인 1978년 세계 최대 생산기록을 세웠다. 흑백 TV 200만 대 생산으로 일본 마츠시다(松下)전기를 앞질렀던 것이다. 하지만 문제는 질(質)보다 양(量)에 있었다.

대량생산한 각종 전자제품의 수출은 한계에 부닥쳤고 국내 수요도 공급이 넘쳐나 재고가 날로 쌓여갔다. 구형 모델의 경우엔 누적된 재고를 정리하기 위해 덤핑으로 쏟아냈고, 이마저도 한계에 이르자 심지어 전 계열사 임직원들에게 장기할부로 떠넘기기까지 했다. 그만큼 삼성의 경영난은 심각했다.

그런 와중에 이병철이 느닷없이 울산 방문에 나선 것은 현대중공업과 미포조선, 현대자동차 등 현대그룹 주력사업장을 두루 살펴보는데 목적이 있었다. 그러나 그가 울산의 현대중공업과 현대자동차를 시찰한 지 3개월여 만에 현대의 정주영이 삼성전자에 전격도전해 온다.

"전자산업! 그거 아무나 하는 게 아닌 데……."

이병철은 긴장하기보다 외려 회심의 미소를 지었다.

건설·자동차·중공업 등 중후장대형사업에 치중해온 현대가 전자산업을 일으키고 그것도 오밀조밀한 반도체 분야에 눈독을 들이고 있다는 정보가 그의 귀에 속속 들어왔기 때문이다. 전자산업 분야에서 강력한 경쟁자인 LG에 이어 현대까지 가세한다는 것은 어쩌면 삼성에 위기보다 기회가 될지도 몰랐다. 게다가 가전분야만 고집해 왔던 LG에서도 반도체 부문에 합류할 움직임을 보이고 있었다.

"이익이 남으니까 할라 쿠는 거 아이가."

이병철은 자신이 삼성전자를 설립할 무렵 이 말 한마디를 던지며 돌아서던 죽마고우이자 사돈간이던 구인회 LG 창업주의 모습이 떠올랐다.

"이익이 남으니까……."

현대의 정주영도 이익이 남으니까 부가가치가 높은 전자산업에 뛰어든 것 아닌가. 특히 반도체로 삼성과 맞붙어보겠다고 선전포고를 하는 것도 같은 이유일 것이다. 현대에게 빼앗긴 재계 정상 자리를 되찾는 것도 중요하지만 선점한 반도체산업을 지키기 위해서도 또다시 사운을 걸지 않을 수 없었다.

삼성전자는 그 당시 반도체·컴퓨터 등 최첨단산업에 주력하는 단계에 들어섰고 미국 ITT와 기술제휴한 반도체 부문은 D램의 일괄공정체제에 본격적으로 들어간 시점이었다. 여기에다 삼성전관(현 삼성SDI)·삼성전자부품·삼성코닝·삼성정밀·삼성HP 등 연관업체가 대단위 종합전자산업체로 계열화해 가고 있는 '한국의 전자왕국'이라고 해도 결코 지나친 말이 아니었다.

하여 이병철은 1983년 2월8일 일본 도쿄로 건너가 자신만만하게 "삼성전자가 한국 최초로 D램 반도체 양산체제에 돌입했다"고 선언한다. 이른바 '2·8선언'이다. 삼성과 경쟁하려는 현대와 LG를 의식한 발언이기도 했지만, 직접적으로는 반도체 분야 선두에 서 있던 일본 전자업계에서도 커다란 충격으로 받아들여졌던 것이다.

삼성은 이미 10년 전 한국에 진출한 미국 캠코사社의 한국반도체 생산공장(현 삼성전자 부천반도체공장)을 인수해 일괄공정체제의 노하우를 쌓아왔고, '2·8선언'과 함께 기흥에도 반도체공장을 신축하고 있던 중이었다.

현대의 정주영은 이병철의 '2·8선언' 보름 만에 "반도체를 주력업종으로 하는 현대전자를 창립하겠다"고 전격 발표한다. 그도 역시

1980년대 초부터 전자산업을 일으킬 목적으로 미국 실리콘밸리를 찾아다니며 반도체사업을 구상해 왔고 마침내 현대반도체 설립계획이 결정된 시점이었다.

같은 해 말에는 LG전자도 반도체사업에 뛰어들었다. 삼성전자가 64K D램을 개발하고 양산에 들어갈 무렵이었다. 위험부담을 무릅쓰고 뒤늦게 반도체 사업에 나선 LG의 주역은, 이병철 회장의 둘째 사위인 구자학 금성일렉트론 회장이었다. 이 회장의 삼성전자 설립이 평생 친구이자 사돈지간인 구인회 LG 창업주에 대한 배신이었다면, 가전 중심의 LG가 반도체사업에 뛰어든 것은 이런 구원舊怨이 '옹서翁壻(장인과 사위)간의 전쟁'으로 번진 것이라 할 만했다. 재벌의 기업경영은 혈연도 무시할 만큼 냉혹했다.

현대전자는 처음부터 삼성전자와 다른 경영전략을 세웠다. 삼성은 애초 미국·일본에 기술연수단을 보내 기술습득에 나섰지만, 현대는 아예 미국 실리콘 밸리에 연구법인부터 설립하고 현지에서 D램을 개발한 뒤 국내에서 양산에 들어가는 방식으로 삼성에 도전했다.

현대는 경기도 이천에 대규모 반도체 생산공장(현 SK반도체)까지 세웠다. 하지만 현대전자의 이천공장은 삼성전자처럼 일괄 공정체제를 갖출 만한 기술을 확보하지 못해 해외업체의 제품을 들여와 조립하는 수준에 머물 수밖에 없었다. 강부터 건너고 보는 정주영 회장의 저돌적인 경영스타일과 돌다리도 두들겨 보고 건너는 이병철 회장의 치밀한 경영스타일의 차이점이 여기에서 그대로 드러난 것이다.

천석지기 부농의 막내아들로 태어나 탄탄한 재력을 바탕으로 사업을 일으킨 이병철과 강원도 산골 빈농의 장남으로 부모 몰래 황소

한 마리 팔아서 서울로 올라와 맨주먹으로 일어선 정주영의 경영논리는 애초부터 달랐다. 벤츠 600 리무진을 타고 비서의 수행을 받으며 출근하는 이병철과는 달리 정 주영은 새벽밥을 지어 먹고 슬하의 자식들과 함께 걸어서 출근하는 등 성품도 전혀 달랐다.

이병철은 사업을 시작할 때 사전기획과 타당성 조사 등을 통해 심사숙고하는 치밀한 성격이었다. 첫 사업에서 실패한 경험 때문인지도 몰랐다. 반면 정주영은 자신의 머리와 판단에 따라 먼저 일을 벌여놓고 어떠한 난관에 부닥치더라도 배수진을 치면서 결사항쟁에 나서는 장수와 같았다.

울산만 허허벌판에 현대조선(현 현대중공업)을 건설할 때도 그랬다. 이미 가동 중인 현대자동차 건설에 사운을 걸고 모든 자금을 다 쏟아부었고, 조선소 건설 자금은 한 푼도 남아있지 않았다. 하지만 그는 특유의 낙관주의로, 조금도 주저하지 않았다. 현대건설을 동원해 터파기공사부터 착수했다. 그러고는 5만분의 1 지도 한 장과 거북선의 도안이 있는 5000원 짜리 붉은 지폐 한 장을 달랑 들고 조선 종주국인 영국으로 날아갔다.

1971년 9월 그가 조선사업 설비자금 차관을 얻기 위해 애플도어 사社 롱바톰 회장과 바클레이은행 부총재를 만나 담판한 사실은 널리 알려진 이야기다. 이 자리에서 바클레이은행 부총재가 그의 황당한 제의를 받고 어이가 없어 "당신 전공이 뭐냐?"고 물었다. 소학교(초등학교)밖에 못 나온 그가 전공이 있을 리 만무했다.

그러나 그는 여유 있게 "내 전공은 바로 현대조선 건설사업"이라고 답했다. 이어 상대방에게 숨돌릴 틈도 주지 않고 거북선이 그려진 5000 원짜리 지폐 한 장을 내밀며 "우리는 영국보다 300년 앞선

1500년대에 이미 철갑선을 만들었다"고 주장했다. 그는 이렇게 상상하기 어려운 즉흥적이고 기발한 아이디어를 내는 데 이력이 난 경영인이었다.

그러나 부품 하나하나 현미경으로 들여다 봐도 전문가가 아니면 판독하기 어려운 전자산업은 그저 단순하게 밀어붙이는 식으로 승패를 가름하는 중후장사업과는 달라도 너무나 달랐다. 반드시 치밀성이 따라야 하는 반도체산업의 특성을 무시하고 주먹구구식으로 사업을 일으킨 현대전자는 결국 창업 3년 만에 실패로 돌아서고 만다. 현대는 미국의 현지법인을 독일 지멘스사에 매각하고, 실리콘밸리에서 철수하지 않을 수 없었다.

승자독식의 원칙! 이병철 회장은 '2·8 도쿄선언' 4년여 만에 삼성을 다시 정상에 올려놨으나 안타깝게도 세상을 뜨고 만다. 10여 년전 일본에서 수술 받았던 위암이 재발한 것으로 알려져 있지만, 결정적인 사인은 폐로 전이돼 발병한 폐암이었다. 그는 1970년대 중반 위암이 발병하기 전까지만 해도 골초였다. 시거를 즐겼다고 했다. 부전자전인지 장남 맹희도 미니 시거 '모어'를 즐겨 피워 왔다.

계속 이어지는 떡배 아재의 회고담.

"어르신이 별세하자 왕 할매가 자식들을 모아 놓고 이러시더마. '느그 아부지는 생전에 삼성을 세계적인 기업으로 키운 비룡飛龍이었다 카이. 한때 현대에 당했다 카지만 결국 현대를 굴복시켰다 아이가' 하고 말이제.

근데 용이 하늘을 날아 승천하는 데 그냥 보내서야 되겠나. 저승에서도 삼성을 위해 무엇이든지 당신 마음대로 이룰 수 있도록 입에 여의주라도 물려서 보내야 안 되겠나? 어디 진주알이라도 한 두어

개 구해 오이라. 이러시더라꼬."

용의 턱 아래에 붙어 있는 만능의 구슬 여의주! 이 구슬을 얻으면 무엇이든 마음대로 세상을 움직이고 뜻한 바를 이루지 못할 게 없다고 했다. 왕 할매는 한국의 '전자왕국'을 건설한 남편의 위업을 기려 진주알이라도 시신의 입에 물리자는 뜻을 자식들에게 전한 것이다. 하지만 장녀 인희가 반대하고 나섰다고 한다. 혹여 도굴꾼이 고인의 무덤이라도 파헤치면 오히려 재앙이 된다는 이유였다. 그래서 고인은 한 알에 20만 원짜리 인조人造진주 두 알을 물고 저승길로 떠났다는 거였다.

"허허. 천하의 삼성제국을 건설한 호암 이병철 제왕도 인조 진주 두 알만 입에 물고 빈손으로 떠났다 아이가. 공수래공수거空手來空手去… 허허실실虛虛實實이제. 그걸 두고 인생무상이라 쿠는기라. 생사해탈의 양변이 없는 하늘의 이치…. 무엇보다 적장자 상속의 가통家統을 주장하며 맹희 부총수의 편에 들었던 윤갭이 행님만 죄인이 되어 가신그룹으로부터 왕따 당하다가 낙동강 오리알 신세가 돼버린 기라. 허허 참……."

떡배 아재는 이슬 맺힌 눈빛을 허공으로 보냈다.

무한탐욕

||||

이병철 회장이 타계한 이후 최고가신 중 좌장이던 신현확 삼성물산 회장이 후계구도 정리에 나섰고, 그는 두 말할 여지도 없이 막내 건희 부회장의 손을 들어주었다. 새로운 황제의 탄생.

경영대권을 물려받은 이건희 회장은 우선 초국가적 글로벌 기업으로 발전한 삼성의 상징인 옛 '삼성상회' 건물을 되찾아 기념관을 세우고 자신의 후계구도에 따른 정통성을 확립하는 일이 시급했다. 그러나 반세기에 걸친 풍상풍우風霜風雨를 견뎌온 그 건물은 이미 등기부상으로 박윤갑의 소유가 돼 있었다.

선대 이병철 회장의 그늘에서 성장해온 박윤갑은 눈밖에 난 이씨네 적장자 맹희의 억울한 누명을 벗겨주려다 가신그룹으로부터 배척당해 반생에 걸쳐 이루어놓은 기업이 최종 부도로 채권단에 넘어가는 등 수난을 겪었다. 그래서 그는 한동안 식음을 전폐하고 홧술만 마시며 두문불출했고 선대 회장의 타계 소식을 전해 듣고도 문전박대가 두려워 장례식에도 참석하지 못했다. 그러던 중 1988년 3월1

일 삼성 창업 50주년을 맞았다.

예년 같았으면 삼성 비서실에서 창업공신의 일원으로 "꼭 참석해 달라"는 초청장이라도 날아 올 법한데 전화 한 통도 걸려오지 않았다. 박 회장은 아침 밥상에 소주병을 올려놓고 혼자서 반주를 들이키고 있었다. 창업주 이병철 회장이 별세한 지도 벌써 4개월째 접어들던 때였다.

'어르신 무덤의 흙이 마르기 전에 한 번 둘러봐야 할 텐데……'

넋두리 같은 혼잣말을 내뱉으며 착잡한 심정을 가누지 못했다. 반세기 세월은 덧없이 흘러갔다. 창업 50주년 기념일을 맞아 애지중지 보살펴온 삼성그룹의 모체인 옛 삼성상회 건물이라도 한 번 둘러보고 싶었다.

그는 1980년대 초부터 삼성상회 자리에 옛 건물을 영구보존하기 위해 박물관을 세우겠다며 뛰어 왔다. 대구시와 여러 차례 협의했으나 그동안 예산 문제로 차일피일하던 중 부도를 맞고 말았다. 삼성 비서실에 협조 요청도 했지만 당시 이건희 후계구도에 정신이 팔려 있는 소병해 실장은 "아직 때가 이르다"며 시큰둥한 반응을 보였다.

"그렇지만 이제 할 수 안 있겠나. 건희 회장이 경영대권을 물려받고 창업 50주년을 맞아 제2창업을 선언한다니까. 이 참에 삼성 창업의 신화를 고스란히 간직하고 있는 옛 삼성 터에 한 번 쯤 관심을 가져볼 만도 한기라."

대구시 중구 인교동 61-1번지. 예나 지금이나 대구 경제권을 좌지우지하는 큰장(서문시장)의 코앞에 위치해 있다. 창업 당시엔 보기 드문 현대식 목조 4층 건물이었다. 1층 오른쪽에 모터실과 제분기, 제면기가 설치되어 있고 왼쪽엔 응접실(사장실)과 사무실에 온돌방이 하나 붙어 있다. 옛 모습 그대로다. 이 온돌방에서 그는 이병철 회장의 몸종이던 떡배와 함께 온갖 수발을 들고 함께 먹고 자며 초창기를 보냈다.

이곳에서 별표 국수를 생산해 떼돈을 번 이병철 회장이 삼성물산을 설립해 서울로 떠날 때 창업의 상징인 이 건물을 당시 경리직원이던 그에게 고스란히 넘겨주었다.

"윤갭아! 니 그동안 내 밑에서 고생 마이 했다. 나중에 우예 될란지 모르겠지만 이 삼성상회 건물은 기념으로 니한테 맡길 터이니 니가 잘 관리하거래이."

선대 이병철 회장의 목소리가 귀에 쟁쟁하다.

"예, 어르신! 이 삼성상회 건물은 누가 뭐래도 대구의 보물로 지켜야 합니더. 누가 몬 팔아 묵도록 제가 꼭 지키겠심더. 이 건물을 볼 때마다 어르신 생각이 나는 데 우예 팔아 묵겠습니꺼."

박윤갑은 그때 답했던 그대로 다시 한 번 외쳐 봤다.

그러나 돌이켜보면 한낱 물거품에 지나지 않았다. 최종부도가 날 무렵 이 회장을 찾아갔다가 비서실의 문전박대로 쫓겨난 일은 생각만 해도 치가 떨렸다. 하지만 그는 자신을 몰락의 길로 내몬 가신그룹을 증오할지언정, 결코 이 회장을 원망하지 않았다. 어쩌면 이 회장은 박윤갑이 몰락한 사실을 전혀 알지 못한 채 세상을 떴을지도 몰랐다.

삼성 창업 50주년을 맞은 지 며칠이 지나지 않아 느닷없이 삼성비서실에서 1억 원짜리 수표 한 장을 보내왔다. 박윤갑은 부도로 생활형편이 어려운 자신에게 '생활비로 보태 쓰라'고 주는 줄 알았다. 이건희 회장이 총수로 취임한 직후여서, 이제서야 비로소 창업공신을 챙기는 것으로 생각했던 것이다.

그러나 착각이었다. 삼성 비서실에서 불난 집에 부채질하러 사람을 보낸 것이었다. 그를 위로하기는커녕 '삼성상회' 건물을 삼성물산에 넘기라고 강요했다. 그리고 인편에 보낸 1억 원은 그동안의 건물관리비라고 했다.

박윤갑은 기가 막혔으나 말없이 인감도장을 내놨다. 양도소득세와 그동안 체납된 국세·지방세를 계산해보니 1억 원에 가까웠다. 그는 비서실에서 보내온 수표를 세금에 보태 쓰라며 되돌려 줬다고 했다.

그는 그 뒤로도 종종 서울 장충동 본가로 찾아가 왕 할매 박두을 여사의 병문안을 하곤 했다. 그럴 때마다 왕 할매는 반가운 표정으로 말문을 열었다.

"윤갭아! 내가 기력이 없어서 이래 누워 지낸다. 이제 마, 니하고도 헤어질 때가 다 된 모양이제."

"아이고, 무슨 말씀을 그리 하십니까. 백수는 넘기셔야지요."

"내가 니만 보믄 우리 맹희 생각이 난다 카이."

"큰 도련님은 가끔씩 문안전화가 옵니까?"

"그래, 지 동생(건희)이 회장으로 취임하자마자 바로 출국했다 안 카나. 여기저기 낯선 곳으로 댕기면서도 이 애미한테는 꼭 안부전화를 해온다 카이. 쯔쯧… 지가 우야다가 저렇게 되었는지 모르겠다. 그게 누구 탓인지……?"

"……."

"내가 맹희 생각만 하믄 한이 맺힌다 카이."

그 무렵 이맹희는 기약없이 외국으로 떠돌고 있었다. 장남 재현이 수시로 보내주는 돈으로 빠듯하게 지낸다고 했다. 애초 출국할 때 삼성 비서실에서 "모든 외유경비를 부담하겠다"고 제의했지만 사양했다고 한다.

삼성가의 소식을 전해들은 박윤갑은 착잡한 심정을 가눌 수 없었다.

'어떡하다가 형제들끼리 갈라서고 가통이 무너지고 있나?'

그는 친부모처럼 따르던 선대 회장도 이미 별세한 터에 오래지 않아 왕 할매마저 세상을 뜨자 자신도 2003년 10월 홧병이 도져 이승을 뜨고 말았다. 77세.

삼성그룹의 모체인 옛 삼성상회 건물을 넘겨받은 삼성물산 건설팀은 제일모직이 들어서 있던 대구혁신센터 자리로 옮겨 원형을 그대로 살려냈다. 그리고 원래 삼성상회 자리엔 현대식 기념관과 조형물을 세웠다.

명실상부한 삼성의 후계자로 정통성을 굳힌 이건희 회장은 앞만 보고 내달리기 시작한다. 생전에 절제된 모습을 잃지 않았던 아버지와는 달리 아무것도 거칠 것이 없어진 그는 제2창업과 '신경영'을 선포할 때만 해도 삼성 임직원들에게 한껏 부푼 기대감을 안겨 주었다.

온갖 수난을 극복하며 선대가 이루어 놓은 유업이 마침내 빛을 발하기 시작했고 이에 힘입어 2세 경영이 무난할 것으로 내다봤기 때문인지도 몰랐다. 그 해, 한 햇 동안만도 반도체부문에서만 2조5000억 원의 영업이익을 창출했다. 그러나 새로 등극한 삼성제국의 황제는 오만했다. 반도체 부문의 이익 창출이 오로지 자신의 업적으로 치부하기 시작했다. 그래서인지 황제다운 자신의 체통에 걸맞은 초일류 황궁이 필요했다고 한다.

장충동의 영빈관은 규모가 작아 성에 차지 않았기 때문이다. 천하 통일을 이룬 진시황의 아방궁처럼 영빈관을 증축해 자신의 위상을 높이고 싶었던 것이다. 도가 지나쳤지만 주변에는 말릴 사람이 아무도 없었다. 무조건적인 복종만이 가신그룹의 살 길이었다. 그렇게 서둘러 증축한 황궁이 지금의 '승지원'이다.

이를 위해 1994년 6월부터 장충동 영빈관 주변 땅을 삼성 임직원 명의로 집중적으로 사들이기 시작했다. 한남동 일대 중소규모의 빌딩과 주택이 있는 노른자위 땅 8200여 평(당시 시가 1000억원 상당)이었다. 여기에다 장손 이재현(CJ그룹 회장)이 할아버지 이병철 회장과 할머니 박두을 여사를 모시고 살던 장충동 110번지 본가 주변 땅도 마치 본가를 포위하듯 모두 삼성으로 넘어갔다. 대지 2300여 평에 달하는 이 일대는 그야말로 삼성※타운인 셈이다.

장손 이재현이 지키는 본가는 결국 사면초가의 형국이 될 수밖에 없었다. 경주 이씨 명문대가인 정곡파正谷派 17세손(이병철)이 생전에 그렇게도 아끼며 가꾸었던 본가는 마치 외딴 섬처럼 완전히 고립돼 버린 것이다. 비록 파손派孫이긴 해도 명색이 종가宗家인데, 남도 아닌 직계 후대(이건희)가 고립무원으로 만들어버리다니 불효막심한 일이 아닐 수 없었다.

오만한 삼성제국은 사회의 부정적인 정서와 여론에도 아랑곳하지 않고 기어이 왕조시대 궁궐에 버금가는 '승지원'을 세웠고, 한옥인 본관은 이건희 회장의 집무실 겸 영빈관으로 사용하고 있다. 이 한옥은 궁궐 건축 전문가인 신응수 대목장이 지었다고 했다. 이밖에 양옥으로 지어진 부속건물은 참모들과 상주직원들이 근무하는 곳으로 알려지고 있다. 청와대가 부럽지 않은 경제대통령의 집무실이다.

이건희의 전용차는 롤스로이스 팬텀이다. '달리는 궁전'이라고 불리는 최고급 차량이다. 생전 선대 이병철 회장은 벤츠 600을 타고 다니다 박정희 정권의 눈총까지 받았다. 그러나 이건희는 거칠 것이 없었다. 삼성전자 미국법인을 통해 하늘의 특급호텔이라 불리는 프랑스제 신형 기종인 12인승 전용 제트비행기를 두 대나 들여왔다. 프랑스 다소Dassault사社가 개발한 '팰컨Falcon 900B'. 이 비행기는 대당 수입가격이 2450만 달러(약 195억 원)나 된다고 했다.

다소사는 미라주, 라파엘 등 전투기와 대잠 초계기 애틀랜틱을 생산하는 항공기 제작사로 '팰컨'은 이 회사가 개발한 유일한 민간용 항공기다. 이 비행기를 들여온 것은 국적 항공사를 제외하고는 기업 역사상 최초의 일이었다. 이 중 한 대는 미국에서, 나머지 한 대는 한국에서 운항했다.

이후 삼성은 1998년과 2000년에 각각 팰컨을 팔고, 2001년에는 캐나다 봄바디어사社가 제작한 14인승 '글로벌 익스프레스'를 자그마치 3,696만 달러(약 426억 원)에 사들였다. 이른바 '이건희 비행기'로 불리는 '글로벌 익스프레스'는 문자 그대로 소음이 거의 없고 안정성이 뛰어난 것으로 정평이 나 있다. 최고 속도는 마하 0.85로 항속거리가 1만 2,000km나 돼 서울에서 미국 LA까지 중간급유 없이 논스톱으로 날아간다고 했다.

여기에다 2008년에는 세계 1%의 갑부들만이 소유할 수 있다는 비즈니스 제트기인 보잉 737기(7EG BBJ·18~20인승)까지 도입했다. "하늘을 날으는 초특급 호텔의 스위트 룸"이라고 불렀다. 그러나 이건희 회장이 쓰러지자 경영일선에 나선 이재용 부회장은 이들 호화전용기를 모두 처분하고 자신은 글로벌 경영으로 잦은 해외출장을 나갈 때마다 전세기나 일반 여객기를 이용한다고 했다.

이건희 회장은 삼성그룹 총수로 취임할 때부터 기업의 도덕성을 늘 강조하고 삼성을 국민기업으로 지칭해 왔으나 호사스런 승지원과 최고급 승용차, 자가용 비행기 등은 뭘 의미할까. 그는 승지원에서 초호화 만찬을 열면서 "고달프게 살아가는 국민들을 생각하면 밤에 잠이 안 온다"거나 "등줄기에 식은 땀이 흐른다"며 국민들의 생계를 자기 혼자 책임지는 것처럼 처신해 왔다.

그러나 과연 국민정서를 알고나 하는 소리였을까. 국민이 없으면 삼성이 어떻게 존재할 수 있었을 것인가. 선대 회장 때부터 국민의 쌈짓돈이 모인 산업자본이 있었기에 오늘의 거대기업 삼성이 존재한다는 사실을 제대로 기억하고 있을까? 그는 지금 의식불명 상태에서 병석에 누워 있다.

그는 평소 입에 발린 듯 국민의 생계를 걱정하면서도 정작 이재財에 관해서는 혈육까지도 철저하게 외면했다. 무한탐욕 때문이다. 장조카 이재현(CJ그룹 회장)과는 아직도 삼성의 경영대권을 둘러싼 법통문제가 해결되지 않고 있다. 그러다가 심근경색으로 쓰러졌다. 벌써 햇수로 4년째다.

"내는 마, 원래 무식하기 때문에 삼성의 후계구도가 우예 되고 미래산업이 우예 된다 쿠는 말은 잘 모른다 아이가. 그렇지만 수신제가修身齊家나 가화만사성家和萬事成이라는 고사성어 정도는 잘 알고 안있나. 명문거족으로 이름난 이씨네 집안에서 마, 우야다가 수신제가와 가화만사성에 실패하고 친형제, 적장손, 지손간에 서로 등지고 살아가야 한단 말이고. 생각할수록 기가 막힌 일이제. 그래서 '미래의 삼성가'는 없다, 이 말이다. 쯔쯧……."

과연 '미래의 삼성가'를 이어갈 어른은 없는가? 시중에서는 삼성
가의 어른이라면 법통과 가풍을 지켜온 종가를 전혀 의식하지 않고
으레 이건희를 떠올린다. 현재 삼성의 경영대권을 행사하는 그룹총
수라는 의미도 있다.

하지만 법통과 가통으로 따지자면 삼성가의 어른은 분명 적장손
인 이재현이라는 사실에는 이론의 여지가 없다. 아무리 나이가 어리
다 해도 문중을 대표하는 적장손의 자리가 그만큼 명예롭고 무겁기
때문이다.

그러나 불행하게도 지금 삼성가에는 문중을 대표하는 어른이 없
다. 어른이 있어도 어른의 권위가 서지 않아 어른 대접도 받지 못하
고 뒷전으로 밀려나게 마련이었다. 가문의 가풍이나 법도를 떠나 칼
자루 쥔 실세가 형제·혈통 간의 서열도 무시하고 버젓이 어른 행세
를 하고 있기 때문이다. 그래서인지 삼성가에서는 해마다 창업주 이
병철 회장의 기일忌日이 오면 경기도 용인의 선영에서 오전·오후로
나눠 따로 추도식을 갖는다고 했다.

오전에는 이건희 회장 내외를 비롯한 손주 이재용 등 가족들과 삼
성그룹 사장단이 추도식을 갖고 오후에는 CJ·신세계·한솔그룹 등
범상성가의 가족들과 경영진이 각각 별도의 추도식을 갖는다. 하지
만 이건희 회장은 현재 의식불명 상태에 빠져 있고 장손인 이재현
CJ그룹 회장은 2013년 배임·횡령 등 혐의로 구속되었다가 3년 만
에 특별사면으로 풀려나 옛 본가이던 CJ 인재원에서 할아버지에게
젯상을 올린다고 했다. 적장손만이 행사할 수 있는 권리이자 의무이
다.

"재현 장조카가 영어圈圄의 몸에서 풀려나던 해에 어르신 제삿날을 맞아 낼로(나를) 보고 꼭 참석해달라꼬 연락을 보내와 올라갔디마는 그동안 갇혀 있을 땐 할배한테 젯상도 몬 올렸다 쿠믄서 눈물을 주루룩 쏟더마. 근데 재현 회장 건강이 말이 아이더라꼬.

신문에 난 대로 만성신부전증에다 지병이 악화돼 가지고 근육 손실이 빠르게 진행되고 있다 쿠더마. 쯔쯧… 할배, 아부지도 다들 폐암으로 돌아가시고 삼촌(이건희)도 미국에서 폐암수술을 받았다 쿠디니만 심근경색으로 쓰러지고… 장손까지 새파란 나이에 골병이 들어 있으니 기가 막혀 눈물밖에 안 나오네. 아이고, 쯔쯧……."

떡배 노인은 그렁그렁한 눈빛을 허공으로 보내며 연방 땅이 꺼질 듯한 한숨을 토해 냈다. 저 멀리 마두산 너머로 해가 저물어가고 있었다.

삼성은 마두산 하늘의 저녁노을처럼 땅거미가 지고 어둠이 잦아들지도 모른다. 줄잡아 20만 명을 헤아리던 국내 종업원 수가 그동안 절반으로 줄어들었다고 한다. 그러나 해외 80여 개국에서 날로 번창하고 있는 현지법인은 30여만 명을 고용하고 있다. 그래서 세계에 우뚝 선 글로벌 기업 삼성은 해가 지지 않는다는 것이다. ▨

글을 마치며

　필자는 중앙일보 사회부 기자로 근무하던 중 1970년 12월 대구주
재 기자로 임지이동 발령을 받았다. 대구는 지연과 학연이 깊은 필자
의 고향이라 어쩌면 연고지를 배려한 임지이동인지도 몰랐다. 그 당
시 창간 5년밖에 안 된 중앙일보사가 사세확장을 위해 수습을 마친
일선기자들을 지방으로 우선 배치하는 것을 인사원칙으로 삼았으니
까.

　그러나 필자에게 주어진 주요 임무는 고유의 취재업무 외에 삼성
가家의 로열패밀리와 초창기 삼성상회 경영에 참여했던 재야 원로들
의 민원을 처리하고 관리하는 이른바 해결사 역할이었다. 그 무렵 전
자산업에 뛰어든 삼성은 사카린(OTSA) 밀수사건의 후유증으로 이
미지가 크게 훼손된 데다 일부 창업공신과 혈친의 모반까지 겹쳐 심
각한 경영난을 겪고 있었다.

　때문에 보수성이 강한 삼성의 창업지 대구지역 정서도 그 어느 때
보다 악화돼 '삼성'이라면 사카린 밀수사건부터 떠올리고 비난하기
일쑤였다. 심지어 출입처에서조차 경쟁지 기자들이 중앙일보 기자
들을 보고 '사카린 기자'라는 별명으로 비아냥거리곤 했다. 그러다가
가지 많은 나무 바람 잘 날이 없다고 또 다른 사건이 대구에서 터지
고 말았다.

필자가 이번에 펴낸 저서의 본문에는 사건의 전말이 빠졌지만 그 무렵 창업주 이병철 회장의 형님인 이병각 씨가 경북 고령의 지산고 분군에서 도굴된 가야금관(훗날 국보지정)을 사들였다가 문화재보호 관리법위반 및 장물취득혐의로 검찰에 입건돼 조사를 받고 있는 사실이 드러났다. 사실 이 사건은 도굴범이 체포되었을 때 중앙일보가 단독으로 체크하고 쉬쉬했으나 공교롭게도 경쟁지에서 뒤늦게 터뜨리는 바람에 속수무책으로 당할 수밖에 없었다.

하여 필자는 기자 본연의 업무인 취재활동을 제쳐놓은 채 대구법조 출입기자들을 상대로 여론 무마에 나서지 않을 수 없었다. 중앙지·지방지 할 것 없이 모든 출입기자들은 물론 본사 사회부장, 편집국장에 이르기까지 일일이 찾아다니며 읍소했다. 그러고도 일방적으로 당하게 마련이었다. 재벌의 문화재 도굴이라는 선입견에서 사회적으로 워낙 큰 이슈가 되었기 때문이다.

하지만 이병각 씨의 개인적인 일탈이란 점에서 이 사건은 사카린 밀수사건처럼 크게 확산되지는 않았다. 기자가 기자를 상대로 로비를 하다니 새삼 지금 생각하면 우스꽝스런 일이지만 그 당시 경쟁지에선 중앙일보에 대해 연민의 정을 느낄 만큼 일선기자들이 삼성 관련 사건·사고에 일일이 개입할 수밖에 없었던 상황이었다.

그런 와중에 필자는 대구·경북에 거주하는 창업 원로들과 삼성가의 소소한 민원까지 도맡아 처리하지 않을 수 없었다. 그들은 중앙일보 기자가 뛰어들면 안 통하는 것이 없다는 식으로 필자를 만능의 해결사로 생각했기 때문이다.

　다행히도 민원이 잘 해결되어 밥이라도 한끼 대접받을 때엔 원로들로부터 주로 삼성 창업기나 도약기의 후일담이며 창업주 이병철 회장의 내밀한 개인사史에 이르기까지 갖가지 흥미로운 이야기를 귀에 담아 들을 수 있었다, 하지만 사실 여부를 떠나 필자가 알고 있는 삼성가 스토리 중에는 금기사항도 많았다.

　필자는 이러한 민원을 해결하기 위해 본의 아니게 더러 곡필의 불명예를 감수하기도 했지만 틈만 나면 1단짜리 기사 한 줄이라도 행간을 비집고 지면에 반영시키기 위한 노력도 게을리 하지 않았다. 그렇게 30년의 세월을 보냈다. 후배기자들은 그 시절의 선배들을 '권력에 빌붙어 살아남은 부패한 기자'라고 매도하지만 나름 기자의 사명을 수행하기 위해 부단한 노력을 기울여온 것은 숨길 수 없는 사실이다.

　필자가 이 책을 쓴 이유는 오늘날 세계적인 글로벌 기업으로 우뚝선 삼성의 발전과정엔 삼성가의 그늘에 가려진 이름없는 종복從僕들의 충정 어린 공로가 있었다는 사실을 세상에 알리고 싶었기 때문이다. 하여 그동안 필자의 가슴에 묻어 두었던 창업주 이병철 회장 내외분과 종복들의 주종主從 관계를 객관적으로 재조명한 것이다.

그러나 이미 고인이 되거나 현존하는 가복들의 후손이 나름 사회에서 성공한 사람으로 살아가고 있는 점을 감안, 그들의 명예를 위해 작중 주인공들의 실명을 모두 가명으로 사용했다. 본문 내용 역시 팩트 중심에서 허구를 가미했음을 밝혀두는 바이다.

삼성가家 가복家僕 떡배 아재

초판 1쇄 인쇄일 2018년 8월 5일
초판 1쇄 발행일 2018년 8월 10일

지은이 이용우
펴낸이 이정옥
펴낸곳 행림서원(1923년 창립)

출판등록 제25100-2015-000103호
주소 서울시 은평구 수색로 340, 202호
전화 02) 597-4671~2
팩스 02) 597-4676

평민사(이메일) 모든 자료를 한눈에
http://blog.naver.com./pyung1976

ISBN 979-11-89061-03-6 03800

값 13,000원